《对标争先　一融双高
——新时代东北大学基层党建工作案例选编》
编委会

主　编　王玉琦

副主编　姜玉原　初青松　周　莉　李晓璐　高　辉

编　委　（按姓名首字笔画为序）

马春杨　王玉琦　王明波　王海霞　王福春

艾国生　卢俊杰　安云鸿　任　丽　刘　勇

刘建军　李炳熠　李晓璐　吴政新　邸　馗

初青松　张　哲　张　璐　张玉宝　张兆磊

张兴杰　张满胜　张耀伟　陈国秋　武建军

国镇疆　周　莉　郑　虹　赵彩清　郝建山

姜玉原　高　辉　梁　媛　隋永强　彭　舟

韩子秋　裴战存　蔡晓淇　滕　超　穆艳爽

U0961192

回眸
青阳

HUIMOU QINGYANG

APGTIME 时代出版
时代出版传媒股份有限公司
安徽文艺出版社

谨以此文集献给逝去的青春岁月和眷恋的绿水青山

《回眸青阳》文集编撰委员会

主　编

陈晓农　柯宏胜

副主编

李萌静

特邀编委

（名字以拼音字母排列为序）

陈国良　段华迪　宫联胜　贺镇德

柯成君　马广水　师燕治　王　诚

吴晓峰　吴宗仰　张　虎　赵晓源

赵明东　周康林　钟　林

HUIMOU
QINGYANG

回眸青阳

主　编◎陈晓农　柯宏胜

时代出版传媒股份有限公司
安徽文艺出版社

图书在版编目（CIP）数据

回眸青阳/陈晓农，柯宏胜主编. —合肥：安徽文艺出版社，2018.6（2023.4重印）

ISBN 978-7-5396-5997-8

Ⅰ. ①回… Ⅱ. ①陈… ②柯… Ⅲ. ①文艺—作品综合集—中国—当代 Ⅳ. ①I217.2

中国版本图书馆CIP数据核字（2018）第063410号

出版人：姚　巍　　策　　划：朱寒冬　刘姗姗

责任编辑：周　丽　　装帧设计：徐　睿

出版发行：安徽文艺出版社　www.awpub.com

地　　址：合肥市翡翠路1118号　邮政编码：230071

营销部：（0551）63533889

印　　制：阳谷毕升印务有限公司　（0635）6173567

开本：880×1230　1/32　印张：11.125　字数：240千字

版次：2018年6月第1版

印次：2023年4月第2次印刷

定价：36.00元

青阳小城晨曦 (摄影:晏励春)

青阳县莲峰云海图 (青阳县委宣传部供稿)

青阳蓉城芙蓉湖公园全景图（摄影：熊欣）

今日青阳蓉城新貌（摄影：杨月春）

陵阳古镇南流桥夕照　(摄影:张卫东)

蓉城南门桥上个世纪末旧貌(青阳县委宣传部供稿)

陵阳古镇百家宴 多彩民俗迎新春（摄影:柯宏胜）

青阳九华山民俗:祭祖仪式 （摄影:柯宏胜）

石桥、圣像与笔架山　(摄影:吴亮亮)

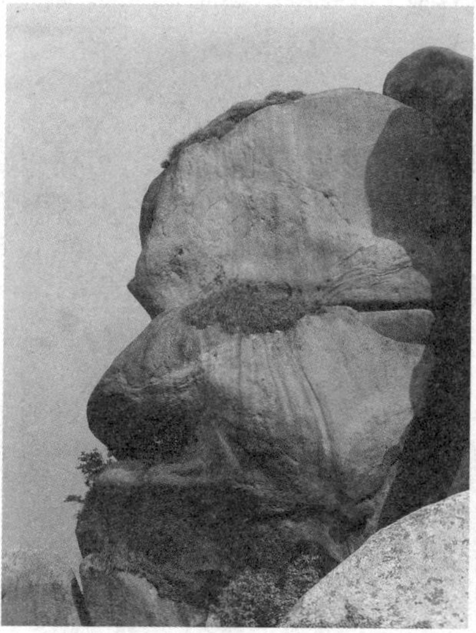

莲峰云海景区形似列宁头像的山峰 (摄影:柯宏胜)

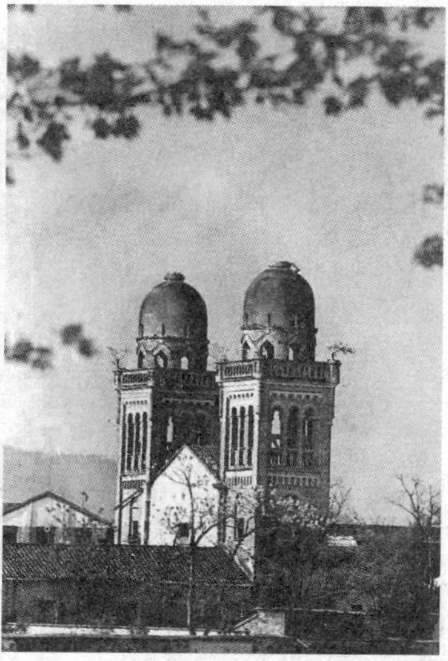

清代建筑:蓉城天主教堂(青阳县委宣传部供稿)

芙蓉湖里寻朝晖（摄影：吴海华）

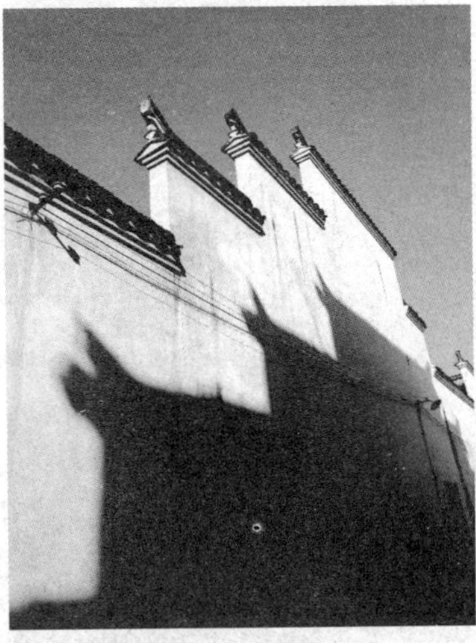

游走在青阳博物馆墙上的光与影（摄影：吴海华）

青山之南时光某处（摄影：吴海华）

奇峰突兀之九华柯村双华峰（摄影：柯宏胜）

下放青阳40周年合肥九中实验中学联谊会集体合影

下放青阳40周年合肥九中同学集体合影

下放青阳40周年合肥实验中学同学集体合影

青阳，我们共同的故乡(代序)

沈培新

这是一份乡亲情感录，也是一座乡情友谊桥，更是一本乡情知音谱。

青阳，是我们共同的故乡。

我们各自怀着一个美丽的愿望，怀着创业报国的理想，辞别亲友，远离家乡，相聚在庐州这块风水宝地上，为合肥乃至为国家各项事业做出了较大的贡献，我们中间有很多人已经建立了自己的事业，还有更多的人正在积极向更高的目标探索迈进！

然而，我们大家虽然同城而居，有些却素不相识，相见也是陌路人，这不能不说是一个遗憾。因此，我们需要相聚，我们需要相识，我们需要在一起倾吐对故乡的思念。困难忧愁，可以找老乡帮忙倾诉；成功喜悦，可以找老乡庆贺分享。

同牵青阳情，共话桑梓谊。不管青阳是我们的第一故乡，还是第二故乡，但她早已经融入我们的生命之中，她永远是我们梦魂牵绕的地方。在我们的记忆之中，故乡是清澈的河水，故乡是袅袅的炊烟和暮归的老牛，故乡是一幅永不褪色的山水画！故乡情，永远是一杯浓郁芳香的美酒，故乡情，已经把我们这些在外的游子紧密地联系在一起！

“情系青阳,建设青阳。”这是我们的愿望,这也是我们共同的目标,我们都希望故乡的未来更加美好！让我们今后一起关注青阳,为故乡的发展献计献策;我们还要一起建立深厚的友谊,努力为安徽为祖国建设增光添彩,不辜负家乡父老的殷切希望！

（注：本文为沈培新先生2006年元月8日为合肥情系青阳联谊会通讯录所写的序言）

目 录
Contents

二、韵律思念青阳

三、散文飘逸深情

四、历史定格记忆

五、青阳掌故传说

写在前面

诗词是中国传统文学的一种基本形式，是中华文化一大瑰宝，自古以来，深受广大人民群众的喜爱。我前半生与诗歌无缘，后半生对其产生了浓厚的兴趣，但是已经晚矣！

因为家境贫寒，我11岁才上小学。1957年下半年，考取固镇初级中学，只读两年（跃进班）就毕业了。接着，考取了安徽水利电力学校，学的是农水专业，是工科，从此我就喜爱了数学。1963年我毕业分配在庐江县水利局工作，水利业务忙得晕头转向。我1964年参加河海大学本科河川专业函授学习，1970年参加海军国防1400工地建设，1975年任庐江县水利局副局长，1977年参加中国援助多哥农技组任水利专家，1982年任副县长，1984年参加华中农大学习，补农业科技课，1985年被省委组织部选派到福建省长乐县(今福州市长乐区)挂职学习,1987年任庐江县常务副县长,1990年任水利厅水政处副处长,1992年任安徽省机电排灌总站主任。由于工作繁忙没有时间接触诗词,一直到1999年退居二线后,任安徽江淮水利建设监理有限公司副总经理、总经理,才有闲暇。

2007年公司换届,我被选举为董事长兼总经理。因为是草根企业,自己觅食,没有大树乘凉。有机会跑遍安徽江淮大地和外省一些地方,开拓监理市场。在庐江县许泽生同志鼓励下,我才忙里偷闲看了诗词的书,特别是《诗韵新编》。开始学习写点小诗。这叫半路出家吧!我把几年来写的小诗收集起来,汇集成册,取名《草根集》。

《草根集》有153首诗,安徽文艺出版社已于2012年12月30日印行。《草根续集》有271首诗,安徽文艺出版社已于2015年10月出版印行。现在又作600余首诗,汇集《草根三集》,以便请专家多给指点!

2017年11月20日

一、新诗回眸青阳

不会淡忘的那段时光

——献给曾在青阳插队的兄弟姐妹

陈国良

近闻昔日在青阳插队的知青中有热心人士奔走张罗，召集了百余位同地、同龄、同命人相聚叙旧，惜未目睹。后拜读贺镇德先生聚会时所写《忆下放》诗，感而和之。

那段时光似乎已很遥远，
渐渐地已经被世人遗忘。
四十年前的那个特殊岁月，
风云变幻近乎疯狂。
一群懵懵懂懂的黄毛丫头，
一群迷迷糊糊的花季少年，
正吮吸着文化知识的乳浆。
突然之间，狂飙从天而降，
摧毁了传授知识的宁静课堂。
千千万万胸无点墨的同龄人，
顶着“知识青年”的桂冠，
别无选择地上山下乡。
一批来自合肥的初高中生，
随着时代的旋风，
飘落到九华山麓，
分散在青通河畔，

地图上标明青阳的地方。

好奇的目光盯着陌生的村庄，
笨重的农具压上稚嫩的肩膀，
天真地喊着嘹亮的口号，
要改变贫瘠山区的模样。
于是，把广阔的农村，
当成一试身手的操场。
竹制的扁担和畚箕，
承载着愚公的精神，
搬移原始的沙石土壤。
凭借农耕时代的器具，
铁打的锄头和钉耙，
竟敢和坚硬的岩石较量。

不料，现实并不像鲜花芬芳，
农忙时节必须以分秒争抢，
起早贪晚披星戴月的劳累，
湮没了诗情画意般的美好理想。
清晨，听不见妈妈呼唤你起床，
只有树上的小鸟在悠闲地歌唱，
伴随着农家老牛低沉的吼声，
在幽静的山坳里不断回响。
黄昏，看不到妈妈慈祥的面庞，

凄凉的伤感在心头蔓延膨胀，
目光呆滞看向桌上昏暗的油灯，
思亲的泪花禁不住溢满眼眶。

幽僻的山村民风格外淳朴，
清贫的乡邻心地慈悲善良。
离开城市失去的亲情，
在他们身上获得了慷慨补偿。
艰辛坎坷的知青年代，
居然炼就了肌体的健壮，
没有黑板和书桌的“课堂”，
竟培育出性格意志的坚强。

初春的暖流，
深秋的冷霜，
严冬的寒雪，
盛夏的骄阳，
周而复始一如既往。
就在不知不觉的迷茫中，
流失了多少青春故事，
蹉跎了多少美好时光……

想起那段人生不算遥远，
亲身的经历难以淡忘！

曾经的汗水、泪水、
殷红的血水，
已融合在青通河中，
随延绵的河水一起流淌。
曾经的希望、失望，
乃至无奈的绝望，
也都一去不返。
脚印深深地留在了青阳——
我魂牵梦萦的第二故乡。

2008年11月20日

（**陈国良**　合肥知青。1968年12月至1972年1月在青阳县城郊公社杨冲大队插队落户。1972年1月招工进入中国科学技术大学工作。2008年从中国科技大学医院退休。）

哦,老三届

黄　静

打开尘封的相册,
一张泛黄的黑白照片映入眼帘,
那是 1968 年 11 月下放农村的合影,
迄今已是四十年。
四十年前的今天:
史无前例的“文化大革命”,
祖国山河一片红,
广播里毛主席最新指示播送数遍,
老三届被上山下乡的洪流席卷。
毛主席他老人家谆谆教导我们:
农村是一个广阔天地,
在那里是可以大有作为的!
老三届人开始了艰苦的社会实践。
贫下中农手把手教会我们农活,
插秧、锄草、收割、犁田……
我们在油灯下教农民识字、唱歌……
山村的夜晚一盏马灯在队屋里那么耀眼。
回首下放几年,丰富了生活阅历;
晒黑了肌肤,双手磨出了老茧;
磨炼了坚强意志,双肩的责任敢担;

四十年光阴,弹指一挥间。

昔日的青春少年,今朝两鬓银发已现,

部分老三届人已退休安度晚年,

继续工作的正在为建设和谐社会

做出新的奉献。

2008年12月2日

(**黄静** 女,合肥实验中学一九六八届初中毕业。1968年11月下放青阳县城郊公社五星大队,1971年元月被招工回合肥。退休于合肥红四方化工集团财务处。)

古老所村的微笑 (摄影:柯宏胜)

九华山花台春色(外一首)

贺镇德

花台,梦幻的花台
灵动着风采
花台,佛景交融的世界
保持着别样的气派

花台,千百年来满山杜鹃
姹紫嫣红,一片花海
四周群山似环绕的屏风
满目青翠,绿波脉脉
苍茫的森林、雄浑的峡谷
清清山泉,诉说着自然的情爱
峭峰怪石、奇松云海
四时变换,表现着自然魅力的剪裁

花台,探秘梦幻
佛陀石、神龟等圣景犹在
庙宇的辉映又似在天涯之外
亲近天然睡佛
感到新奇又意外
生态养生、参禅悟佛

增添了超脱的情怀

啊……
恍惚无声有色美丽万般的是花台
领略灵秀九华最美的地方是花台
尽赏佛国如梦如幻的盛景是花台
留给心灵栖息一直未被岁月覆盖

忆下放

取出四十多年
尘封的相片
定格在人生
最难忘的片段
到农村去,斗地战天
无论是不得已还是十分情愿,
全国所有的初高中生
“必修课”就是下乡上山

难免有过情绪低落的酒后
精神的苦涩,生活的困难
与其消沉哭泣抱怨
不如自立、自强
舔着滴血的伤口,迎接明天

彼此间关心、开导
不忘田间休憩时与老乡畅谈
对亲人思念的暖流
穿过新绿的旱地水田
没有时时晴空万里的穹宇
没有刻刻平静无波的河川
感恩生命，度过苍茫岁月
我辈雄起，劳作每一天

天有拨云见日
人贵顿开慧眼
珍惜一次次机会
我辈整装待发，龙遨九天
白雪皑皑黄山松
不羡蓬莱留照片
有心有意好一个
对着太阳大声喊

爱与被爱多美妙
筑起温暖的心中港湾
打起行囊招工、上学去
此情此景驻心田

不经意间,白色的鬓发
已成为一道风景线
回望历经所有的艰难
散尽铅华,滴滴点点
幸福不在于拥有得多
生命不在于是否身残
一路走来计较得少
命运的挑战在于心志坚定不变

云绕独秀峰奇绝　(摄影:柯宏胜)

闻见家乡的味道

柯宏胜

【题记】2015年6月26日下午，陪同深圳的好友何井田先生参观了我的故乡九华山柯村，晚上与儿时伙伴一起把酒话桑麻有感。

一个名叫家乡的地方
野花星星点点
开满山岗，雨后的黄昏
走进大山
撞见梦魂萦绕的村庄

依旧的村头祠堂
依旧的老树磨盘
依旧的小桥流水
依旧的温馨徜徉

风里夹着泥土和青草的气息
河里鸭子快乐地在嬉戏作响
归来的游子站在村头
倾听站立的河在欢迎轰鸣

仿佛闻见儿时母亲所做的饭菜香
没有城市的喧嚣和污染
只有怡人的鸟语和花香
还有青蛙鸣叫和虫的呢喃

夜空深邃星汉灿烂
坐在门前的晒场上
一壶老酒与儿时伙伴聊家常

梦魂牵绕的九华村庄 (摄影:柯宏胜)

唠嗑儿时的憧憬和希望
快乐惬意胜过书房上网

我盘算老了就回乡
种菜种花登上山岗看夕阳
开满野花的山岗埋葬着我的父母和祖上
织锦横披的山峦之下村庄
就是我的故乡也是我永恒的念想

故乡古老村庄焕发青春 （摄影：柯宏胜）

致知青

——纪念上山下乡四十五周年

梁祥龙

全国知青两千万,扎根农村敢上山。
前无古人当知青,雄心壮志冲霄汉。

不会洗衣烧煳饭,砍柴挑水补衣衫。
脚手血泡肩磨破,学习红军远征难。

感恩贫协送菜难,酱油盐水来泡饭。
背井离乡常思亲,何日招工把家还?

双抢腰酸腿累瘫,蚂蟥毒蚊吃饱餐。
农民教我学插秧,骄阳似火流大汗。

吃过晚饭搞宣传,跳舞唱歌喜漫山。
山村文化不能少,万家灯火夜校办。

山林管理老大难,贫下中农选我管。
封山育林都有责,防火道上我勤砍。

四十年后重上山,山区还是用水难。
林涛树下建新楼,电灯电视更好看。

往年羊肠十八弯，如今盘龙公路宽。

汽车运输富民路，不见前人小扁担。

2013年8月2日

（**梁祥龙**　合肥九中66届学生。1968年10月下放青阳县杨田乡，1972年2月被招工回合肥。2009年6月于中科大档案馆退休。）

青阳九华后山双溪寺景区　（摄影：柯宏胜）

生我养我的村庄

马光水

生我养我的村庄
只剩下记忆外壳的一堵墙
一只石跳板耷拉着肩膀
失落地张望着池塘的远方
儿时的伙伴都走在养家糊口的路上
孤零零的老邻居
对着我发亮的皮鞋瞪大了双眼

偶尔我对天空的耳朵说
我家的南边是蜿蜒起伏的皖南群山
北边的长江已守候万万年
有时我对大地的眼睛说
青通河水将我的心灵洗亮
西边是总在偷着欢乐的夕阳

我已不再担心村庄的变迁
总是生我养我的村庄在担心我们
是否已把青阳遗忘

(**马光水**　现任青阳县委宣传部副部长、青阳县文联主席。)

知青生活点滴

赵建国

一、出行

四十载前深秋日，少年激情赴青阳。
最高指示定方向，广阔天地炼忠肠。
城东新中大队旁，小村名曰窝里岗。
男女六人成一组，茅屋一座三间房。
早请示复晚汇报，无限虔诚烙印象。
如画风光伴日月，从此上山下了乡。

二、农耕

贫下中农再教育，从头学起种田忙。
起早贪黑出满勤，披星戴月挣工分。
腿陷缝田蚂蟥咬，一锄在手三面光。
肩挑自重本分担，采茶剥麻挖荸荠。
春耕放牛膝盖破，砍柴竹签透脚掌。
分得自留地二分，菜种不成找队长。
栽秧割稻战双抢，晨黄夕绿喜洋洋。
拂晓县城卖菜去，夜半公厕偷粪回。
挑土筑堤颈伸长，一餐进食十二两。
放鱼路远无轻担，足迹踏遍周边县。

一五一十瓢舀鱼，来年再去收账款。
深山村民多善良，殷勤热情饭菜香。
突遇山洪泥石流，飞瀑直下似猛虎。
鱼篓丢弃仓皇窜，稍迟险些命玩完。
逢到蚕宝亟上笼，原野四处觅桑还。
辛苦历练七百日，池州赴会评先进。
时遇安纺来招工，返城队里赠箩筐。
父老乡亲齐相送，惜别浓情两潸然。
火车夜抵合肥站，众人欢声响一片。
某君领头一嗓喊，嗨乡下人进城啦。

三、养怡

眨眼一晃四十年，往事如烟记忆间。
最是青春好时光，心底无私献青阳。
苦虽苦矣弥足贵，插队落户终难忘。
而今岁已过半百，四十年愿再等量。
心态平和好打工，长江后浪推前浪。
宠辱不惊对市场，失意得意总寻常。
盈缩之期不独天，养怡之福可永年。
吾辈知青多磨砺，笑傲江湖悠悠然。

（**赵建国**　合肥实验中学初二(3)班毕业。1968年底下放青阳县，退休前在省发改委工作。）

命运之歌

赵晓源

谁曾走过如此曲折的生活道路？
谁曾品尝过味同黄连的生活苦果？
我百折不回地奋斗，
却不能和共同奋斗的战友为伍；
我热情奔放地追求，
得到的只是泪涟涟汇成了伤感的江河。
天上月有阴晴圆缺，世上人有悲欢离合；
而我空对着莽莽苍天，萧萧长风。
孑然一身，
凭吊夕阳的残晖；
踯躅田头，
仰望寒星的幽幽。
啊！告别了朋友
是多么苦闷、孤独、彷徨。
可是朋友啊，已远去了，
远在那笔架山下、放生池旁。
往事的回忆，给我带来淡淡的苦笑，凄凉的惆怅。
朋友的音容笑貌，给我欣喜的安慰，渺茫的希望。
啊！告别了朋友，
六神无主，心里空空的如无风的海疆。

对一切失去了兴趣，
生活是这样迷茫，
迟钝的反应、出手的健忘，
使我变成了山边的岩石，
冷冷地看着那生活的海洋。
啊！朋友……

青阳县五溪山色美景 （青阳县委宣传部供稿）

踩下青春印迹的地方

周康林

青春的步伐

青阳,青阳,
踩下我们青春印迹的地方,
美丽长存,蓉城名扬。
我们曾是上山下乡的知识青年,
未必具备相应的学问,
但肯定富有花季般的时光。
仰望迷人的笔架山,
第一次听说佛国九华,
顿悟到蹲缸和水缸同样重要,
奇峰秀水间,
竟须舍身饲喂跳蚤和蚂蟥。
广阔天地里我们哭过、笑过,
为有谷无柴添烦恼,
因缺菜少油徒悲伤,
去公社开会半天还记工分真高兴,
来知青小组串门做客有吃多酣畅。

农村淡淡的岁月使我们学会
洗衣、做饭、砍柴、挑水……
社员浓浓的乡情教我们
插秧、割稻、锄禾、耘耪……
田野吹拂的风抚慰躁动的心灵,
山巅飘洒的雨濯沐年轻的胸膛。
我们真的是历史牺牲者吗?
为什么对这段人生磨炼
敢自立,而自豪!
我们真的失去了很多很多吗?

为什么会拥有插队经历
能坚强,更骄傲!
想当年急吼吼直要离开青阳,
却如今一趟趟又徘徊、探望。
鬓发斑白的我们此刻聚在一起
回忆青阳,这里是我们
共同踩下青春印迹的地方。

2008年12月20日

(**周康林**　女,毕业于合肥实验中学。1968年10月下放于青阳县城郊公社向阳大队,1970年8月被招工进安徽第二棉纺织厂。)

古刹钟声

徐晓亮

沿着檀香缭绕
去参拜方丈寮
眼过深幽伴夕阳

翘檐钟楼
飞出
盘踞于半空的危崖

钟声乃钟之劲翼
疾掠
所有僧尼及香客
而伫立如石
要急于隐痛
却来不及掩饰

古刹钟声之
幽幽
一如人心之
悠悠
经久不息

龙的传人

徐晓亮

想不到我一诞生
就穿越了上下五千年的文明
落脚处传来
龙的啸吟
从此,我也成为这东方大地上
黄皮肤黑眼睛的
炎黄子孙
因为血的缘故
我既拥有长城的辉煌
也感受到圆明园的荒凉
其实维系着我们命运的
是整个中华民族的兴亡
无论我们处于什么地位
图腾,才不愧为龙的传人

(**徐晓亮** 1962年11月出生于青阳县,尝试诗歌创作主要在1991至1996年。其间得到了青阳县文化局,尤其是青阳县文化馆多位前辈的帮助和指导。前后分别在北京的《中外管理导报》、广东茂名市的《南方诗报》、北京的《当代诗人丛刊》,以及内蒙古的《白桦林文学报》《大九华》等报纸杂志发表诗作数十首。)

九华奇峰惊魂巅,从柯村看山峰峻峭挺拔。(摄影:柯宏胜)

二、韵律思念青阳

陈国良诗词

忆青阳

五年前，腊月天，青阳插队事桑田。
一床旧被当铺盖，两捆丛书比盛筵。
泉水清清通瓦灶，云烟袅袅绕茅檐。
深山僻壤多封闭，世代谋生稼穑艰。

2013年 5 月 2 日

回青阳

再到青阳寻旧梦，瞬间已是六旬翁。
良师笑貌依稀在，益友乡音脑海中。
一路惊奇观变化，沿途感叹赞新容。
公交直上西洪岭[1]，又见幽篁不老松。

2013 年 5 月 22 日

①1968 年 12 月—1972 年 1 月，陈国良作为知青群体中的一员，在该地区插队落户，须经羊肠小路徒步进出。

诉衷情·到山村

当年插队到青阳，草垛染秋霜。茫然四顾庐舍，古树绕石墙。　　泉水涌，涧流长，鸟飞翔。山村幽僻，乡友随和，野菜醇香。

念奴娇·第二故乡

青阳城外，景色秀，绵亘高低山脉。圣地九华生瑞气，地藏传播大爱。信女虔诚，善男敬畏，络绎勤朝拜。千年香火，祈求民富国泰。　　回顾插队当年，初尝农户饭，土茶招待。古道热肠情意厚，邻里相食瓜菜。长辈关怀，同龄互助，受惠如江海。岁时更替，往昔风物安在？

2013年4月26日

天净沙·青阳春景

风和日丽江南，桃花柳绿青山，遍野繁花烂漫，兰馨雅淡，探春人不思还。

2013年4月6日

齐天乐·知青重聚

余寒暑匆匆去，当初少年风趣。吴氏哥仨，柳丁姐妹，叶姓宗亲同旅。几多期许。离父母关心，自经风雨。古刹心庵[1]，北南居室分男女。　　诸君今又重见，看秋霜染鬓，长叹难语。旧貌依稀，新颜迥异，感慨千丝万缕。酒杯且举。晚岁享悠闲，话无忧虑。笑闹欢谈，尽开怀畅叙。

十六字令·四季

获友赠十六字令，被逼和之，不敢违抗，遵命为助兴，班门弄斧以博笑。

一、秾，姹紫嫣红造化功。春光好，燕侣戏东风。
二、虹，雨幕拉开露艳容。炎阳下，绿水映芙蓉。
三、蛩，仰望高天慕徙鸿。秋霜起，万里竞英雄。
四、松，傲视严寒唤玉龙。纷飞雪，预告五粮丰。

---

①心庵：为青阳城郊杨冲水库旁一座古庙，在“文革”破“四旧”中成为废墟。初用于安排下放该大队的合肥知青，不久考虑安全因素遂拆除，知青遂被分派至各生产小队。

陈维虞诗词

蝶恋花·和宗仰

六十年弹指瞬间，风狂雨骤，鬓霜满梢头。叹蹉跎两行清泪，生死荣辱付东流。　　春往夏至秋冬尽，知青岁月，往事难回首。山河转故人情旧，西阳下作为何有？

癸巳年岁首　无欲斋主

（**陈维虞**　合肥实验中学知青。1968 年 11 月在青阳县城郊公社三增大队二队插队。）

程朝佛词曲

[中吕]喜春来张姆妈一生坎坷

【山坡羊】坎坎坷坷人生路。贱命儿、薄福儿、乞寿儿，荣华富贵无半点份儿。自来世上命多舛。一落地遭人弃，看尽白眼受尽气。天，何嫌你；地，何弃你？

【醉春风】该我的，刻两份；共人的，三分一。劳碌燕子归空巢，爽心的事总被雨打风吹去！怨，也无休；恨，也无由。

【红绣鞋】你也曾勤奋也曾努力，无奈命不济！老天不与你方便，花去的气力如泄去的水，种得多，收得少，到头来、空留一片贫瘠地。累，也无收；勤，也无益。

【石榴花】生儿落地少口气，生下女儿，只养少教，青春无羁，寻欢作乐，不找夫婿少苗裔。别人含饴弄孙天伦乐，你，膝下荒芜，看不到希望，一腔悲愤向隅泣！愁，空白头；憔，汝心碎！

【斗鹌鹑】临到老，房屋住处隔两地。花钱买铺、如同旅店，无遮无拦人前睡，客人来了无容地。冬，攒被窝；夏，怎挨过？

【上小楼】秋风起，萧萧瑟，年轻插队千般苦，晚景凄凉，如此不堪、不尽意。难道是上辈作恶造的孽，今生还本又付息？苦，自身作；悲，怨哪个？

【耍孩儿】天行健，地势坤，行正道，少邪念。遵天法地顺自然。乐善施，行方便，为你来生修一片好天地！贫，你安乐；贱，你自况！

【满庭芳】过贫日，素米饭，晨晨起，早早安，妄念不起少欲望。夫妻相偕平安过，快快乐乐，白头偕老，活过耄耋年。心，求平淡；身，求安康！

（**程朝佛** 1965年毕业于青阳中学，后就读于合肥商校。1968年被分配回青阳县工作，2002年于青阳县审计局退休。）

崔璋诗词

牛马颂

——献给下放青阳四十年的知青们

锣鼓震天离别咽,知青赤胆任火煎。
黑发敢做初生犊,俯首耕耘战田间。
稚子磨砺四十载,壮心未已霜两鬓。
白头甘为识途马,奋蹄笑傲游天边。

2009 年 1 月 20 日

(**崔璋** 1948 年生。1968 年 12 月下放青阳县朱备乡江村。1970 年 12 月被招工到合钢公司,退休于安徽机械设备进出口公司。)

贺镇德诗词

下放双溪的村景

其一

一条小道窄弯长,左达蓉城右矿场。
路上双溪徽韵屋,水田映出好风光。

其二

一溪清澈沙河水,百户徽风黛瓦房。
画里长廊桥一座,闲箫醉墨雨中忙。

江城子·忆插队落户

当年落户到青阳,插苗秧,汗浸衫。城里书生,苦干少年郎。父老乡亲都称赞:真好样,粮满仓!　　激情澎湃垦山荒,犁田畈,蚂蝗伤,双抢割稻,绿野飞梦想。退去狂欢加舞蹈,星月照,透门窗。

青通河挑圩

圩河一决沉沉月,堤坝回观壑埂亲。
满满两筐冬到夏,皑皑白雪印无尘。

蝶恋花·知青参军入伍

草绿军装穿着照，酒友诗朋，谁不开心笑？绿叶红花成对好，青灯无寐佳人俏。　　挥手众乡亲父老，别了青阳，海角天涯恼。万里征程边塞保，涛生云灭频频报。

江城子·招工前夕的留影

九华山下插秧忙。少年狂，好风光。吾辈知青，何日返家乡？夜夜雨携风起浪，杨怨柳，短长量。　　昨天翻遍没新妆。有军装，又何妨。盼到收工，拍照在山冈。旧地新人全靠撞，归鸟望，喜洋洋。

九华十景

(一)龙池飞瀑

涧流汩汩汇深池，泻玉飞泉最险奇。
岩半水帘如雪浪，片时龙眼未曾离。

(二)甘露灵秀

菩萨显灵甘露降，寺山上下景平分。
须臾雾涌晴疑雨，枫不相同映白云。

(三)祇园晨曦

香烟缥缈乱云临，风动田田满梵音。

世佛煌煌三界[1]跳，一楼一殿一兼金[2]。

(四)神光异彩

罕见东南山第一，个中妙景乍晴昏。
圆光神塔辉千古，供奉真身镇佛门。

(五)摩空圣迹

高踞危崖立玉屏，凡人伸手摘寒星。
应身菩萨苍生度，百岁宫名最中听。

(六)五绝·凤凰古松

干像龙盘绕，枝身叶翅丰。
凤凰千百载，天下一奇松。

(七)闵园竹海

清新幽静闵园藏，林秀青堆蔽日光。
忽见狂涛翻绿色，临风起舞遍修篁。

(八)观音慈航

波涛滚滚一汪洋，秀润眉庞向北航。
正帽挺胸飘衣带，石炉蜡烛举高香。

①三界：指欲界、色界、无色界。

②兼金：价值倍于常金的好金子。

(九)大鹏听经

风吹日照烟霞里,洗耳聆听拜诵声。
独上悬崖真万古,大鹏感化永超生。

九华山花台春色　(摄影:柯宏胜)

(十)花台春色　(二首)

杜鹃浮碧眼前开,树列山排绿水来。
戒石神龟成往迹,天然睡佛聚花台。

横看卧佛侧成峰,山草花丛不老松。
陀石穿云深峡谷,静心超脱赞仙容。

(**贺镇德**　毕业于合肥实验中学,1968年下放在青阳县城郊公社双溪大队三队。于合肥市第三十二中学退休。)

李萌静诗词

蝶恋花·答老同学

响应号召青阳走，行囊空空，唯有一双手。样样活儿用心瞅，插秧割稻赛农友。

粗茶淡饭养胃口，偶尔相聚，无肉又无酒。往事如烟风吹柳，对酒当歌能几首？

2005年3月5日

十六字令三首·知青三部曲

冲，"文化革命"打先锋。"红卫兵"，捍卫毛泽东。
冲，广阔天地乐其中。再教育，农活样样通。
冲，返城求学再攀登。凌绝顶，步履更轻松。

2005年3月

（**李萌静** 女，毕业于合肥实验中学，1968年底插队于青阳县城郊公社五星三队。1970年被招工回城，从事过工农商学等工作。退休于安徽电气工程技术学院。）

吴宗仰诗词

如梦令

未忘青阳插队，路遇内急受罪，何故此番罪？积蓄粪便交兑！交兑，交兑，换来油盐调味！

注：当年下放青阳时，所在生产大队普遍实行粪便管理制：将积累的粪便交给生产队，凭发票在大队部换油、盐、酱、醋、肥皂等生活用品。

蝶恋花·致青阳插友

曾绕青通河畔游，秋风春雨，吹拂枝满头；情满山野风满袖，知青下放乐悠悠。

夏日炎炎冬酷九，岁月飞流，对错谁分透；如今吾侪皆皓首，天地阔作为大有？

注：当年我们插队的生活都十分艰苦，但乡亲们友好，同学们和谐，所以根本不觉得苦。

九华山上有感(三首)

(一)

九华山上望,遥想昔日家。
三增风光秀,满山杜鹃花。
半路飞野鸡,白鹭田头耍。
会合非易事,对酒话冬夏。

(二)

独自好凭栏,世事看沧桑。
曲径通幽处,久坐必有禅。

(三)

莫道天高远,天台曲径通。
奇峰拱日月,幽谷荡松风。
烟笼祇园寺,云飞百岁宫。
听钟贪坐久,佳境胜无穷。

(**吴宗仰**　毕业于合肥实验中学。1968 年插队于青阳城郊公社三增二队,退休前在省演出中心技术部任职。)

邹建一诗词

当年“农家乐”

遥忆当年修地球，黎明即起割黄豆。
犁地耙田呼老牛，地垄田间伴日头。
尖椎两头挑柴火，大锅火烧泪双流。
一日忽闻红烧肉，不禁口水直转悠。

2009 年 1 月 29 日

（**邹建一** 1953 年元月生。合肥市第九中学初中毕业。1968 年 10 月下放青阳县杨田公社溪田大队四房生产队，1969 年被招工至安徽省轮胎厂，2008 年于开元有限公司退休。）

赵晓源诗词

蝶恋花·忆青阳

笔架山影曾记否？落日流霞，满目杜鹃秀。犁罢牧牛折细柳，碧天绿畈云烟走。

笑傲河山高举酒。笑看古今，豪气冲牛斗。少年英雄霜染首，亮剑今日凯歌奏。

（**赵晓源**　毕业于合肥实验中学。1968 年 10 月在青阳县城郊公社三增大队三队插队，2011 年于中国科技大学医院退休。）

陈庆法诗歌

一、种菜

吃菜指望自留地
我们也分两分地
自种自吃头一回
感觉真是不容易

王婶送来青菜籽
项伯拿来蕃茄苗
一畦一畦种起来
还有土豆和辣椒

精心照料多请教
合理施肥把水浇
三天不去菜地里
草儿长得赛过苗

看看老乡种的菜
我们菜是多渺小

想种好菜要努力
学了做了才知晓

二、庄稼汉项钢

庄稼汉子叫项钢
高大魁梧身板壮
爷爷名字没起错
项钢农活样样强

他在收割最是忙
沉重稻桶他来扛
他在耘草似悠闲
唱着山歌赶着趟

看他挑稻送公粮
无人与他比重量
看他挑柴走过来
但见柴山人被藏

一顿要吃四碗饭
为人厚道不争强
干活不怕耗力气

生活磨练坚如钢

三、双 抢

七月大暑气温高
稻田稻穗弯了腰
抢收抢种开始了
一年当中最难熬

清早下田拿镰刀
排队用力割早稻
太阳爆晒汗如雨
干这活儿拼命要

成熟稻谷青泛黄
粒粒饱满气味香
项钢扛来大稻桶
双人对敲打着忙

收了早稻地灌水
马上犁地再平趟
紧跟后面挑来秧
晚稻秧苗栽插忙

收获丰收插走趟
双抢时节最紧张
一年收成怎么样
全队人马都在抢

四、告别青阳

寒寒冬意小雪飘
公社消息传来了
下放学生要招工
回城返家将来到

我们激动我们笑
拉着老乡开心唠
两年多来承照顾
你们关心忘不了

队里打了箱和椅
每个学生送一套
行李装上独轮车
挥泪告别乡亲好

笔架山有我辛劳

青通河畔有微笑
这里一切永留恋
再见乡亲梦魂绕

(**陈庆法**　出生于1950年6月,1963年—1968年就读于合肥师院实验中学,1968年—1971年在安徽省青阳县城郊公社百花大队四队插队,1971年—1998年合钢公司任职。1998年从合钢公司退休。)

闵晓苇诗词

一、七律·采茶

泉石萦环万顷绿，嫚妮[1]十八笑声娇。
清明芽翠生明玉，谷雨毛尖长细条。
巧手翻飞织锦转，英姿轻舞溢香飘。
九华山麓众仙地，一苇横空双篓挑。

二、七律·制茶

青水绿山缭绕雾，茶棵树里碧波涛。
杀青炭火揉条制，拣剔摊平烘焙熬。
贡品千年工与艺，新人一代李和桃。
九华灵气毓神叶，佛佑毛峰人自豪。

三、七律·品茶

一杯香茗倍神翘，满室添香客更潇。
玉液清清汁透底，琼浆淡淡雾吞腰。
浅尝慢饮齿难露，狠啜长嘘茶又挑。

① 嫚妮：青阳县方言，意思是小姑娘、少女。

胜似仙人凡界下,手拿神叶品逍遥。

(**闵晓苇**　女,江苏常熟人。合肥实验中学67届高中毕业。20世纪70年代下放于青阳县三增大队一队,成为插队知青。)

青阳黄石溪醉美秋色　(摄影:王筱艾)

赵晓源歌曲

故乡的夜晚

（献给第二故乡——青阳）

1=F $\frac{3}{4}$

赵晓源 词曲

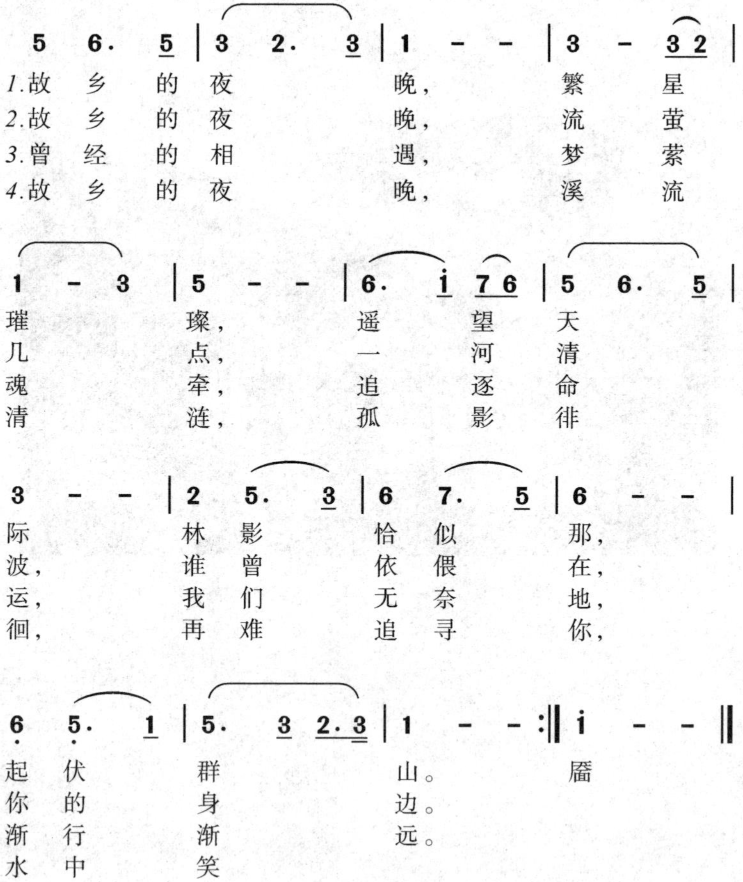

1988年 7 月

相　祝

1=A $\frac{3}{4}$

赵晓源 词曲

1971年3月

仰天长啸歌大风

1=F $\frac{2}{4}$

赵晓源 词曲

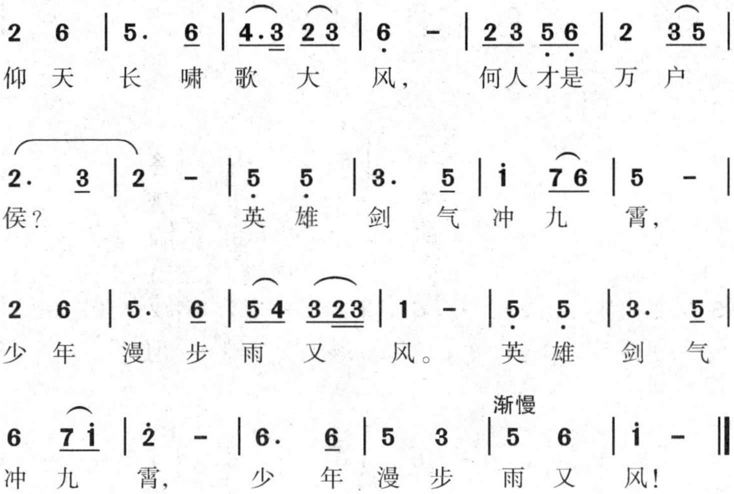

1970年11月

贺镇德歌曲

农村教师之歌

1=F $\frac{2}{4}$

贺镇德 词
余鸿才 曲

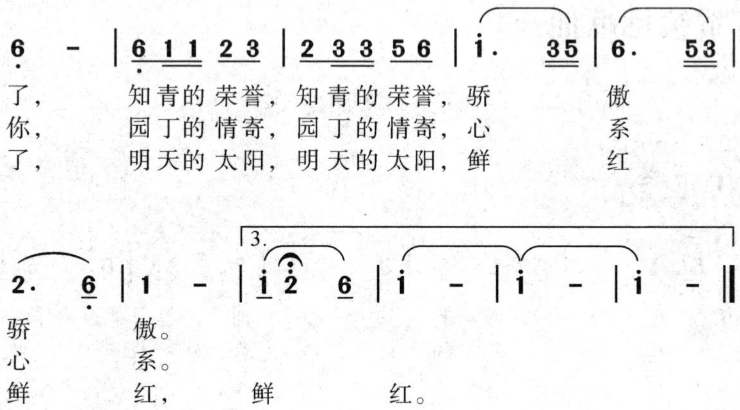
了，知青的荣誉，知青的荣誉，骄傲
你，园丁的情寄，园丁的情寄，心系
了，明天的太阳，明天的太阳，鲜红
3.
骄傲。
心系。
鲜红，鲜红。

三、散文飘逸深情

伴随一生的记忆

——插队生活点滴

程　合

人生有一些日子是忘记不了的。我的人生有这样的日子,它永远在我的记忆里,今生都不会忘怀。

我们的插队小组

杨晓生(左上),程　合(中上),钱家农(右上)

刘　明(左下),凌士龙(中下),宋翠琪(右下)

出发的日子　1968 年 11 月中旬，我所在的合肥实验中学在一个星期前决定了我们插队落户的出发时间。

在历经了史无前例“文化大革命”的打砸封资修、革命大串联、成立造反队、复课闹革命、徒步新长征、两派大武斗、社会大调查、建立新政权等等让人冲动的激情后,人们疯狂的热情在日渐消退，青春的理想与现实完全相悖，对人生的目标感到迷茫的时候，毛主席发出了伟大的号召："知识青年到农村去，接受贫下中农的再教育，很有必要。"

根据市里的安排，我们实验中学初高中三届六个年级的同学被划分到省里四个县的农村插队落户，接受贫下中农的再教育：皖西北的临泉、皖中的长丰、皖西南的宿松和皖南的青阳。插队的小组由同学们自愿结合，可以是要好的同学，也可以是兄弟姊妹，也可以是和别的学校的同学，总之，没有硬性的要求。我是和班里四位平时说得来的同学组成了一个小组，大家只是草草地商量了一下，就做出了改变我们一生命运的决定。当然，大方向别无选择，我们决定去安徽省宿松县插队落户，两个简单的理由：一是宿松距离合肥相对较远，可以更加自由，可以更多地显示我们的自立；二是它是沿江地区，在我们有限的地理知识里，属于鱼米之乡。但是在出发的前一天，我们被告之，我们被改派到安徽省青阳县。

下放到青阳农村半年以后，小组几个人才知道：我们班的一位女同学 JM 是校革命委员会的委员，负责初中部下乡的具体派遣工作。因为她知道我们几个人在班里年龄小，当时只有十五六岁。青阳是鱼米之乡，交通方便。而她听说，宿松县血吸虫病比较厉害，很容易被感染。所以她临时把我们改派到了青阳，也因此改变了我的人生轨迹。

离开合肥的那天早上，我将前一天就收拾好的行李再仔细地检查了一遍，发现背包打的"井"字不够标准，草绿色的扁帆布带有几处扭了起来,显得不是非常平整。我把背包解开,重新又打了一遍,直到把背包扎得四四方方,才把一双布鞋插入井字的背包。接着我把随身带的红白相间的线绳网兜一一再清点一遍,网兜最下面放了一个新的搪瓷脸盆。脸盆里,一个大搪瓷茶缸里面已被一个铝制的长柄饭勺用一条蓝白相间的宽条毛巾包裹着塞得紧紧的,一个小号的白色搪瓷茶缸,全新的牙刷牙膏被报纸裹住塞在里边,在网兜最上面是一件木制品,一个橙色又很光亮的木壳座钟,虽然有一团报纸把它和其他用品隔开了,但是仍然很抢眼,在那个时期,一个座钟是家庭的一项财产,我们家里是不可能有的。

“文化大革命”抄“四旧”的时候,我姑奶家没有幸免。我姑祖父是 1949 年前留学德国的医学博士,1949 年以后,从国外回到了祖国,想为新中国的医疗卫生事业做一点自己的贡献。我姑祖父先是筹备老家全椒县的医院,后来又筹备了安徽省立医院,出任了省卫生厅副厅长。听说我要下乡了,平时很喜欢我们兄弟姊妹的姑奶,从家里找出了许多要我带的东西:一双长筒胶靴,说这是姑祖父在皖南考察血吸虫病时用的;一件厚布质地的青年装,说这件衣服是我叔叔穿不了的,我可以出活打粗穿;几双袜子,全都纳了厚厚的袜底;还有就是这只座钟,是姑奶从国外带回来的,外面已经上锈了,姑奶说,带到农村好知道时间,拿回去“擦个油”就可以用了。当时合肥街上钟表店给座钟擦个油需要两元钱,这对我来说可是大钱,我回去就自己干了。我和弟弟上学时因为有做航模的锻炼，所以平时修锁配钥匙、修理自行车、装半导体收音机、做简单的木工活，对我们来说都不在话下。我给座钟擦过油，觉得不满足，又模仿“三五牌”座钟的式样做了一个木壳，在木壳外先涂上金黄的颜色，再上了几遍清漆，从外表看，就和新的一样！

我随身背的是一个仿制的军用小挎包，当时很时髦。包里装了：一本爸爸用过的《蔬菜栽培学》、一本《鲁迅语录摘抄》、一本《毛主席语录》、一本《趣味数学》和一本《钟表修理》，其中我把最宝贵的两本《模型牵引滑翔机设计》和《直升机原理与设计》书背向上夹在那几本书的中间。

环顾四周，我的床上被子褥子已经被打成背包，空空的床板上，残留着冬天用来包裹草垫子时使用的破床单。紧紧地贴着床板，显现出床板间的缝隙。床头上，一根极细的漆包线拉过来的广播线依然挂在那儿，耳塞已经不在了。里间桌子上面，有我用了近一年的时间画出的滑翔机的图纸，还整整齐齐地叠放在那儿，我盯着看了片刻，眼睛似乎有点异样的感觉。我收回目光，毅然背起背包，斜挎上挎包，右手拧起网兜，跨出家门口，返身将门紧锁上，再小心地把门边的窗扇打开，伸手将钥匙放在窗子下面放厨房杂物的水泥板上，再仔细地把窗户关好，头也不回地走了。

我离开合肥下放青阳时，我爸爸在牛棚，妈妈在干校，姐姐已经去了天长，只有弟弟和妹妹留在合肥。

校园里目光所及都是人。有的大声喧哗，也有的在小声

一九六九年相聚在母校

刘　明(左上),吴　铸(中上),陈健生(右上)

杨晓生(左下),胡玉庆(中下),程　合(右下)

地说着话,人们在互相招呼。热烈的场面、高兴的劲头、广播不停地播着激动人心的《毛主席语录》歌,这一切使得每个同学都热血沸腾。那一刻我感到即将要奔赴的青阳农村是可以让我大有作为的地方,是能够让我去施展我的抱负的地方。那一刻我似乎浑身都充满了豪气,有一种莫名其妙的兴奋,还伴有就要上战场的悲壮的勇气,更充满着一种不建功立业就不会回头的昂扬斗志。

校革委领导简短的动员报告结束,校工宣队领导向每个知青小组发放一尊毛主席半身石膏坐像(我们非常虔诚地双手接过来,由每个小组的临时组长捧着),每人一顶草帽(上面写着大红的字“广阔天地大有作为”)，每人一套《毛泽东选集》(用红绸带扎着)。随后，各班以下放地分别列队，按照点名顺序一一上车。汽车是清一色的解放牌卡车，顶篷上面蒙着一色的帆布，在学校大门口整齐地排列着，很是壮观。

我们从卡车的后挡板爬上车，把行李放在车厢中间，人分坐在两边的长椅上。车上的同学们不断地互相招呼，又不时地向车下送行的人们挥手告别。车开出了学校的大门，上了通向安庆方向的公路，车厢里热闹的场面忽然冷静下来。突然，“砰”的一声爆响，打破了沉寂，紧接着，“哇”的一声带着明显稚气的哭声，刚才豪壮场景霎时消失得无影无踪，我的心猛然收缩，顿时回到了现实。眼前，一只吊在车篷顶钢架上的篾壳暖水瓶由于汽车的转弯，暖水瓶向上晃荡碰到了旁边的东西，水瓶炸了。我们一个 BG 小同学(水瓶的主人)，被自己所犯下的错误，吓得失声哭了出来。但这位同学的眼泪，引发了全车同学的伤感。车厢里寂静无声，只有汽车的轰鸣声，和偶尔的因汽车颠簸而带来的同学们小声的叫骂声。

我坐在车内一隅，没有一句话。热情已经过去，冷静下来时我感到头脑里空空荡荡。以后真的不用学习了吗？去的农村是什么样子？我还能做自己喜爱的事情吗？“扎根广阔天地闹革命”，怎么扎根？闹什么革命？家里怎么办？我的父母在抗战早期加入中华抗日先锋队，却因“文化大革命”受到没完没了的审查，我们兄弟姐妹成了“黑五类”，背负了极大的家庭包袱。我现在投身的广阔天地，是一个能够让我自由自在飞翔的地方，能够让我以自己的勤奋、努力来给父母以宽心，来解脱他们的烦闷，给他们以希望，给所有关注我们家庭以及加害我们家庭的人以自身价值的证明。

没有人给我们说法，没有人和我们说应该怎么做，没有人跟我们谈学习、谈理想、谈未来。有的只是响亮的口号，和激发起来的热血。

下乡在青阳朱备公社
钱家农（右上） 吴 铸（右下）
胡玉庆（左上） 程 合（左下）

进城的日子 1968 年 12 月 31 日，是我插队落户青阳县城郊公社清桥大队第三小队第一年的最后一天。这一天，队里没有安排农活。前一天晚上，大家就在盘算，明天就是 1969 年的新年了，应该庆祝一下我们扎根广阔天地的第一个新年。最后达成一致，一起进城，买一些好吃的。

早晨吃早饭时，天还是阴沉沉的，到我们出门时，外面已经开始落了雪花，吹起了北风。虽然风不是很大，但是，我们穿得都很单薄。

XS穿了一件稍旧的、草绿色的军大衣，下面穿了一件蓝色的卡其布裤子，脚上是一双大白色的回力球鞋，虽然旧了一些，但那可是地地道道的回力鞋，是那个年头最让我们羡慕的了。JN 全身穿的都是他爸爸的工作服，解放鞋，一身工人阶级的打扮，这种着装在当时也是非常时髦的。我一共有三条单裤，一条是蓝色卡其布的，另外两条都是在膝盖和屁股部位用缝纫机打了补丁的，补丁上再用线扎上一圈一圈的线脚，这样比较耐穿。我那天上街时，穿了两条单裤，是将那条单卡其布裤罩在打了补丁的单裤外。上身，里面穿了一件老布的衬衣，再套上一件 1967 年到北京时舅爹送的一件球衣。褂子也是蓝色的，只是因为洗旧的缘故已经快褪成白色的了。脚上穿的是一双草绿色的解放鞋。我最珍贵的衣服是我的外套，是一件我父亲做的呢子中山装。虽然已经很旧了，但在当时它毕竟是高档的服装，为了不让农民感觉我与他们有差距，平时穿的时候我在呢子制服外面罩上一件我父亲的旧中山装。

我们三人合撑一把伞，顶着皖南山区冬季里特有的北风、雪花，奔向县城。

县城很小，由于刮风和下雪，街上几乎看不到行人，原来就窄小的街道显得愈加冷清。县城最繁华的南大街有一家国营百货公司，对面还有一个百货日杂商店。再向南走，有一家饭店，在它的对面有一家菜馆。其次就是东大街了，靠近十字路口的是新华书店,新华书店的对面是一家面馆,书店向东走十米,是一家食品店。我们进城时已经是下午两点多了,自然就直奔食品店。

食品店是一个老式的店面经过改造而成,大门是传统的木门,门的两侧上下都留有槽口,晚上打烊的时候就用门板一块块地插进去,白天再一块块地搬出来。虽然是老式的店面,但是内部的布置是我们所熟悉的模样。跟合肥市街面上的百货店一样,迎门是一排玻璃的柜台,柜台后面有一些货架,在两边货架的中间,有一个门洞通向后面的库房。

我们三个人裹挟着一身的寒气跑进了这家与我们注定有缘的食品小店。店里有两个妇女同志,一个四十多岁,一个只有三十岁模样。看着我们进来,营业员坐在柜台后面没有动,只是好奇地看着我们。我们的眼睛顺着玻璃柜台一圈扫过来,没有看见一种可以吃的食品,柜台里大部分是空的,柜台后面有几口缸,里面装的是盐、酱油。还有几个坛子,装的可能是白酒之类。我们真是失望极了,那会儿我们真不知道在那样一片冰天雪地的时刻,能去什么地方买到吃的。三个人站在柜台前,搓着手,跺着双脚,只想着让身体快点暖和起来。这时,四十多岁的女营业员站起来说:“你们是学生子?是合肥学生子?”问话中那最后的拖音“子”,给我留下的印象特别深。我们看着她们,只是点了点头,因为寒冷和需要食物的表情已经全然表现在我们的脸上。年纪大一些的营业员朝年纪轻一些的看了看,年轻的那位就说:“店里只有一些咸肉了,如果你们要的话,就照顾你们了。”说着,就走进后面拿出了一块表面布满盐霜的干肉。我们当然是喜出望外,三个人异口同声连说:“要,要!”这块肉三斤不到,要两块多钱。我们用报纸将肉包起来放到篮子里,高兴得甚至忘了道谢就走出了食品店。回生产队的路上,我们反复盘算着,宿舍里还有一些黄豆,正好用来煮咸肉……

为了使我们的节日更浪漫一些,回生产队的途中,我们又做出了一个决定,再买一斤酒。我们决定到大队的代销点去买,那里离我们队不远,人都很熟。

“你们要什么酒?”代销员非常热情地问。

“就要最好的吧!”实际上我们知道,大队代销点也只有八毛八一斤的山芋干酒和一块一一斤的稗子酒。

代销员左手拿一个瓶子,右手从酒坛上掀开包着稻壳的软盖,再用竹子做的二两的舀子规规矩矩地舀了五下,再用一个大铁桥的烟盒撕开卷起来塞到瓶口当了瓶塞子。然后说:“你们看见了,我可是轻轻地舀的。”(这句话,我们当时肯定都没有听懂,过了很长时间后,我才逐步地回味出这句话的含义。当时农村物质匮乏,卖酒的一般都会掺水,所以在打酒的时候,就会把酒舀子狠狠地往下一沉,水比酒重都在坛底。他告诉我们他是轻轻地打,是向我们表示,给我们的酒是没有掺水的。)

雪越下越大,风带着呼啸,地面已经全部被白色覆盖了,靠近大队部附近的小山上的树还倔强地露出一点点绿色和橙色,显示出生命的顽强。我们回到生产队时,天已经黑了。进了屋，煤油灯一点亮，三个人就忙开了，XS 当大厨，做菜，JN 淘米做饭，我烧火。那天晚上，我们小组几个人，用搪瓷茶缸，将酒平分成几份，喝着酒，就着黄豆煮咸肉，在醉意蒙眬中，度过了我们的 1969 年的元旦。

小油灯　我们有两盏灯。一盏是有玻璃灯罩的煤油灯，主要是在睡觉的房间里使用。另一盏是用一个墨水瓶去掉盖子，换上一个特制的灯头：一块铁皮中间戳个洞，用一只铁皮卷成的小管子，穿过铁皮插进墨水瓶里，上面留出约有一寸长。再用棉花捻成的棉条穿进铁管里，上面露出一截，用于点燃，下面放出一长段，浸在装满煤油的墨水瓶里沁油。灯光的亮度，全由上面露出棉花灯芯的长短来调节，我们是不考虑节约的，灯芯拉得很长。但是灯芯拉长了也会有弊端，煤油灯亮了，燃烧的烟气就比较大，一个晚上点下来，第二天早晨起床，擤的鼻涕都是黑的。

吹火筒　我坐在锅灶前，每塞进一把柴火，都要弯下腰，握着吹火筒，对着灶洞里那把柴火下的余火猛吹一阵，直到新的火焰“轰”的一声烧起来，就可以歇上一分半分钟，再重复这个动作，直到一顿饭烧好。吹火筒是我们在下乡前完全没有见过的东西，但是我们在农村用秸秆茅草烧饭烧水，都要用到它。刚到大队，支书就给我们小组准备了一个，渐渐地我们嫌它不精致，就有心再做一个。

我们下放的生产队，别的不多，就是竹子多，有毛竹、水竹、紫竹、苦竹……最少也有上十种。我在竹林里选了一根竹竿笔直、竹节较长,直径有两厘米的水竹,砍了一根,斩头截尾,剔去竹叶,只留了中间的一段竹竿拿了回来。我先用刀子在带有竹节的一端离竹节约一厘米处截断,再将竹子按照我理想的吹火筒长度,截出一根。依次截了三段,再将每一根竹筒外表来回刮去青皮, 直到手在上面摩挲感觉很光滑为止。然后,我在柴火房平时堆放草木灰的地方扒开了一块,把三根竹筒埋进去,再用灰严实地盖起来(用来吸收竹子里的水分,这是水根教我们的)。在焦急地等了四五天后,我把竹筒从灰里扒出来,用拨火棍(粗铁棍)伸进竹子空的一头,用锤子轻轻地敲打,把中间的竹节打通,只留竹筒最顶端的一个竹节不动,然后用烧红的铁丝,在顶端的竹节中间烫一个小洞,吹火筒的前期工作就基本完成了。房东水根从家里拿来清漆,我把它们均匀地涂到吹火筒上,小心翼翼地把它们放到窗格上晾着,两天以后,一只只泛着淡绿色,又带点淡黄色,光滑滑的,十分招人喜爱的吹火筒就制作完成了,这是我到乡下以后制作的第一批手工作品。在下放农村的日子里,每天烧火用到它时,那种成功的感觉别提有多好了。

吹火筒,它是我忘却不了的记忆。

种植蔬菜的经历 有几页 1970 年的日记, 记录的是我下放青阳县城郊公社清桥大队时种黄芽白和卷心菜的过程。当时,青阳地区还没有黄芽白这种蔬菜,我是在村里试种的。

由于皖南山区日照时间不够，黄芽白长得都不好，最大的一棵只有四斤多重。

试验田 爸爸说青阳是江南“鱼米之乡”，来信中总是要叮嘱我除了劳动，还要读书，要读找得到的所有的书。他也陆续寄来了《水稻栽培学》《蔬菜栽培学》《植物保护》《农业机械》等许多跟农业有关的书籍，要求我认真地学习一切可以学得到的东西，尤其是科学的知识。他说：“科学的东西洋鬼子们做的是比较好的，不能因为是洋鬼子的，就不学……”这段话是爸爸在信中打了叹号的。我后来明白，爸爸之所以把外国人称为洋鬼子，其实，他是怕信件被别人看到后会说我崇洋媚外而受到打击。

我们生产队主要的农活是种水稻。生产队有一百二十多亩水田，其中四十多亩所谓的“田头子”，就是优质的水田。一是它对肥料的要求不是很高，一般都会有好收成；再是有良好的水路，“旱涝保收”。还有二十多亩“缝田”，以我们的理解就是“沼泽地”。“缝田”终年水不干，下到田里，一般都齐大腿的深度，而且水很凉。田里有“缝”，人不注意就会陷下去。听农民说，如果人陷进去，不能及时被拉上来，小命就呜呼了。“缝”还会在田里游走，不能确定具体的地方。所以，插秧的时候，每人都要带一根大扁担，人跪在扁担上防止陷下去。这样的田，由于水冷栽早稻不行，每年只能种一季。而且只有一个品种——毛糯稻。毛糯稻是因为它的秸秆上长有类似刺的毛而得名，它的分蘖能力特别强，适应性能好，又特别能拔肥，生长期长，长得又高，又不倒伏，它似乎就是为“缝田”而生的(当然是农民经过了长期对品种筛选的结果)。毛糯稻的米质特别“糯”，农村逢年过节做糍粑或者元宵，一定要掺籼米一起磨成粉，否则，元宵搓不圆变成饼，糍粑就会摊成泥。但是，它有一个最大的弱点，就是产量不高，一亩地也就产三百斤左右，收成不高。当时的早稻在五百斤左右，晚稻也都在二百斤上下。如果以现在的眼光来看，毛糯稻虽然产量不够大，但它是优质米，按照市场的选择，价格绝对高，效益肯定好。

我们生产队的种植是两年三熟，一般比较好的田种早稻和晚稻二熟，之后种一季油菜，第二年这块地就只种一季中稻。那时早稻的当家品种是莲塘早，莲塘早有高产、耐倒伏、抗病虫等许多的优点。但是，我到了农村已经有一年了，前一年的七月割早稻我们是经历过的，几乎所有的早稻都倒在田里了，每割一刀，都要先用刀尖把稻子捋一把才割下来，怎么能是“抗倒伏”呢？而且，去年粮食晒干后进队里的仓库过秤出来的数字，亩产不到五百斤，又怎么能说高产呢？我把这个想法很小心地和会计说了，会计问我，你说种什么呢？我没话了，心里却在想，一定要找一个新的品种。

那一年，全国“农业学大寨”，公社推广早稻新品种。我觉得这是一个好机会，就和队长商量，我想自己种一次新品种稻子，全面地向贫下中农学习，队长一向对我很信任，说，那你就试试吧！我说，我有一个要求：从选种、做秧田、犁大田、耙田、插秧、耘田、施肥到所有的田间管理,直到收割、晒场都由我一人来做,最后来估算一下亩产量。队长非常爽快地答应了,田由我自己挑。

我挑了村边的一块“八分子”的田,它的实际丈量也就是八分,不到一亩。整个冬天,我都在做两件事,一是看与水稻栽培技术有关的书,从书上寻找科学的知识;再就是找村里的老前辈,向他们学习水稻栽培的经验,他们答应给我支持。

三月初,我在住家门前场地的东角上,用土坯围了几平方米的地方,在地面上糊了约有两厘米厚的稀田泥,把浸过的稻种均匀地撒在上面。然后再用塑料薄膜盖起来以保证温度。做这些的时候,生产队的老老少少都来看,有的说这不是搞着好玩的,能行吗?也有的说,天这么冷,秧行吗?总之,说

我和房东在一起

程合(左)　小兔子(右)

各种话的都有，我不管这些，一边按照推广的资料，和我理解的去认真做，每天浇水、观察种子的变化情况，根据早晚温度的变化掀盖薄膜；一边请几位老人教我，犁田，翻红花草，耖田、耙田，做好栽秧前的准备。每天晚上，我会仔细地将稻种的观察情况记录下来：稻种出白牙了、泛青了、出芽尖了……这些，严格按照农业种植书籍关于农作物实验的记录格式来做，温度就用温度计和天气预报来测算，而湿度就凭我的感受来估算。

清明以后，村里栽秧时节还没到，我用薄膜孕育的秧苗已经有一寸多高了。我选了一个大晴天，平整了我的八分试验田。我在平整过的田里放了薄薄的一层水，请了村里几个年轻人来帮助我一起栽小苗秧。我给他们示范，将秧苗连土铲起来，成块状放进藤筐，挑到实验田边，再由两个人在试验田的两头拉上绳子，栽秧的人只要将秧苗连土掰成一小块放到田里，能横平竖直就行，一改过去插秧，要用手指夹着秧苗往土里插的做法。半上午，八分田的秧苗栽完了。这次的小苗育秧和栽秧的程序，算是我下放农村后，运用我学习掌握的科学知识，对农民朋友们所做的一次科普吧。

接下来的田间管理，我把村里老农们的生产经验和我在书本中学到的知识结合起来，按部就班地对田里的秧苗做着精心的管理，秧苗也像懂得我的心思似的，长得一天一个样，乌油油、矮墩墩的，十分喜人。

稻种从育苗到成熟八十八天，时间不差一天。收割前，我向队长请求,实验田的稻子单打单算。最后核算下来,这八分实验田收了净稻九百六十斤,合亩产一千两百斤。队长高兴极了,村里的老农们也高兴,当然最高兴的是我。

新稻种推广及小苗栽培技术的成功,是我在广阔农村里收获的最大的事件之一。在我的实验计划中,诸如马铃薯的种性退化问题、大白菜的光照时间不够而包不实的问题,也已经开始,但不久后,随着我的返城而不得不中断。

1971年,我离开了给予我人生教育、认知生活、进入社会步入第一个舞台的青阳县城郊公社。

上九华山 1970 年 10 月, 我下放农村已经是第三个年头了。在青阳时间长了,受当地老百姓的影响,渐渐地对佛教有了一些了解。再加上 XS 从合肥回来说,他家里人告诉他,九华山是全国四大佛教名山之一。这更激发了我们的兴趣,我们要上九华山。

10 月 25 日,吃完早饭后,已经九点多了,我们小组一行四人,每人腰里别着一把柴刀,用于上山开路,手里都撑着一个棍子,也是做开路和拐杖兼用。

我们按计划先到朱备镇,从后山上九华。出了朱备镇,走了一里多土路,就全是青石条铺成的路。青石条有一米多宽,每隔两三个就上一个台阶。不知不觉中我们已经走入了山里。

路旁有水碓吸引了我们,是山里人用来舂米的。一条山溪顺势而下,一根毛竹接着溪水(中间的竹节打通),把水引入了一个木制的水斗,水斗接满了溪水之后,自然就把另一头的石嘴压下来,水斗翻了,水倒下来,石嘴就打进了石臼窝里,完成了一次舂米的动作。山溪是隔着山路的,一般行人无法到达,野兽也过不去,所以也不用人看管。我们这些城里长大的学生,没想到会在九华山脚下,和古人的智慧,有了一次碰撞。

在我们的认知里,所谓的村庄,应该是大片农田中有绿树成荫,隐隐约约有一处处房屋,房顶上冒着袅袅炊烟,田里有老牛在耕田……这样的场景才是村庄。砻口,却更像是集镇。因为这里都是瓦房,清一色的白墙黛瓦,特别的是,每家的门前和屋后都有着一条二尺来宽、二尺来深的水渠,水渠里有水流哗哗的声音。走进细看,水渠约有半尺深的清水,汩汩而流,清澈见底,里面逆水而上的小鱼在奋力地往上游,盯着看上去,它们半天也没有进展一寸,倒是好像在后退。顺着流水,我们绕到了一户人家的后面。后门是厨房,水渠的旁边两侧各有一道石槽,我们不知道那有什么用处。这时有一位大妈从屋里出来洗涤,看见我们好像是非常稀奇的样子,我们学着当地的话打了招呼,把大妈逗得笑了起来:“真是学生娃!我们这里再上去十里地就有合肥的,你们是铜陵的?”大妈问我们,我们赶紧答话:“我们也是合肥的,从这儿路过。”我岔过话头,指着一边的石槽问大妈:“这是做什么用的?”“那是挡水的。”说着,大妈拿出了一块木板做起了示范,木板往水槽里一插，水渠的水位马上涨了起来，涨上来的水顺着旁边的一条小石槽流进了大妈的家里。大妈家的后门旁边是一个水池，里面蓄满了水，水池的水满了就会溢出来，会顺着池下的小水沟流回到屋外面的水渠里。我又问："如果没有水会怎么办呢？"大妈笑了说："不会的，我住这里几十年了，还没有看见过它干过呢！"我们走在村子里，水渠弯弯曲曲地绕着每户人家，有时它还会绕进庄户人家里，从人家的堂屋穿过。我们想象，那说不定是农家人夏天用来乘凉的。

出了砻口，往南边一拐，是一个很深的山涧，山涧里是一块块巨大的石头，绕着石块仍是唱着山歌的溪水，看着这一切，我不禁感慨起来："如果在山口筑一个大坝，肯定是一个不错的水电站！"XS反驳说："为什么要建一个水电站，这样不是很好吗？我们学的陶渊明的《桃花源记》里还没有这么美呢！"是呀，上九华山的这一路上，我们真的领略了山水之美！

过了山涧不远，路前面立了一棵大树。好大，我们四人手拉手合起来差不多可以合围，足有两米的直径！我们分辨了好一会儿，才确定它是杉木，它是当地一般用来做家具、建房屋的主要材料，也是老人寿材的常用材。因为它质轻、树干直又不变形，而且不易腐烂，是人们经常使用的材料，一般在二尺围的时候就伐下来了。今天见到的是一棵圣树，听说在"文革"之前每月初一和十五，就会有善男信女来这里烧上一炷香，求平安、求健康、求婚姻、求子、求财富……

上山的路逐渐陡峭起来，沿途时有挑夫扛着新从山上砍下的毛竹擦肩而过。挑夫一般是将三根毛竹捆在一起，一只手扶着肩上的竹子,一只手拿着一只称为“大杵”的东西,从另一个空着的肩膀上穿过去撬住毛竹,以使肩上所有的重量由双肩来分担。挑夫走一会儿,歇下来,大杵一头落地,一头撑住毛竹,就可以站着休息。肩再挑担的时候,不需要弯腰来担重了。挑夫一行有五六个人,前面的停下,后面的就依次站住了……上山的路只有一米左右的宽度,我们几个年轻小伙子,空手走已经是气喘吁吁,而他们挑着那么重的长毛竹,行走在山道,如履平地,真的了不起!

爬过一个小山头,前面出现了一小块平坦的地方,说是平坦,那是因为和刚才翻过的山做比较而言,只是山里的一个小冲而已!山冲四周的山上长满了成片的杉木、毛竹和混杂生长着的各种杂树。已经是十月的季节,山上的树,有的是黄色的、有的是红色的,还有的墨绿墨绿的,五彩缤纷,好看得很。山冲有几十块大大小小的稻田,大的只有几间屋子大小。山边一户人家,白色的墙壁黑色的瓦顶,被树丛包围着,XS说,到那里去要一点水喝,真是渴死了!

我们顺着一条小路走到人家的门前,只见一个小孩坐在那里,看样子有十岁左右,我们和他打招呼,他不理我们,歪着头傻笑,XS说,孬子?屋子的大门开着,我们走到屋里,大声地喊,有人吗?没有人回答,我们又大喊了几声,仍没有应答。看堂屋条几前的大桌上有一个竹壳的热水瓶,我拿起来,有半瓶水,就倒进了我们空着的水壶。XS掏出了一元钱,压在了热水瓶底下。

我们出门继续向山上进发,走不多远,就遇见了老乡,是一位面色非常憔悴的妇女,年龄顶多三十来岁。她腰中捆着腰带,后面插了一把柴刀,手上提着一些看起来刚从菜园摘下来的新鲜蔬菜。XS上去打招呼:“我们刚刚在你家里喝了开水,没有和你说,对不起了。”

“哪里,哪里。”老乡十分地好客。

“喝好没有?我再给你们烧。”

我们被感动了,连着说:“不要不要,我们要上九华山,走这里对不对?”

“对!再翻过两个山头,就是‘老长住’了。过了‘老长住’,再爬几个山头直接到天台!”

XS问:“这儿是什么地方?”“这是三亩田。”

多么形象的地名,指的就是那些小块的稻田吧!我们谁也没有提那放在水瓶下面一元钱的事。我知道,虽然大家都没有说起,但是大家的内心都非常同情这位母亲和她的傻儿子。

通往九华山天台正顶的路有三条,一条是大路,从我插队的城郊公社,向西,走晒衣岭,经二圣殿、一天门、二天门到南天门上九华山。这条路一般都是长江中下游的朝山香客走的,先到大通,再坐船溯青通河南上到青阳,再上九华山;另一条路是走徽州贡茶古道,由徽州方向的朝山香客们走的,从陵阳经黄石岭到天台;再一条路就是我们现在走的路,从青阳的南门出发,走朱备、砻口、青草湾、六亩田,到天台正顶,是青阳当地人朝山所走之路。“老长住”是这条上山的路途中必经的一座有名的深山古刹。

上山的路越来越难走，虽然脚下是一级级的石板路，但是，因为长期没有什么人行走，路两边的杂树、灌木和藤条已经把路面完全遮盖起来。我们一边用柴刀砍出路径，一边用棍子敲打路面，驱赶虫蛇。真的有蛇。进入藤蔓缠绕几乎完全封闭的小路时，我们在一个树枝上发现了一条小蛇，XS用棍子指着给我们看。XS说："你们不要动，我来把它搞动起来。"说着，他就用棍子戳了树枝一下，树枝动了一下。啊，不是树枝，一条蛇！蛇身和周边的自然环境已经融为一体。

"老长住"到了。穿过了一段茂密的竹林之后，眼前出现一座破败的大庙。大庙依山而建，山门左边的山墙小半边已经坍塌，右边仍然完整，给人一种恢宏的感觉。进了山门，三尊十几米高的佛像俯视着我们，我们不由自主地作了一个揖，表示了我们对此地主人的尊重。说实在话，那一会儿给我的第一印象是电影《农奴》里的那种阴森恐怖的场景。庙里周围静悄悄的，我们不敢多走动，只待了一会儿就退出来了。我们绕到大庙的右边空地，看见有一位老者，穿着和当地农民没有两样，花白的胡须有半尺来长，随着老人的动作在动，顿时让人感觉到他的与众不同。老者在腌菜：一个陶盆里，晒干的白菜切碎了，撒了大盐，在盆里搓盐。我们走过去，老人没有抬头，继续干他的活。我们走向前，非常恭敬地问道："老人家，能给我们一点水喝吗？"

老人抬起头，指着不远处石头上的一个茶壶和茶碗说："你们自己倒吧。"

说着，老人仍然做着自己的事情，我们用带着的水壶盖每人倒了一点喝了,茶水不是很热,但是出奇地香,我们忍不住又喝了一点。

XS说:“老人家我们给你钱吧。”

老人笑了起来。我要钱干什么呢?说着停下了手中的活计,在腰围上擦擦手,走过来,给自己也倒了一杯茶,坐下来像是要和我们说话的样子。这时,我仔细地看起来,老人的年龄不是很大,但是可以看出来肯定营养不良。老人告诉我们,“老长住”是民国十五年(1926年)建的,是本地人在朝山的路上最大的寺庙,也曾经有过辉煌的时期。老人指着山门那边坍塌后裸露的部分,告诉我们香客的房间有五层。确实,我们看见寺庙破败的那一面,就像是机械制图里的剖面:木头隔出的房间,每层有双层的楼板,虽然楼的层高比较矮,但毕竟是五层!要知道,当时合肥市最高的楼房也只有五六层,可以想象,在20世纪二三十年代,这里是多么兴盛!我们坚持付了老人茶钱,老人也没有再推辞,他说不要钱,但是他也是需要生活的。

我们按着老人指的方向,踏上登天台的最后路程。快到山顶了,路渐渐地宽敞了,路边的枝丫藤蔓也少了,大树渐渐地多了起来。过了一片竹林,前面一座高坡,迎着坡面,三株高大挺拔的松树忽然进入了我们的眼帘。我们仰头向上,三株松树的枝丫大都伸向一个方向,像是向下探着身子张开它们的手臂在欢迎我们的到来。这三株松树,每株都有水桶粗,几层楼高,周围没有别的树木,就显得更加高大。那一刻,我们一路披荆斩棘爬坡登峰的疲劳好像立刻消散了,只有一种进入仙境的感觉。脑子里浮现出“老长住”老者的一句话:“诚则灵。”

从这三棵树向上望去,远远的高处,隐隐约约有房子,那一定是天台正顶了!

这一天是 1970 年 10 月 25 日,我的十九岁生日。如果按照中国的传统说法,那天我二十岁!我的第一个念头,就是要为我的母亲祈福,祝她顺心如意!

笔架山 在青阳县城南边,离青阳县城约二十华里。天气晴朗的早晨,站在生产队的家门口,向南望去,蓝天白云之下,一座酷似书案上笔架的大山,似一道屏风搁在天边,把小小的青阳县城挡在了南天门之外,景象异常壮观。如果是多云天气,那么在云彩之上露出的山尖,又像各种动物的造型。有千年的老龟、有观海的青蛙、有占山的兽王老虎、有轻巧展翅的燕子……使人浮想联翩。

笔架山一游,是我们几个同学当年乘汽车到青阳第一眼看见笔架山的雄姿时,许下的愿望,今天终于成行了。

按照老乡的指点,我们从县城的晒衣岭出发,经过七里头、白花井、笔架桥、平顶山、项家大岭、陈家畈、双溪寺,到了笔架山的山脚。约三个小时的行程,对我们来说,已是小事一桩。沿途顺便还可以去其他下放小组串串,累了、渴了就到他们那里骚扰一下。

传说中,地藏王菩萨来九华山修行的时候,走到青阳地界,天气热了,汗渐渐地出来了,看见了一处隘口,菩萨就顺势坐下来休息，随手将衣服往对面的大大圆圆的石头上一放，帽子往石头上一戴……从此，这儿就被称为“晒衣岭”，也是从青阳上九华山的第一站。

顺着青石板铺就的小路前行一华里，是发源于笔架山的青通河，清清的河水浅浅地流淌，水下的鹅卵石看得清清楚楚，偶尔有小鱼群逆水而上，在阳光下泛着闪闪的银光。沿河的路都是沙石路面，顺着河埂一直延伸。河水走了一湾又一湾，到了七里头这个地方，河水在这里打了一个回头，形成了一个大水湾。由于长年回水的冲刷，水深异常，湾水也显得特别绿特别蓝特别平静。沿水湾岸边茂盛地生长着一排两人合抱的大树，护卫着沙堤承受河水的冲刷。当地老乡告诉我们这是柳树，让我们顿感讶异。我们印象里的柳树是：“岸边垂下纤纤丝”，千般柔弱，千般情丝……而这粗壮的树干、挺拔的枝干、茂盛浓绿的枝叶，每片都像睁大的眼睛，在迎着阳光展示自己的姿态，绝没有印象中柳枝那妩媚摇曳。听老乡说，这种柳树在当地是一种用材树种，由于其生长快、树干又直，所以它是建筑板材的主要来源；又由于它生长在水边不怕水的缘故，所以它又是水车、禾桶的首选材。不怕水，指的是它遇水不腐烂、不变形。水湾的顶上，是一个山冈，一边是山，一边是水湾，中间种有柳树，由此，这里自然成了人们赶路纳凉的一个好去处。坡下的几处凉棚，很破败了，但残留着一丝曾经兴盛的痕迹。山坡上的一座像祠堂的建筑，是推广农业新技术的公社农业学校的所在。

笔架山越来越高了，离我们也越来越近了，我们加快了脚步。春天的阳光照得人暖暖的，路两边的油菜花开了，黄黄的，一片片的，香气随风一阵阵地吹进人们的肺腑，花的海洋点缀着白墙黑瓦的农舍。偶尔在田里劳作的农民，带着草帽，肩上搭着擦汗的毛巾，是花中的仙子，是花的主人，我找不到合适的词语来形容我当时的心情，只想起一个词：心旷神怡！

一座古桥出现在我们的眼前，我之所以称它为古桥，一是从它长满青苔的石头上，另一就是从它的造型上来判断的。桥通体是由大块的石头做成，不宽的河水里，五个桥墩的底座就像由五个石头造成的船，船头向着上游的方向，尖尖的、翘翘的，船身上背负着石头砌就的桥墩。每个桥墩约有四米高，桥墩间隔三米多，在河的中间形成四个桥拱，托起了桥面。石块由于风化，已经发黑了。其表面不平整的地方，背水的那面，桥墩都长着青苔，显出了沧桑。桥面石很光滑，有的地方甚至发亮。路面有两道不明显的车辙，不规则，也不深。这座桥名：笔架桥。

笔架桥因笔架山而得名，到笔架山必走笔架桥！

山需要仰视了，我们来到了山脚下。

后山与仁德法师 后山与九华山隔了一座山，九华山就称前山。后山主要的寺庙有两座，一座为九子岩，一座就是双溪寺。双溪寺坐落在笔架山的东北脚面上的好似大脚拇指与食指之间一块洼地里，是一处风水宝地。寺的前面是一溜平的畈田，再往前面有青通河蜿蜒流淌，后面背依笔架山。笔架山是石头山，大块的褐色的石块，就像经历过远古时期地震似的，顺着山体滚落得到处都是。石缝之间长着一些绿色的植物，茅草、荆棘、小竹子，茅草顺着水流的方向遮掩了石块。在这块洼地上，星星点点缀饰大大小小的寺庙几十座，双溪寺、九子岩是其中最有名气的。

多云的天气里，后山的四周环绕着云雾，把山遮得严严实实，从山下往上看，是什么也见不着的，顺着石级往山上走，走着走着就进入了云层之中。迎面而来的是飘动的水雾，头发全被打湿了，分不清是水汽还是汗水，走到一拐角处猛抬头，前面一亮，雾气没有了。往下看，脚下是一片白茫茫，我们已经走到了云层的上面，恍然如腾云驾雾了！再向前看，眼前是树林一片。

一棵有数十米高一人抱不过来的大杏树，另一棵比杏树要粗上一倍，差不多高的皂角树，还有几棵小一些的大树将一块二十几米宽、十几米长的半山平地遮盖得严严实实，如果不走近前，看不出这儿还隐有一个两层的小木楼。

顺着石块铺就的小径，弯弯曲曲往山上走两百米，用大石块砌就的一堵墙挡在了面前。石块的缝隙里已经长满了常青的藤蔓、野玫瑰、小树以及其他说不出名字的绿色的、黄色的、紫色的植物，石墙的右边铺有石头砌的台阶，顺着石级走上去，木楼展现在眼前。木楼的门前是一块平地，打扫得非常干净，正中摆有一个硕大的香炉，生铁铸就，虽然已经锈蚀了，但是昔日的庄严似乎没有丢失。木楼两边坎子上种有许多的花，有芍药、牡丹，楼四周以黄杨做围。香炉对着的是木楼的正门，正门的门边有两个石柱，上面有凹，想是用来烧香的。门前是走廊，两边各有一个边门，应该是厢房了。正门进去，一个大佛龛，三尊佛像供奉在里面，佛龛后面有一个窄小的楼梯可以上到二楼。瑞云等几位老师太就住在这仙境里。

双溪寺坐落在绿树环抱之中，离得稍微远一些是看不见寺庙的。顺着石径小路走到了坡下，再沿着不到一米宽的石级迂回向上走几百米，进入了一个和之前完全不同的境地。在两山之间的洼地里，迎面是一片树林，树林之间，一道白色的围墙透出，围墙靠北面的地方开有一扇小门，进门有几十级十几米高台阶依墙而砌。台阶两旁没有扶手，只是一边靠的是墙，使人感觉稍稍有一些安全的保障。上得几十级的台阶，墙上开了个双扇的山门，门洞两边有对联，其实就是标语口号。

进得寺门，一方小院落，收拾得干干净净，几处小花坛，栽有一些不知名的花草，一条石块铺就的小径通向大屋。门也不是很大，走进里面，房子却高大得很，迎面三尊大菩萨塑像顶到了房梁，俯视着我们。菩萨像前挂着红色黄色的绸布，前面的条案上有一盏小油灯亮着火。依墙的条几，旁边的桌子都擦得明亮鉴人。这是一个大殿，但在外面无论如何也看不出这里面有这么大的去处。佛像后面有一扇小门，绕过去，又是一座院落。穿过天井，进大殿仍设有佛龛，两边是小一些的菩萨。大殿一边有门，可能是出家人的卧室了。从另一个门走出去,是一个茶园。再向后,是菜园,一堵小矮墙将其围了起来,一个小竹条子编成的园门。走出去就是一片梨树林子,树一般都有小盆子粗细,有年头了。

九华山后山没有还俗的僧人,有几十位和尚和十来位尼姑,组织了一个佛教队。仁德师父当时有五十来岁了,在佛教队里是属于年轻的,就由他来当队长。庙里拥有一些山场,出产毛竹和木材。还有一些旱地,可以种一些小麦、山芋充当口粮。再就是一些茶园,每年的茶季忙碌几个月,采茶、炒茶、卖茶叶是佛教队的一项主要的收入。“文化大革命”给僧人们带来的最大改变就是:僧人也要自食其力,自己养活自己。当地政府每月给一定的粮食计划, 但是需要僧人自己挣钱来买,因此,挣钱对于这些年老体弱的僧人来说是一件大事。俗话说靠山吃山,庙里有山场,砍伐毛竹、杉木也是一笔大的收入。但是,从山上将竹子和杉木背下来,是很重的体力劳动。只有请当地的农民背下山,卖给当地的供销社之后,再支付工资。虽然钱很少,但是农民们也很乐意,因为他们的劳动力有地方出卖了。僧人们也很高兴,庙里的重体力活经常是由一些农民来干的, 庙里也正是有和当地农民们这样的关系,才使得僧人们能够撑下来。

我第一次见到仁德师父是 20 世纪 70 年代,后来和仁德师父接触得多了,就没有什么隔阂了。有一次,我上后山,去了双溪寺,仁德师父问我,晚上来不来庙里?接着又说,来了我就可以看到我没有看过的东西。晚上,我进到庙里,只见七位师父围坐在大殿菩萨的前面,仁德师父坐在中间,头上戴了顶像唐僧戴的那种帽子。七位师父手执各种法器,在仁德法师的带领下,口中念念有词,每个人都凝神专注的样子。在师父们的面前,跪着几个老乡,在随着师父们口中的诵念不住地磕头起身磕头。仪式一直持续了几个小时。后来仁德师父告诉我,这是在为亡灵超度。很多时候都是在人们的一再要求下,僧人们偷偷地做一回。每做一次法事,七位僧人忙六个多小时,可以得到三十斤的粮票,也算是生活补贴吧。

双溪寺的右下手一百米,走几十个台阶,弯了几弯,有两块黝黑黝黑的大石块,圆溜溜的,并排立着,就像是从山上滚落下来的。每块石头足有一间房子大小,两块石头中间,是连着的三个水池,墨绿墨绿的,最里的一个尤其特别,不时从水底冒出一个个白色的点点,慢慢地上升,仔细看看,是一个个晶莹的水泡,到了水面上就像在天鹅绒的毯子上点缀了一颗颗的莹白莹白的珍珠。这样的一个泉眼,这样的神奇景象,我只是在双溪寺才第一次见到。人们在这三个水池外,再用石头砌就了一个稍大一些的池子,用于平时的洗涤。池与池之间用碎石隔开, 最外的池子连着一条被水草覆盖的小水沟,拨开这些绿色的小草, 可以发现一小股清水在缓缓地流动,一直流到下面的石头缝里。水池正面一块石头的上方篆刻着“龙王井”三个大字,下面的落款已经模糊了。旁边凿平的一款石面上,模模糊糊地有一些字迹,也无法辨认了,应该是对“龙王井”的记叙吧。

我曾经问过仁德师父,双溪寺的地理位置很特殊,寺庙里的僧人们吃水用水会有问题吗？仁德师父告诉我，在双溪寺，吃水和用水是不用发愁的，即使山下遇上了百年大旱，山上也不会出现缺水的情况。他见到我吃惊的样子，说，这里有“龙王井”啊。

确实，在大旱的年头，龙王井也没有干涸过。听当地的老乡说，有一年大旱，河里的水都断流了，村里的水井也干枯了，周围几里外的农民都来“龙王井”挑水，几个月都是如此。由于“龙王井”，双溪寺出名了。也由于双溪寺，“龙王井”四乡里无人不知。

顺着双溪寺后面的一条一尺多宽的石级山路一直往山上走，山路相当陡，大约有六十度，走到半山腰，山路猛地一拐弯，一座石门忽然就矗立在眼前，如果有一人守住这儿，可真是“一夫当关万夫莫开”，当地人说，这是当年“长毛留下的”。再往上走，翻过一片茂密的树林，是一个小盆地，盆地坐北朝南有一座已经破败的大庙，庙的右手是三棵几十米高的枫香树，几个人都抱不过来。树荫遮蔽的山崖下，有一个小石洞，传说中的地藏王菩萨初来九华山选道场时，就是在这里打坐修行的。

从九子岩往山上走，就到狮子峰。从狮子峰往上，上山的路已经没有了，再往上就到九华天台了。

（**程合**　1951 年 10 月生。合肥实验中学 67 届初中毕业。1968 年 11 月插队皖南青阳县城郊公社清桥大队，1971 年 8

月被招工回城。务过工，经过商，任过教，做过公务员。2011年于省供销社退休。）

九华莲峰映花海，白云山下有人家。此图是安徽省美好乡村——青阳县蓉城镇百花村美景。（青阳县委宣传部供稿）

第一次上山砍柴

崔　璋

四十年前,我们老三届的学生满怀热情,毅然决然地到农村安家落户。

我们实验中学的四名男生被下放到青阳县九华笔架山下的胜利公社新光大队,背井离乡,缺吃少穿,但我们开始挣工分了,开始养活自己了……

我们自己开伙,要烧大灶就得有柴草,看到村里“大幺佬儿”(青阳方言对成年男子的称呼)上山砍柴,我们四个也决定自己上山砍柴。

前一天晚上,因筹划“上山砍柴”太兴奋了,第二天一觉醒来,太阳早已晒到屁股了。我们赶紧戴上草帽,穿上草鞋,腰间系着砍柴刀,肩上扛着木冲担,向生产队东南方的牛家岭进发。隔壁的周大妈看到我们那么迟上山,关切地叮嘱我们太阳落山前一定要赶回来!

我们跨过清清的小溪,走过简陋的独木桥,闻着野草的幽香,听着鸟雀的鸣唱,沿着崎岖的山路,拨着身边的树枝,披荆斩棘地向山上攀登。爬到牛家岭,汗流浃背,我们喝着山谷流下的泉水,掏出带来的锅巴和山芋,看着山下的田野和炊烟,眺望远处更高的山峰,大声唱着苏联歌曲《小路》和《喀秋莎》,山谷中回音缭绕,心旷神怡……我们哪是砍柴,简直是旅游嘛!当时农民上山砍柴有好多树是不许砍的,而我们不管,见什么树容易砍,就砍什么树,特别是松树,有松油很好烧。毕竟是第一次砍柴,我们伤痕累累,有的划破了手,有的戳烂了脚,每人花了很大力气才绑好两小捆柴,那可是我们的劳动成果呵。大家躺到一块大石头上,望着蓝天和飘浮的白云,吃着砍柴时顺便采来的野果和小毛栗,不亦乐乎!

看见太阳快下山,我们也赶紧下山。此时生产队的社员们急坏了,因为他们在山下看见太阳早已下山了,而我们还没有回来。我们挑着柴,顺着陡坡往下行,俗话说:上山容易下山难,挑着担子下山更难。一步一滑,战战兢兢,越是怕摔跤,越是摔跤,张一成同学摔倒时,把一捆柴摔散了,我们七手八脚又帮他把柴绑好。下山途中,感到天黑得特别快,还没下到一半路,已伸手不见五指。这时,感到担子是那么沉重,山风是那么阴冷,黑暗是那么可怕,山路是那么难走。饥寒交迫,十分无助,但我们没有一个说把柴扔了,那是我们辛辛苦苦,流血流汗换来的……

拐过一个山湾,依稀听到有人在喊我们的名字。我们向山下远处望去,看到点点火把和向上跑的人影,原来是周大妈领着乡亲们找我们来了。我们放下柴火,激动地大声喊:"我们在这里……"

一晃时间过去了四十年,青阳乡亲们四十年前,黑夜登山呼喊我们的声音,至今时时在我耳边回响……

2008年12月26日

首次上黄山

崔　璋

四十年前,我们被下放到青阳县笔架山下。

1970年春节来临之际,我们这些已在农村度过第一个春节的同学,毫不犹豫地背起大包小包等当地各种土特产,争先恐后地返回了合肥。美美地享受了一段时间的口福(那时能吃到肉,感觉就是过年)之后,该返回青阳继续挣工分啦。为了节省几元钱的路费,我们通过熟人搭乘3月6号合肥送变电工程处给黄山变电所送电器设备的大卡车 (正好路过青阳)。司机郭师傅是个热情开朗的小伙子,三言两语就和我们混熟了。以前从书本上就知道安徽有个黄山,以奇松、怪石、温泉、云海、日出五大特点而扬名天下,也听说古人云“五岳归来不看山,黄山归来不看岳”等。虽然在农村生活很艰苦,但我们毕竟是一群风华正茂、血气方刚的青年,对祖国大好河山充满了向往, 小郭也极力怂恿我们跟车到黄山去玩一趟。遂决定:去!

一路颠簸到了青阳县城,天色已晚,我们到离县城较近的同学那里住了一晚。第二天一早,我们六个同学:我和贺镇德、杨要武、李萌静、朱彦文、苏英英如约赶到郭师傅住的供电招待所。他说:“今天下午就可以到达黄山,明天我去变电所卸货,你们上山玩一天,后天一大早卡车返回时再把你们带到青阳。”

前排左起：贺镇德、崔璋、杨要武，后排左起：朱彦文、李萌静、苏英英

我们高兴地出发了，一路上歌声笑声此起彼伏，不绝于耳。郭师傅说，以前他一个人跑长途，感到很寂寞很累，这两天开车很高兴。夕阳西下时，抵达黄山脚下当年唯一的宾馆桃园宾馆，偌大的宾馆空空如也，没几人入住。那时住宿费是八毛钱一个床位，尽管不算贵，但对于我们这些辛勤劳作一天只能挣三四毛钱的知青来说，还是太奢侈啦。经过我们的软磨硬泡，再加上小郭师傅这位常客在一旁帮腔，宾馆服务台工作人员摇头苦笑着竟破天荒地答应收我们四毛钱一个床位。安排好住宿，抬头一望天还没黑，遂出门在宾馆附近游玩了一番。阳春三月，桃花

盛开,我们一行六人在盛开的桃花下与“人”字瀑布前合了影。人面桃花相映红啊,只可惜后来,人面不知何处去,我们当中的杨要武同学因病早早地离开了这个世界。

第二天早饭后,我们开始了难忘的登山之旅。在那个缺吃少穿的年代,旅游业还没有兴起,也没人专门跑出去旅游。那时黄山也不需要购买什么门票,更不用提什么导游服务、乘坐缆车啦。我们出门一路行来,看不到几个人影。上山的路有好几条,我们也不知走哪条对,于是就凭感觉选了一条看起来比较宽阔平坦的山路往上走。

一路行来,白云飘浮、林木葱葱、流水潺潺、百鸟争鸣,不知不觉过了听瀑亭、文殊阁。风景是越来越美,上山的路却越来越难走了,当我们几个踏上立马峰旁的立马桥时,早已是气喘吁吁、汗流浃背。立马桥海拔有一千一百多米,正处在云层中间。云雾在身边飘浮缭绕,一百米开外看不清东西。桥下虽听见哗哗的流水声,但黑黢黢地看不见底。山风袭来,忍不住打几个寒战,在山下几乎看不见多少积雪,而到了这里则是银装素裹、白雪皑皑。周围看不到一个人影,往上的雪地上没有新鲜的脚印,是前进还是后退?向前走:山高路险前途未卜;往后退:半途而废心存不甘。李萌静表示坚决要上,于是几番争执之后,苏英英与杨要武打道回府。李萌静、朱彦文、贺镇德与我,凭着一腔热血和几分鲁莽,继续踏上积雪的山路。越往上积雪越深,贺镇德在前面深一脚浅一脚地开路,朱彦文、李萌静在中间,我殿后。四人踩着厚雪,奋力向上攀登,大有当年红军爬雪山的悲壮气概。爬上立马峰,云层已被踩在脚下,眼前豁然开朗。回首东望,啊,白云就像大海的波浪一样翻滚着,无边无际;一轮红日在云海中喷薄欲出、霞光万丈,与周围峭壁上的白雪交相辉映;周围山峰的峰顶刺穿了云层,就像茫茫大海中的一座座岛屿或礁石。奇松、怪石、云海、日出,好一幅美丽天然的图画。我们目不暇接,陶醉其中,忘记了寒冷、饥饿、疲劳。

短暂休息了一会儿,我们凭着下放山区一年多锻炼出来的脚力,手脚并用继续往上登。脚下飘着白云,身旁被雪压弯的松树仿佛在招手,欢迎我们的到来。林里的小鸟叽叽喳喳地叫着,仿佛对我们这些不速之客说:冬天还没过去,怎么就上来啦?又翻过一座小山峰,前面的雪更厚了,白茫茫一片,看不见路在何方,真不知该往哪里走才好。时已近午,我们早上是两手空空上的山,又累又饥又渴。贺镇德一屁股坐在雪地上,抓起一把雪送进嘴里,说:"怎么办?"我脱下旧军衣铺在雪地上,让两位女同学休息,李萌静从包里翻出仅有的几块炒米糖给大家分享。正在大家一筹莫展、不知该如何是好时,突然发现后面有个人在匆匆地向我们奔来,我们像见了救兵似的站起来迎接。原来他是黄山光明顶气象站的工作人员,今天回站里值班。他说:"入冬后,在山上十天半月看不见人是常有的事,没想到这样大的雪天还会有人登黄山。很高兴能有人做伴一起上山。"我们顿时又来了劲头,感觉老天对我们还是挺眷顾的。有了这位向导以后,感觉立马就不同了。原先在我们眼中那些不知名的山峰啊、岩石啊,顿时都像活了似的呈现在眼前:右边那相连的五个山峰是"五老蹒跚登天都”，左边那山峰上的一块岩石是“松鼠咫尺不敢跃”，前面峭壁则是“鲫鱼背上携手攀”，而远处那座最高峰是“征服天都众山小”……一个个自然景观鬼斧神工、惟妙惟肖，感觉黄山真是太神奇了。我们一边看一边听他说，并七嘴八舌地发表自己的想象：哎，你快看那个像不像一个“银猪追月”？哟，我看这个像……不知不觉就翻过了几个山头。工作人员指着前面不远的另一座高峰说：“那就是我工作的地方——光明顶气象台。”得知我们早已是饥渴交迫，他就邀请大家去那里吃饭。我们高兴地加快了步伐，一口气登上光明顶。气象站的工作人员很快就烧出了一大锅饭，并把他们保存的一些腊肉咸菜奉献出来，真香啊，每人都狼吞虎咽地吃了两三大碗。茶足饭饱后，大家依山傍水，极目远眺，心旷神怡，乐不思蜀。

转眼太阳已偏西，从光明顶到山下还有三十多里路，我们该下山了。气象站的工作人员担心我们迷失方向，劝我们歇一晚，说明天早上完成交接班的那个师傅带我们下山。想到已与小郭师傅约好明天一早跟大卡车回青阳，所以无论他们怎么挽留我们也坚持要下山。工作人员左叮咛右嘱咐地交代一番之后，我们告别了光明顶，沿着他们指点的路线，踩着一尺厚的积雪，踏上了新的征程。下山的路看起来比上山的路要平坦一些，但“上山容易下山难”，脚下老是打滑，身体还不能前倾，重心极不稳定，还没走出一百米，我们几个人已经接二连三地摔了好几跤。贺镇德仍在前面开路，我负责殿后。天很快就黑了下来，四人像喝醉了酒一样，东倒西歪、磕磕绊绊地摸索着往下走。当走到有些较陡的山坡时，女同学干脆就像坐雪橇一样滑了下去。我们全凭着感觉向前推进，有两次感觉走的方向好像不对劲，又折回来重走。夜渐渐深了，周围看不见一点灯光，只有头顶上几颗星星在寒夜中闪烁。远处偶尔还传来几声不知是什么野兽的嚎叫声，个个心里紧张得不敢大声说话，唯恐引来野兽和坏人，就这样我们马不停蹄，连滚带爬地朝下闯。

半夜时分，一轮明月悄悄地钻出云层，皎洁的月光洒在银色的雪地上。感谢老天给我们点亮了灯，视觉顿时开阔了不少，周围也能看清个大概，我们重拾信心和勇气。在这前不沾村，后不搭店的高山环境之中，一切只能靠自己！

又不知过了多少时间，也记不清翻越了多少山岭，我们转过一座山弯时，突然看到了远处山下点点的灯光，顿时激动得热泪盈眶，就像一叶在大海上迷失方向的小舟，看到家乡温暖的港湾。终于在后半夜，我们完好无损地回到了宾馆。郭师傅和那两位半途而归的同学正焦急万分地等待我们呢。

回城工作以后，因工作原因我又四次登黄山。虽然吃住行一切都安排得非常好，但再也找不到第一次上黄山时那种刻骨铭心、惊心动魄的感觉了。那时我们是知青，因为是知青，我们有初生牛犊不畏虎的精神；因为是知青，我们有高山青松不畏严寒的顽强；因为是知青，我们有冰天雪地夜游黄山的狂举；因为是知青，我们有宠辱不惊吃亏是福的人生。

无悔知青，知青无悔！

2008年12月28日

雨中牧童

黄　静

江淮流域的梅雨季节，整日闷热潮湿，的确是一段无奈的日子。

雨雾中，记忆的闸门倏然打开：有一牧童身穿蓑衣，头戴斗笠，骑着一头体格健硕的大牯牛，率领一群放牛队伍，缓缓下山……这雨中牧归的印象总是挥之不去。

20世纪60年代末期，我们合肥的知青响应伟大领袖毛主席的号召，来到了皖南山区青阳县插队落户。五星生产队的老队长带了三个人把我们从公社接回到村里，并安排两名妇女为我们打扫房间、烧饭，着实忙乎了一阵子。当晚我们这帮知青就在生产队的仓库里吃了第一顿农家饭，炒青菜、凉拌萝卜，外加每人堆尖一大碗米饭。生产队里闻讯赶来的老少爷们儿、大姑娘小媳妇密不透风地围了我们一匝。生平第一次在众目睽睽之下进餐，我们都低着头难以下咽。“没有辣椒酱怎吃得下去！”话音刚落，人堆里挤进来一个七岁左右的男孩，黝黑的脸庞，忽闪着一双机灵的大眼睛，手捧一碗辣椒酱送上饭桌。这就是我文章的主角——“小放牛”，他姓吴，名文林。

他的父亲目不识丁，却盼儿子读书成才，取名叫文林。但家中温饱尚未解决，无钱上学，怎么办？只能和穷人家的孩子一样，领养队里一头牛上山放牧，队里每天给记工两分（当时一个精壮男劳力每天十分,妇女八分)。清晨,男女牧童骑在牛背上,唱着歌,嬉笑打闹着出村口,傍晚,又牵着肚子吃得圆滚滚的水牛回到牛棚。

文林爱牛如命,别人在用他的牛犁田时,他站在田埂上,一遍遍呼喊着:“别用鞭子打牛,它晓得疼呢!”牛把式回他:“这牛是队里的,做什么事心疼它?”文林反驳:“这牛通人性哟,你对它好,干活就出力耶!”的确,这牛与文林建立了感情,还救过他一条小命。

那是1970年夏季双抢时,那日正值中午歇工,雨下个不停,使牛的把式们将牛交给身着雨具的牧童们,让犁一上午的水牛上山吃些青草。文林骑着大牯牛,身后紧随着十几头牛,一路往山上走来。突然,一群斑狗(当地人称谓的一种动物,也叫豺,十分凶悍,常侵袭人畜),撵着一头野猪刚好堵在路口,此时,红了眼的野猪龇开獠牙,冲着挡道的水牛就要咬。大牯牛毫不示弱“哞”的一声长啸后,扬起犄角先是挑起了野猪,将它重重地摔到山涧一块大石头上,又掉转头,喷着响气直奔斑狗,见势不妙的斑狗落荒而逃。文林人小鬼大,挺有本事的,他屁颠屁颠地跑到邻村找来近十人,当场给野猪剥了皮,分得了最大的一块肉,放在牛背上带回家中。

当晚,我们这些久未沾荤的知青们,也沾了文林的光,生平第一次尝到了野猪肉的喷喷香味。

(续篇)

2009年,我曾有一篇拙作《雨中牧童》见报。前两天,文中的原型——当年的"小放牛"吴文林居然到合肥来了。时隔四十年,乍见面竟不敢相认了,人老了,两鬓已见白发,可精神矍铄,依然是黝黑的脸庞,忽闪着一双大眼睛,可脸上的皱纹已烙上了岁月的沧桑。

吃饭时,我问起他的近况,他笑嘻嘻地说:"我已经当爷爷了。我这一代人没念书,可是我的儿子倒是有点出息,前些年高考达到一本分数线,上的是安师大,后来在河南大学读研,现在合肥学院教书。"哦,原来如此,真为他高兴!

收拾了碗筷,我翻出2009年的报纸念给他听,他两眼顿时一亮,不时频频点头,说起小时候放牛的事,他娓娓道来:"其实我小时候也想上学,但家里人口多,劳力少,母亲长期患病,在村里年年是超支户。穷人的孩子早当家,我不到六岁就放牛,一年的工分攒下来,就能养活自己了。"(话外音:如今城里的六岁孩子,还在妈妈怀里撒娇呢!)

他喝了一口茶,接着说道:"放牛时骑在牛背上,感到很威武,像个古代大将军!可每当远远看到放学回来的孩子们,背着书包,蹦蹦跳跳,说说笑笑,追逐打闹,像一群快乐的小鸟儿,我的心里堵得慌,气自己命不好,有时拿起牛鞭子空甩着出出气,一阵'啪啪'作响后,吓得牛一阵小跑。"

"其实放牛的快乐也不少,我们十几个男女'小放牛',把牛圈在山坡上,让它们自己找青草吃,我们就尽情地在大山里戏耍。找一块空地,跳绳子、踢毽子、抓石子、丢手绢、藏猫猫,有时还假扮新郎新娘结婚,'办家家''过日子'……中午饿了,就拿出自备的干粮,你吃我的炕饼、山芋,我吃你的锅巴、玉米,口干了,就在山涧的溪水里捧山泉水喝下,也从来没有拉过肚子。吃饱了,我们就朝着山下的大路,使劲地唱歌练嗓子。我们在半山腰唱歌,山下五里外的村子里都听得到哟。”

我插上一句:“难怪你现在嗓子还这么亮啊!”他接着说道:“我们放牛,也不光是玩。春天里,我们就在山坡摘茶叶、打香椿头、挖竹笋、采时令野菜。女孩子则会采摘一大把映山红,那些粉红的花瓣映衬着女娃的笑脸真是好看!夏天里,采蘑菇,摘野桃子、李子、杏子,一篓子酸酸甜甜。秋天里,摘柿子、野板栗、山里红,嘴都吃馋了;冬天里,每天砍一捆柴,放在牛背上带回家中,一冬下来能堆成一个大柴垛。”

吴文林回忆说:“牛是通人性的,你对它好,它就和你亲。你写的大牯牛救我一命确有此事,这头牛老了死去时,老队长吩咐队里四个壮劳力要将牛皮扒了,牛肉分给各家各户。我一直阻拦,趴在牛身上哭喊着就是不让他们拿刀碰牛,一直闹到后半夜,我累得睡着了,他们才将老牛杀了,将牛肉分成几十份,一户八斤。当然,那时农村条件差,粮食不够吃,家家都把牛肉拎回去了。我至今还怀念那头牛,回想着躺在宽大牛背上的情景。牛识途认路,不用你操心,晃晃悠悠,一步一步稳稳地驮着你下山,这时你仰望山里的天空——天很蓝,很高,很清澈;云在动,一会儿像一群白马,一会儿像连绵的雪山。”

吴文林告辞了，他远去的背影，越来越小，可他头戴斗笠，身穿蓑衣，骑着大牯牛的牧童形象却那么清晰，让人挥之不去……

牧童晚归图 （青阳网供稿）

九华看日出

贺镇德

龙池和三天门

暮春三月,阳光明媚。我陪一位从合肥来的朋友上了一趟九华山。

清早,我们驱车上山。汽车经过二圣殿后,却另有一番风光。

映入眼帘的是经过修建的盘山公路。车子经过几个大的急转弯,把一天门、甘露寺抛在车后,驶进了二天门,山势也陡了。这一带真可谓"崇山峻岭,茂林修竹",又有"清流激湍,映带左右"。循着流水声向前看去,那就是有名的九华龙池。

龙池位于甘露寺东南、龙池庵东北的峡谷间,因龙溪而得名。溪水潺潺,清澈见底。天空的白云和峡谷两岸相峙的奇峰清晰地倒映水中。九华山的千尺泉、九华溪等山泉汇集在此处,然后向山下奔腾而去。龙池的上方,由涓涓细水汇成的溪流奔腾在大山之间,赛过翻腾的蛟龙。龙池的下方,泉水沿着狭道奔流,可谓断崖飞帘。由于落差,翻起了丈把高的浪花,如卷雪浪。万斛银珠,晶莹照人。唐代诗人韦应物有诗赞曰:

石激悬流雪满湾，五龙潜处野云闲。
暂收雷电九峰下，且饮溪潭一水间。
浪引桴槎依北岸，波分晓日浸东山。
回瞻四面如看画，须信游人不欲还。

如果走近它，定会不寒而栗，即使我们在半山腰的车里，也清楚地听到隆隆的水声，感到凉风飕飕。

山势越来越陡，车子发出“呜呜……”的声音。一会儿，我们已经过了半山寺、观音洞、万寿寺，汽车爬进了三天门。

我和朋友把头伸出车窗，向下一眼望去，村舍小镇变成块块点点，撒落在山的周围；水田在阳光的照耀下，像是被分割成方形的明镜；半山腰被玉带似的白云缠着，连蓝天也显得矮了。千峦百峰，崔嵬刻削，如在几案之间，却相去不知千里……

不久，车子减速行驶。须臾，飒然而至的山风使人感到一些凉意，堂殿铃铎的鸣声，使我们相顾而惊，九华街到了！

肉身宝殿

我们不知不觉地随着参观的人流拥向“肉身宝殿”。此宝殿位于九华街西的神光岭上，因塔基之地曾现“圆光”而得名。殿内设文物展览室，历来为佛教圣地九华山最精华最神圣的地方。此处那琉璃闪光的宫顶，金饰飞檐，龙盘玉柱，碧瓦红椽，掩映于万木葱茏之中，在殿南北两侧寺宇的拱卫之下,成万尊护苞、群龙攫珠之势。最近又粉饰一新,大殿更加金碧辉煌。它和对面山上的百岁宫及亭台楼阁相映生辉。

我们登上石级,越过正天门,映入眼帘的是“肉身宝殿”楷书的竖匾及浙江弟子赠送的“东南第一山”巨匾悬在高耸的门楼上。我们扶着石栏铁链爬过八十一台阶,走近“月身宝殿”。殿前四周回廊上方雕梁画栋,以仙鹤、麋鹿、牡丹等珍禽异卉为雕饰,鲜艳夺目。还立有石柱二十根,殿前南北檐下石柱均刻有对联,南面两联:“心同佛家香烟直,目极天高海月升”“福被人物无穷尽,慧同日月常瞻依”,两联首字连读为“心目福慧”;北面联为:“誓度群生离苦趣,愿教慈光转法轮”,表明地藏大愿。殿堂外有高过半人的香炉铜鼎。

从这里俯瞰,四周云烟缭绕,犹如人在空中仙阁;从这里向远处眺望,天地交接之处一丝可辨的白色飘带便是长江。宋隐士罗少微在此赋诗道:“还岭峰头霁色清,知微曾此学无生。鸟从青壁屏边过,人在白云天际行。一片晴霞迎晓日,万年松桧起秋声。个中仙景真奇绝,宝塔玲珑最得名。”盛赞此地所能看到的胜景。

殿堂的四周异草仙花,分外芳香。走进殿堂,檀香烟缕缕袅袅。肉身殿是安葬金地藏肉身的地方,亦称地藏塔(俗称老爷岭),肉身殿内有塔,构造罕见。高约十七米的七级木塔,每层有神龛八座,供奉地藏金色坐像,共五十六尊,大小不一。塔北门廊下,有黑底金字小篆横匾,写的是地藏王菩萨誓愿:“众生度尽,方证菩提;地狱未空,誓不成佛。”为黎元洪所书。门前便是“布金胜地”。整个殿堂庄严高贵,弥漫着佛门圣地的气氛。

九华山文物展览室

宝殿前有东西厢房,西边数间便是九华山文物展览室。

我们出了殿堂,走进两旁牡丹盛开的小径,买了两张参观券。跨进朱漆大门,我们仿佛走进历史的画廊,又好像在零零碎碎地翻阅史稿。

一块一尺见长的黑色植物化石重十八斤，有十万年历史。那形如海里树的墨玉和铜制銎(一种酒器)是汉代的。这里垒起了宋朝的西湖雷峰塔砖,挂起了明朝的朱砂镜;那里陈列了有五百年历史的僧尼用的法器翠如意、翠罗汉、铜钵。一座座小巧精致的清代七层银塔熠熠生辉，大的有半人高，小的可以装进口袋,墨黑、翠绿、绯红、玉黄、银亮……五光十色,叫人眼花缭乱。琳琅满目的陈列品,令人目不暇接。

你可能惊奇,这里有一两百年历史的自然生长成的西藏的一对竹根狮子,树根自然形成的长颈鹿、竹拐杖;你可能惊异,这里还有历代名人的书画杰作;你可能惊呼,这里更有两千五百年以前古代人民仿造的精制而又逼真的十三层铜质的缅甸仰光大金塔……然而,更令人惊喜的是那栽在盆里有一百年时间的半尺高的紫黑色的灵芝,又名还魂草。因它长在石头里,又叫石灵,是“三灵”之冠。听说发现它还有个故事。在一次“歼敌”战斗演习中,九华山民兵攀悬崖、登峭壁,闯进了麋鹿居住的地方,才把那棵灵芝采摘下来的。当时,九华山人民把这棵灵芝作为社会主义繁荣昌盛的象征,送到省里。后来，省里决定，把它作为九华山人民幸福生活的象征，送还九华山。

在这里，你定会被宋朝七种金属合制的响钟和明朝的八音盒而发出的各种悦耳的声音所陶醉，你还可以从明朝的半自动化磨墨砚台的磨墨微声中听到我国古代文化事业发展的脚步声，你还可以透过在两千多年前用印度贝多罗树叶制成的用梵文写就的贝叶经，看到我国佛教事业的渊源、繁盛以及和国外佛教之间的交往……

“历史文物传千载，英雄人物数今朝。”我心里默念着这首诗，与朋友走出文物展览室。

下闵园

当天晚上，我们住宿在下闵园老吴家，第二天一早我们要从那里登天台，去看九华山日出。

离开九华街后，我们翻过一座小山，经过回香阁，跨过龙河后，却是别有洞天。

在九华山凤凰松前留影

这一带草木泉石渐幽，与龙河里巨石相映衬的岸边草地上，只见一只“凤凰”展翅欲飞，大如房屋，像是等待游人乘坐，飞往天台。啊，这就是最为诱人的“天下第一奇松”——凤凰松。据说，凤凰松生长于我国南北朝时期，距今已有一千四百余年。它叶茂如盖，遮阴数丈。树的主干苍劲挺拔，枝干如龙盘绕，枝叶翅身振尾，形似凤凰。每年它经霜雪重压而不低头，备受高山寒冻而越发峥嵘。它要比我们在回香阁所看到的迎客松形态更奇美，比在山峰的石罅中盘旋而出的鹦鹉松显得更自然。由于它树姿优雅，形态奇异，在国内素负盛名，被誉为“九华三松”之首。

再向左走，路的两旁皆古松，奇诡峥嵘，盘曲的松树像车盖，笔直的像佛殿观音顶上的幢，立着的像人，横卧的像虬。松间藤数十尺，蜿蜒如大蚖。树上的红冠长嘴的鸟俯声在啄树，粲然有声。稍远，一片翠绿碧青的竹林，仰首不见日。穿过竹林，满坡的万顷茶海远接蓝天，这是有名的“闵园竹海”，也是名茶“九华毛峰”的重要产区。

蓦然，路旁野草丛中一簇簇盛开的杜鹃花吸引了我们。有红的、黄的，还有紫的，夹杂些白蔷薇，那山牡丹开得真耀眼，像燃烧的火。龙河这边的山腰上，百花争奇斗艳，红得如火如荼，白得如棉如云，黄得可爱，紫得娇艳……简直是花的世界。再往东南诸峰仰望，奇峰怪石，林壑尤美，那蔚蓝而深秀的山顶上有座白粉墙的庙寺，便是天台。

一会儿，云烟飘来，对面不见人，恍惚自己变得多么轻盈，像是在仙境。一阵强劲的山风吹来，云烟四散，松涛轰鸣，犹如拍岸的潮汐声。再过一会儿，你可以清楚地听到白银似的泉水发出悦耳的潺潺声，清晰地看到翠竹、红花、绿茶、苍松在山涧山顶……夕阳的余晖给这一切都涂上了一层神秘的色彩，我在这瞬息万变的一切中沉迷。

来到下闵园的一间被青山、竹林掩映的楼房面前。房主人老吴接到我的信息后，早已站在门前热情地迎接我们。老吴是会计，我和他是老相识，他已工作的儿子曾是我的得意学生。好客的主人邀我们到屋里，沏好了清澄碧绿的春茶，茶盏上升腾起一层盘旋不散的香雾。“好香啊！”我抿了一口，顿时感到清洌甘甜，回味无穷。热情的老吴很健谈。他兴奋地一边比画着手一边说：“尝尝这儿的九华山名茶。我们现在正抓紧时节，日摘茶，夜制茶。我们村二十来户人家，能摘四百多斤茶。目前才开摘两天，日夜奋战也要一个星期。孩子他妈今晚上制茶要到明早才得回来……”说着老吴的妻子下班回来吃饭了。

桌上摆满山肴野蔌，菜香而酒洌。明灯下，我们一边吃喝一边听老吴说：“现在宝要出山啦！且不说满山的竹木柴炭、茶叶这些重要物资，就拿你们在路上碰到的山牡丹来说吧，它就是一种止血消炎的药材，还有什么龙须草、虎耳草、仙鹤草、天葵草、地锦草等等，我们这儿还成功地培育了白木耳……过几年，你们再来看看，这儿准赛过天堂……”

饭后，消瘦而精神焕发的老吴又是“一言堂”，如不是我们要看日出，准会谈到天明。

夜深了，春风吹过，有一股春意浓如蜜的感觉，在九华山的怀抱里,我们沉醉了,熟睡了。

上天台

天还没亮,我们即将告别老吴全家时,出乎意料的是,老吴笑着说:“今天我去慧居禅寺有点事,早起就陪你们先上山。”我知道淳朴的老吴是一番好意,随便吃了点早饭,就一起朝天台出发了。

漆黑的天,闪着星星。隐隐约约的风景,伴着凉风,使人不禁要打寒战。老吴在前领路,我们紧跟其后。不久,爬坡登坎,我们已累得直喘气,浑身要出汗了。约莫又过了半个时辰,天还没放亮,我们就到达了慧居禅寺。老吴叫开了寺门,

九华山天台正顶 (摄影:柯宏胜)

对长老耳语一会儿，让我们走进点着蜡烛的殿堂。只见如来佛祖、诸菩萨及众和尚佛像都有，金粉绣锦的尊像姿态万千，栩栩如生。峨眉山的普贤骑着象，五台山的文殊乘着狮子，普陀山的观音拈着莲花，像是在辅助佛祖讲经。在长老的引导下，我们经过了“曲径通幽处，禅房花木深”的后禅院。

九华山胜景，在前面的登山道上不胜枚举……只可惜有的仅能意会了。

我们跨上吊桥，好一会儿敲开了半山寺门（古名“翠云庵”）。半山寺是依山筑造在上天台的石道上。上天台，必须穿过半山寺，可谓“一夫当关，万夫莫开”。老吴指着一副对联说“来到半山坐一坐，再行五里人上人”。我们坐也没顾上坐，只是喘了几口气，又继续登山了。我回头一望，寺门已关，如果进不了，就别想上天台等候看日出了。我不禁口占一首七绝：“安详熟睡九华山，深夜桥头已闭关。我辈登临观佛园，寺穿日出笑开颜。”走着走着，前面有奇峰突然飞入了我们的眼帘，老吴说观音峰寺快到了。我们添足了脚力，加快了速度。这儿奇峰聚积，怪石奇诡，就在我们面前，但也看不真切。我们咬咬牙，当时只有一个信念，早一些上天台，这儿没看清的或顾不上看的景等我们下山时再瞧了。观音峰寺我们没有进去。寺门前，老吴虔诚地合十朝着天台拜了三拜，指着前方的山峰说：“这就是‘童子拜观音峰’。在它的旁边是‘木鱼峰’，在它的下方是‘癞蛤蟆峰’。‘蛤蟆’正张着大口对着上方的‘仙桃’，跃跃欲试，正想扑过去。恰巧，被‘仙人打鼓’的声音吓得跳下山去……”老吴绘声绘色地描述着。这些趣景，引得我们

九华山老鹰扒壁　(摄影:柯宏胜)

捧腹大笑,虽看不真切,但疲劳早已抛到九霄云外。我们又绕到观音寺的后门,美景更是令人惊叹。老吴又指着紧挨着寺后门的一座山峰说道:“你们回来可仔细地观察它的头部,有眼、鼻、嘴,五官俱全,连它的服饰都很逼真。不远处还有个‘善才弟子峰’,真是天生巧合的奇景。”我脱口而出:“是观音峰!”在老吴的指点下,我们看到了蜡烛峰、爬壁峰、狮子峰、纱帽峰、关刀峰、蝴蝶峰等胜景,了解了它们背后的一个个美丽的神话和传说。

总算离天台不远了。我们一路上记下的金龟朝北斗峰、蓬莱三岛、老鹰扒壁峰等美景,赴“非人间”的“龙华三会”,登上了顶峰——天台。

门余“中天”字，寺识“地藏”名。天台，好一派风光啊！峥嵘何壮哉，九华与天接！我们站在地藏禅寺门前手扶栏杆，“凭崖览八极，目尽长空闲”。尽管天还有些黑，在太阳从地平线快要跳出的时候，我们还是看得出群山全变得矮小了。那青峰碧林、异石秀岩，犹如画屏一样。模模糊糊地落在我们眼前的是山谷里几十户人家闪着光亮的山村，在重山起伏的深处。高压电线，凌驾长空，山塘水库，星罗棋布。村庄的屋顶上炊烟缭绕。如果不是在飘动，简直分不清是烟还是云。老吴指着山下说道：“再过不到半个时辰，从方方块块的田地那边，会传来农民吆喝着健壮耕牛的声音，还会有几部拖拉机‘突突突’的声音也会在大山间久久回荡。时而也能听到山坡上茶棵丛中飘来悠然而清脆的山歌。这里的人们早把春晓闹醒。驰名中外的‘黄石溪毛峰’就生长在这里。在离我们百把多米的山坡上，药草丰茂，种类繁多，那是药材厂……”我们在黎明前的最后一抹黑中，模模糊糊观赏了九华山景色、玉带似的长江、明镜般白白的陈村水库和岛屿模样的黄山群峰，只要目力能达到的地方全尽收眼底。

领略了晨光与黑夜交替时刻的一番风光后，我们在老吴的指引下，又绕过坐落在青龙头上的地藏禅寺，沿着光滑而凶险的“青龙背”，观看“一线天”。它虽不及黄山“一线天”那样有气势，却也不失为天然造物。两壁高而削，夹道一尺宽，真有“天不容数尺光，道不并两人趾”之感。循着原路返回，老吴指着压在地藏禅寺下的龙头正伸向前上方的一块巨大圆石,告诉我们这就是“龙戏珠”!这时上天台的游人增多了,大家你一句我一句议论开了,然而最多最中心的就是迫切地等待观看日出。

九华山蜡烛峰　(摄影:柯宏胜)

日出

卯初之时,我们穿上厚厚的衣服,坐在“青龙背”上,“静观万物皆自得”。

雄浑的天穹,依托在巨壑深谷、奇峰怪石之上。烟云弥漫,浩瀚天涯,宛如波涛起伏的大海,这就是梵语所说的“兜罗锦世界”吧。远近峰峦,像岛屿一样,隐现在虚无缥缈的云海之中。依稀可辨的天地山村依旧沉浸在淡灰色夜幕中。

今天是个晴朗的日子。虽无风却觉得寒冷彻骨,但我们仍有“精神四飞扬,如出天地间”之感。

我们静静地感受着,天一点点从暗蓝色变浅,乃至浅浅的群青,淡淡的钴蓝。

忽地, 有一线红色的霞光从天地的相接之处溢了出来,淡蓝色的天空一下子变得更白皙粉嫩,有一种不可言喻的柔情。随着时间的推移,那一线红变为一抹红,烧着似的蔓延了整个天空;云是那么温暖,不同于晚霞时的热情。随着天空被点燃,太阳终于露出脸来,它没有害羞,而是大大方方地把它独特的热情展示给我们,毫不吝啬地将光芒撒向大地。

太阳出来了!我们的那种激动也随着澎湃的心海一起荡漾,只是,忽然好像不是那么焦急了,也变得有些闲适,惬意地沐浴着日光,让这份温暖一直由脸上身上,渗透到心田。在经历了那黎明前的黑暗后,此刻内心升腾出一种说不出的明快和满足。

面对充满希望、光明而又壮观的日出,我们又迎来了新的一天。

1979年5月

崎岖山路立眼前,无限风光在险峰。(摄影:柯宏胜)

游九子岩

李元平

谷雨刚过，正好是个周末，我约了好朋友一起去踏青。合肥周边都跑遍了，去哪儿呢？于是决定去游九子岩。九子岩位于距青阳县城约十五千米的山上，在九华山天台峰背面，当地人习惯称它为后山。那是我曾经下放过的地方，朋友没去过，我就不谦虚地做起了导游。

是日，早上八点准时从合肥驾车出发。天阴，无雨，较凉爽，正是踏青的好天气。从金寨路高速公路入口，过铜陵长江大桥，再上铜黄高速到青阳，九华山出口下高速，直奔青阳县城。到达青通河大桥时间是九点四十分。

刚进入青阳县城地界，远远地就看见西南方矗立着一座雄伟的大山，此山的西南面就是四大佛教圣地之一的九华山。而我们迎面的山峰，则是当地人称的后山。九华山方圆数十千米有多个山峰，最高的山峰海拔有1340多米。后山风景区较有名的有独角峰、笔架峰等。九子岩就坐落在独角峰东南边的半山腰上。

我们的车没有过桥，在桥边向左拐入通往朱备镇——九子岩风景区的公路。这是一条铺设得很好的沥青公路，由县城向南，沿着青通河向上游直达龙泉水库。四十多年前走在这条路上，连小板车都很少见，沙石路面很硌脚。如今路面平坦，车水马龙，时见旅游大巴呼啸而过，奔九子岩而去。其中的变化只有经历过的人,才能感受到。

过了离县城五里多路的半山坡,公路左侧有一条起伏的山冈,绵延数里。山的形状十分独特,呈条状。山梁上长着一排石脊,像城墙更像龙脊背上的刺,这就是当地人称的卧龙山。卧龙山龙尾朝着县城,龙头向南正对青通河上游,直插河里,真像一条飞龙身卧河边,头在河里戏水。由于卧龙坡的阻挡,青通河水被迫向左拐了一个近九十度的大弯,绕过卧龙坡又向右拐了一个大弯后继续向县城方向奔去。在这两个弯之间,水流相对平缓,河面较为宽阔。记得1969年夏天,青通河发大水,山洪暴发,从上游冲下来许多木材,就在这个河湾里旋转,我们的知青同学有好几个人下水捞木材,可把当时的老支书吓得不轻。

在两个河湾的中间有座桥, 那是当地名气很大的柏家桥。柏家桥始建于何时已无从考证,至少有几百年历史,柏家桥因柏姓的大户建造而得名。七个桥墩,全部为石材建造,桥梁用40厘米长方的石条平架在桥墩上,石条长6米多,八条并排。最有特点的是桥墩,桥墩朝上游方向为尖形,伸出桥面,下游方向为平形,形状像军舰,当地老乡却说像斧子。桥墩全部是用打磨规整的巨大石块砌成。真不知道先人们用什么方法,将这么重的大石头堆砌上去的。关于柏家桥的传说有几个版本,较为普遍的一种说法是:以前青通河经常发大水,给当地老百姓造成灾难。当时的人认为是因卧龙常在河边戏水造成的,于是柏姓大户造起了大桥,用七把巨斧(桥墩)斩断龙头,杀死了蛟龙,破了龙戏水的风水,从此灾难平息,百姓安居乐业。非常可惜的是,20 世纪 90 年代末石桥塌了,如今在原址上造起了一座钢筋混凝土的大桥颇为壮观。

我们的车仍沿着青通河左侧公路行驶，因公路扩建,龙头早已被夷平,只留下残壁静静地对着河的上游,似乎在默默地诉说着过去的故事。

过了朱备镇右拐,走上了青通河的小桥。这里所说小桥是因为靠近青通河的源头,河已经变成溪,桥长也只有 10 米来宽,清澈的溪水悄悄地淌着,对面一片绿色中透出黄墙碧瓦的建筑,就是九子岩风景区了。

很远的地方就看见，有人在风景区大门口向我们招手。当年插队时一起玩的老乡朋友，早就买了票在这里等我们了。在老乡朋友的带领下,我们的车开进了风景区的大门,经过七弯八绕的山路,停在了双溪寺门前的停车场里,此时正好十点整。

老乡朋友姓孙名宣统,当年一块儿玩泥巴时,大家常戏称他为末代皇帝。下了车,老孙邀我们到他家坐坐。坐了两个小时的车,大家都想活动一下筋骨,便欣然前往休息休息。上得坡,约 30 米便到了老孙的家门口。老孙的家颇有特色,大门两侧两条茶廊向前伸出,中间一块很大的平地院落。正院大门为宽敞的玻璃钢材结构。木质结构的茶廊有着皖南建筑的风格,加上正面的现代气息,有着土洋结合的味道。茶廊里一个圆桌上,一壶当地上好的手工制作的山茶早已沏好。落座,喝茶,朋友呷了一口:“好茶,甘甜入口,清香扑鼻,此地竟有这样的上品！”“是啊，山上的茶叶用本地的水，好喝,养人。”老孙憨笑着说:“你们来玩,先上九子岩,再看双溪寺,山上下来在这里吃午饭。”

九子岩就在双溪寺后面的大山的半山腰中。从山下不管是近处还是远处看整个山,从上到下都是连成一体的,根本看不出山腰会有另一块天地。从双溪寺出发徒步上山垂直高度有五六百米,山太陡,路全是“之”字形。尽管20世纪90年代后山路都铺上了青石,但几公里远的上坡耗时不说,实在是太累人,于是我们选择了缆车。缆车站离老孙家只有三百米,当日排队的人不多,我们很快就进了站。坐上缆车很快就到了九子岩站。出了车站,朋友大呼:“妙!妙!”从车站门口像外望去,上下两边陡峭的山体夹着一片面积一二百亩大小的平台。平台上树木高大,溪流淙淙,有平台,有坡地,有奇石。背对大山矗立,脚下白云飘飘,真是别有一番洞天。平台上分布着大小庙宇十多座,铺设的弯弯曲曲的青石路将它们相互连接,像是到了佛家的小西天。根据九华山佛家记载,当年地藏菩萨来到九华山修行的时候,第一个落脚点就是九子岩。地藏菩萨在九子岩修行一段时间后,发现天台峰比这里还要好,就去了天台峰修行直到得了正果。所以说九子岩是一块风水宝地,几百年以来这里上下都修建有多座庙宇。九子岩就在这平台之上,站在平台上看九子岩背靠着山,像是一尊大佛盘腿端坐,真是神奇,难怪这里会出一尊不朽的真身和尚——大兴和尚。平台上一圈转完,我们又坐缆车原路回到了老孙的家。老孙已经为我们准备好了进香的所有用品。按照当地香客的习俗,进香之前是不可以吃饭的,我们当然应该尊重佛家的习俗。

双溪寺是后山的一座有几百年历史的大庙。鼎盛时期有过上百个和尚，在当地享有盛名。可惜在“文化大革命”中遭到严重的破坏。记得四十多年前，我们下放来的时候，大庙里的菩萨像早已被当地的红卫兵造反派砸烂，清了出去，只剩下木结构瓦顶的佛堂被当作牛棚使用。那时的和尚们在革命委员会的领导下，成立了佛教大队，自食其力。双溪寺就是佛教大队部所在地。到了改革开放后的20世纪80年代初期，和尚们准备重塑菩萨像时，大殿却被庙里的大兴和尚放火烧了个精光。现在的双溪寺是90年代后期重新修造的。如今的双溪寺名声极大，是因为1985年在九华山地区，继一千多年前的地藏王菩萨、五百年前的应声菩萨之后，又出了一个金刚不朽之躯的真身菩萨——大兴和尚。自从大兴和尚修成金身后，这里的香火日渐旺盛。除了佛家弟子，也引得不少旅游团前来，九子岩风景区又因大兴和尚而扬名四海。

说到大兴和尚，又想起当年的往事。记得下放时与大兴和尚有过几面之交，曾与他谈过话。20世纪60年代末期，正值“文革”，普通老百姓言语不慎就可能被扣上反革命、坏分子的“帽子”。而大兴和尚可不吃这一套，敢说敢讲，吓得很多人都不敢与他交流。大兴和尚在双溪寺修行时做杂活，砍柴、烧饭、放牛、种地什么都做。因为懂得些医道，他常上山采药，给当地人看病，一些疑难杂症也能治，久了外地不断有病人来求医。大兴和尚长得瘦高，很像济公活佛，因此也有人称他为济公再世活佛。大兴和尚在圆寂前，提出坐缸的要求，并告诉众人，他将来会造福当地百姓子孙万代。20世纪80年代初,改革开放刚开始,遗体不火化是件大的事,后来经过僧侣、信徒和众多的当地百姓签名请愿,宗教管理部门同意了大家的请求。于是大兴和尚真身菩萨在1985年面世了。双溪寺就此成了佛家推崇的一个寺庙，九子岩再一次成为香客、游客们光顾的风景胜地。

出了双溪寺已经是下午一点多钟了。老孙早已在他的店里摆上了大圆桌,一家人张罗着上菜忙得不亦乐乎。山里的毛笋、蕨菜,河里的毛鱼、小虾,土鸡蛋清蒸,自家田里的黄瓜、青菜,当地农家的土猪肉,凡是能找到的都上一份,真是丰盛。朋友们落座举杯,开始聊天。从十几岁聊到六十多岁,感慨万分。这几十年的变化那叫天翻地覆。从衣、食、住、行到义务教育、医疗保障、文化生活,无一不在这巨变之中。唯有那高台上的九子岩,这座巨大的石佛仍然保持着原样,一言不发地坐在那里,看着我们可爱的祖国逐步走向繁荣富强。

酒足饭饱后,已到了下午三点多钟。与老孙一家道声感谢,我们依来路打道回府。一路上朋友赞叹:“九子岩,风景美丽的世外桃源！”

2010年11月15日

下放记忆

刘晓皋

1968年 10 月下旬,在全国上下一片震耳欲聋的“知识青年到农村去,接受贫下中农再教育”和“广阔天地,大有作为”的口号声中,我们响应伟大领袖毛主席的号召,踏上了去青阳插队的道路。那时我刚过十六周岁。

那天早上,我们在学校大门口集合上车,那是整整的一个车队,都是带篷的军用卡车。上午八点来钟,在一片欢送的锣鼓声中,车队缓缓地离开了合肥。送行的母亲,在车后蹒跚地奔跑、挥手,秋风吹乱了她的秀发,泪水在她的脸上流淌。挥手告别生我养我的母亲,挥手告别生我养我的故乡,我没有哭,我知道男子汉是不应该哭的,但是我的心却在流泪。车子越走越远, 妈妈用已经嘶哑了的声音还在叮嘱着什么,虽然我听不清楚她在说什么,但是那个情景,已经永远地、深深地印在我的脑海里。我曾经无数次地想起,有伤感、有牵挂、有温馨,我总是会轻轻地说:妈妈,我不会辜负你的。

那时合肥到安庆的道路还是土石路, 车队一路行来,掀起了滚滚尘土。除了第一辆车要好一些,我们一个个灰头土脸。挂在睫毛上、还没长硬的胡须上的尘土,一眨眼,一说话就往下掉,大家都成了黄色的圣诞老人。大概是这些尘土的气息,加上浓烈的汽油味,还没有到桐城,我们就开始晕车了。强打精神,努力保持坚强形象的我,再也忍不住这种恶心、呕吐的感觉，和大家一样，轮流趴到车后的车厢板处呕吐起来。一路上就这样不停地忍，不停地吐，胃里早就吐空了，最后吐出来的只是黄水，胃膈肌都疼得不敢吐了。满车都是呕吐的酸臭味，一车人都是萎靡不振的，幸好妈妈不在，否则她不知会怎样心疼啊。

一路风尘一路颠簸，车队经安庆渡过长江，天黑后，估计快八九点钟时，我们才到达青阳县城的城郊公社。

我们三个男同学，是从小玩大的邻居学伴，一同被分配到城郊公社的建新大队插队。现在算起来当时我们三个同学都是十六岁左右的中学生，为了响应党的号召，离开父母家人，一同来到了这个陌生的地方，过起了从来没有经历过的，吃喝穿必须完全靠自己的日子。虽然我们也曾豪情满怀，但是失落惆怅之感始终萦绕在心间。

建新大队的领导和生产队的领导，对党的号召坚决响应，自觉主动地落实上级领导的要求，对我们的照顾真的是十分周到。生产队特别安排妇女队长来照顾我们的生活，经常问寒问暖，在那个大家都吃不饱饭的年代，她还经常送好吃的给我们。我记忆中最深的是当地的红豆腐，我们从来没吃过，十分好吃。当时也不知道这个红豆腐是怎么做的，后来才知道，这是用一种当地的栎树果实做成的。现在青阳的土菜馆不知有没有卖的，有机会真想再品尝一次，也算是怀旧吧。青阳乡亲对我们的善待，使我们深深地感到中国劳动人民的淳朴、善良、勤劳、智慧。

建新大队地处青阳县城南部的圩区，是血吸虫病的高发地区。由于怕血吸虫,我们从来不敢下水田,当地也没什么旱地,因而我们也很少干农活。生产队的村民对我们也很理解,并不强求我们下水田。

空闲时间,我们最感兴趣的,是三人一起去有熟悉的同学那地方玩。当时我们去的最多的地方,是到胜利公社(现朱备乡)的三增大队的一队访友。那儿有我们熟悉的好几位同学,不会出现朋友不在家现象。由于我们常去三增一队,后来居然受到了他们组的两位大姐的批评。批评的内容到现在我们也没有忘记,说我们不好好在生产队参加劳动,特别是担心我们将她们的粮食吃了,造成她们没有口粮。虽说是批评,但我们现在聚会的时候,回首当年,却分外亲切。

之后我们就很少去那里了, 朋友还是要常常见面的,不过聊天吃饭的地方改为县城了。我们吃的最多的,是离公社不远处的“阳春面馆”,那里的阳春面九分钱一碗。除了面条之外,里面放了不少的小葱,那时吃起来不知有多香。偶尔我们也会改善一下伙食,就是那家面馆的米粉肉,三毛五一碗。对于我们这些数月不知肉味的人来说,这简直就是世界上最美味的佳肴。至今想来,也是让人口舌生津啊。由于担心血吸虫,加之遇到参加工作的机会,我在青阳只待了一年多的时间。和其他同学相比,是很短的了。

我现在在美国生活了二十多年了,可是最让我怀念还是仅仅待了一年多的青阳。我时常心念着那里的山山水水,回想着当年的乡情、友情;我十分感恩当年生产队长、妇女队长对我的照顾,怀念与当年插队知青们的交往。我回味着当年九分钱一碗的阳春面、三毛五分钱一碗的米粉肉，回味着当年乡亲们端来的红豆腐……在大洋彼岸的美国，我绝对找不到这种刻骨铭心的人情味的感受，在著名的旧金山华人街，我再吃不到这种当年的味道。

（**刘晓皋**　合肥实验中学初中部学生，1968 年 10 月下放青阳县城郊公社。现居美国。）

九华山脉天柱仙踪　（摄影：柯宏胜）

少女跳井为哪般

李萌静

那是1969年,我在皖南青阳插队落户时发生的一件事。时隔三十多年,至今记忆犹新。

在初夏麦子快成熟的时节,一天吃过早饭后,趁着村里人忙着下地干活,我端着脸盆悄悄地来到村外山脚的水井边洗我那件心爱的白衬衣。

这是村里唯一的吃水井,水很清但深不见底,水面离井沿不到一米,伸手可及。这口井啊,无论你怎么一担接着一担挑,水总是不见少。一年四季、清凉甘甜、源源不绝。村里人特别喜爱它,用心呵护它,不让它受到任何污染。平时除了挑水吃,洗衣洗菜等一律得用池塘里的水。

我蹲在井边,一边轻轻地哼着小曲,一边缓缓地搓着衣服。一遍又一遍、一盆又一盆。水渐渐地清了,衬衣也慢慢地白了。还好没人看见,倒了最后一盆水,我轻快地站起身来准备离开。只听"扑通"一声,咦,什么东西掉井里了?我下意识地摸了摸身上的口袋,没装什么东西呀。那是啥掉进去了呢?我站在那发愣。忽然想起,我昨晚给关进牛棚已达两年的父亲写了封平安信后,随手就把钢笔装进了裤子口袋。对,没错,一定是它。我的心情顿时不好了,像失去一件宝物似的难过。

那是一支紫红色的佛子岭牌铱金笔,是1964年夏,我以出乎意料的优异成绩考取当年的省重点中学时，父亲给予我的奖励。在当时虽然只值几块钱，可对于我来说，却是一件向往已久的奢侈品。怎么办？望着眼前这口黑黢黢、深不见底的井，我开始紧张地思索用什么办法能把它捞出来。用竹耙？不行，齿太稀挂不住；趴在井边把手尽量往水里伸，也不行，根本就摸不到底，差远了。思前想后，只有一个办法——人跳下去捞。罪过、罪过，这可是村里唯一的吃水井啊，平时在井边舀水洗菜都不行，何况我还是个女孩子。当地人重男轻女思想特重，女人不许用男人的大木盆洗澡，只能用小脚盆洗。女人的内衣裤也不许晾在外边，即使晾在外面，也只能低低地晾在男人的衣服下面……我之前每每反其道而行之，村民们对此已颇有微词。只因我是下放知青，不理睬当地那一套风俗。而我又是追随哥哥插队落户在一起的，平时哥哥对我这个淘气的妹妹呵护有加，他们也只有听之任之了。要是让村里人知道我竟敢跳进吃水井里，众怒难犯啊，我不敢再往下想了……可那支笔实在叫人难以割舍，我下意识地往四处一看，离中午挑水做饭的时间还早，周围静悄悄的没有一个人。机不可失，怎么办？索性一不做二不休，速战速决。

决心一下，我迅速脱下鞋子，不假思索地跳进井里，可还没等我的脚挨到井底，浮力就把我托了上来。奇怪，怎么回事？怎么会沉不下去？我把脸上的水一抹，吸口气使劲把身子重新往下一沉，又是浮力把我给托了上来。如此几番，我的脚趾始终未触及井底。气得我在心里一个劲儿地骂：那些书本啊、影视啊，全是骗人的鬼话。什么投井自杀，我想投井都投不了。真是至今始觉古人书,信着全无是处。我一边狠狠地骂着,一边无可奈何地爬上来。风一吹浑身上下直打战,连鞋都顾不上穿,端起脸盆狼狈地跑回住处。我一边用干毛巾擦头发,一边仍不甘心地想着还有什么办法可行。突然,我的眼光落在了门外晾衣服用的几根长竹竿上。咦,有办法了。我扔掉毛巾冲出门外,差点撞上一个人,定睛一看原来是房东的儿子赵大宝。大宝与我年龄相仿,读过几年书,平时常跟我在一起玩,很投缘。"这么急上哪去?队长找你呐,呦,你衣服怎么全湿了,掉水里啦?"大宝惊讶地问。"快跟我来。"我顾不上解释,抓起一根最长的竹竿,拖着大宝就往外跑。

来到井边,我简单地把事情与意图跟大宝说了一下。然后我把竹竿往井里一插,哇,好深啊,五六米长的竹竿只露出不到一米了。大宝疑惑地望着我说:"这么深,你也敢下?那支钢笔那么点小,能捞上来?"我坚定地点点头回答:"敢,我一定要把它捞上来。你只要帮着我使劲把竹竿往下撑住就行了。"我深深地吸了一口气,义无反顾地跳进井里。大有"风萧萧兮易水寒,壮士一去兮不复还"之气概。我两只手换着握住竹竿拼命往水底沉。哎,这个办法还真行,很快我的脚尖就触到了井底。井底的水真凉啊,浑身冒起了一层鸡皮疙瘩。虽已是初夏,可井底的温度比地面要低好几度呢。脚底下是一层松软的细沙还有几个大小不一的石头,上面长满了青苔,脚踩上去感觉滑溜溜的停不住。井底面积要比井口大得多,直径足有一米多,而井口却不到一米。我伸出右脚在井底像小鸡啄米似的快速搜索起来,一下、一下……没有踩到,换左脚继续踩。憋着的气一点点地吐完了,脚底连一个像钢笔模样的棍子也没触到,我憋不住了,“哗”的一声冲出水面。大宝忙问:“找到没有?”我抹了把脸上的水,摇摇头。喘息稍定,换个方位深吸一口气,又沉进井底摸索起来。真冷啊,我浑身上下止不住地哆嗦,牙齿也直打架。我又坚持了一会儿还是没有摸到。我蹿出水面,嘴唇颤抖着说不出话来,浑身瘫软一动不动地趴在井沿上,任凭初夏的阳光暖暖地、柔柔地照着我。大宝在旁边一边不安地四下张望,一边又着急又心疼地看着我。过了好一会儿,我才缓过劲来。原先清澈的井水,已被搅得沉渣泛起、一塌糊涂。大宝忍不住又劝我说:“算了,别捞了,你……”“不行,我不甘心。常言道:事不过三,再捞最后一次。”

我转身换个角度,深深地吸了一大口气,再次沉入水中。寒气很快又袭入全身,四肢感觉有点麻木了。踩着、踩着……突然,我的右小腿肚开始抽筋了,脚大拇指僵直,痛得不敢挨地。这一口气憋得时间也太久了,加之又冷又痛实在是难以支撑不下去,无奈我打算忍痛放弃了。就在我缩回左脚用力蹬地,准备借力蹿出水面时,脚前掌触到了一根棍子样的东西。是什么?我直觉的第一个反应就是钢笔。心中一喜,顿时冷啊、痛啊都感觉不到了。我赶忙将左脚落回原处一摸,一下,一下——啊!摸到了,短短的、光溜溜的,还没脚板长。没错,是钢笔,一定是钢笔!我用脚趾使劲地夹住生怕它掉了,然后轻轻一纵返回水面。“找到没有?”大宝焦急地问。我顾不得答话,攀着井沿弯下腰,小心翼翼地把脚趾间夹的东西取下来。太好了，果真是钢笔！

我手里紧握着那支笔，寒冷、疼痛、疲劳、喜悦、激动一起袭来，好半天说不出话来。“你真不得了，这个井还没人下去过。你不但下去了，竟然还能用脚把钢笔捞上来……”大宝看着钢笔由衷地赞叹道。我得意地笑了，心里感到十二分地满足与高兴。忽然，我想起了什么一骨碌爬起来，郑重地对大宝说：“今天这件事，只有天知、地知、你知、我知，绝不能告诉第三人。记住，一定要保密。”看着变得像黄河一样浑浊的井水，大宝理解地承诺道：“你放心，我保证不说。我知道，村里人要是晓得你这个‘小嫚妮’竟敢在他们的吃水井里泡过，即使看在你是下放知青还有你个‘大大’的面子上（‘大大’是当地人对父亲的称呼。勤劳、善良、憨厚、淳朴的山民们在得知我父亲是走资派，且至今还被造反派关在牛棚里时，非但没有歧视我，反而对我特别地怜惜、分外地关照。我想，这可能就是我当时为什么敢如此任性、为所欲为的原因之一吧。），不打你，骂也得把你骂死。”“好，够义气，一言为定！”我们相互击掌、会心一笑。

中午，整个村里像炸了锅似的沸腾起来。有人说：“不得了了，要地震了，翻井了，水通黄的……”还有人说：“听我爷爷讲，他小时候也有一次，遇到井水翻井了，结果那年山洪暴发，死掉好多人哪……”更有那迷信的说：“你们整天挖山哪，修水库啊，把山神爷和土地爷惹恼了，要惩罚我们了……”我躲在屋里，听着大宝绘声绘色地向我描述村里人的议论，开怀地大笑，心里甭提有多得意。

第二年，我就被招工返城了。在我走后几年，大宝还是忍不住把这件事给捅了出来。我想当时他们听到此事时的震惊，不亚于发生七级大地震。以致时隔二十多年后，我初次返乡探望，村民们对我这个当年的知青“小嫚妮”依然是记忆犹新、耿耿于怀呢……

位于青阳莲峰云海景区的狮子峰 （摄影：柯宏胜）

难忘的一次回家返乡路

李萌静

1968年底,我们一帮还未成年的中学生,响应毛主席“知识青年到农村去,接受贫下中农再教育”的号召,聚集在合肥实验中学门口,准备出发到皖南青阳县插队落户。

那天学校门口横幅高挂、锣鼓喧天。绝大部分同学都有家人相送,而我因父亲被关在牛棚,母亲在学习班提高认识、划清界限,同校的哥哥也于两个月前已先我一步去青阳插队,只有同是老三届但未满十六周岁(最低下放年龄)暂时留城的妹妹,提着一个网兜(里面装着一个脸盆还有几件生活用品)替我送行。

同学们分别挤在几辆帆布大卡车里,穿过丘陵、跨过长江、翻过山峰、越过小溪,整整颠簸了一天,才于傍晚时分来到青阳县城。下车后,每个人的脸上、身上均厚厚一层灰,连鼻孔里都是黑的,随便用手一抹就是个大花脸。可谁也没心思逗乐,默默地掸去身上的灰尘,互相匆匆告别后,提着简单的行囊,一言不发地、灰溜溜地跟着前来迎接知青的人,前往早已分配好的各个生产大队。

一个全新的生活开始了,我们这些四体不勤、五谷不分、肩不能挑、手不能提的人从城市来到了农村,一切都要从头学起。很快我们学会了烧饭、洗衣,学会了插秧、割稻,学会了剥麻、砍柴,学会了坚强、忍耐……

劳动的艰苦、生活的艰辛不必言说。思念父母、思念亲人不敢随意表露，只能压抑在心。每天日出而作，日落而归。

一日劳动归来，我发现房间的东西被人翻乱，好像还少了个自己用玻璃丝编的小玩意儿。经追问，哥哥承认，有几位来玩耍的男同学进去过。尽管早已时过境迁，但往日在家娇生惯养的大小姐脾气尚存，我立即翻脸，不依不饶地闹起来。哥哥情急之下推了我一下，我顿觉万分委屈难耐，哭着奔出门去，在与我们生产队隔路相望的赵皖华那里待了两天。哥哥和大宝曾来劝我回去，我也没答应。

赵皖华下放青阳后，她父母的政治问题得到解决，就要返回合肥，我遂想搭乘她搬家的大卡车回合肥去。走的那天，只见车上堆满家具及几位先我约好搭乘便车的同学，挤得实在插不下脚。在车子已发动的瞬间，我还是忍不住思家情切突然抓住车厢板爬了上去。同校高一男生潘长溪见状，迅速抓住我的胳膊，把我拉上来，并起身把他的座位（一个木板箱）让给我。途中有几次因道路崎岖不平，异常颠簸，要不是潘长溪力气大抓紧我，估计早已被甩出车厢了。而他也因站立不稳额头被柜角碰破几处。路上吃苦受罪我们都无怨无悔，一来省下不少车费，二来马上就回到合肥了。

华灯初上我终于回到日思夜想的“家”。父亲仍然被关在牛棚，母亲还在外地学习班里（身边带着妹妹）继续学习、提高思想、划清界限，刚进初中的弟弟寄养在亲戚家里。父亲单位有两位有家属的造反派头头分割了我们的家，只留下半间

1969年春，合肥知青李萌静、朱彦华、朱彦文与五星大队小嫚妮们合影。

屋子，里面堆着我们的家具和用具，一直摞到天花板上，只剩门后的写字台下勉强还有一席容身之地。

我分别去探望失去自由的父母，哭诉回来缘由。宁折不弯、刚强坚韧的父亲握住我的手，抚摸我的头，什么话也没说，眼睛湿润了……就在那一刻，我突然感觉自己长大了，后悔不该回来，给身处逆境的父母再添烦恼、担忧。从那以后，我无论遇见任何艰难困苦，都是自己一力承担。坚忍、坚忍、再坚忍。对父母是：只报喜，不报忧。

在合肥没待几天，我就准备回青阳了。于是，我和几位家庭遭遇近似的同学（其中有三位是九中同学）一行六人约好一起走。我们先扒货车来到芜湖，没承想前两天连降的大雨，把芜湖到青阳的公路淹没了。总不能再扒车回合肥吧！无奈，我们只好在芜湖街头游荡等待恢复通车。刚刚初夏，白天气温还行,到了晚上就冷得招不住了。有位同学指着附近一个门口有站岗的大院子说:“那是芜湖市委大院,咱们溜进去看看能不能找个地方凑合一晚。”于是几人互相帮助悄悄翻越围墙,进入一个礼堂。嗬,好大的礼堂啊,比我们学校的礼堂还大,还气派,都是绒布椅子。各自在软软的椅子上躺下,有两个同学还嫌不够舒服,跑舞台上把幕布扯下来盖在身上。不知不觉大家都进入了甜美梦乡。

一阵喧闹把我惊醒,睁眼一看,几个当兵的把我们团团围住,其中一个当官模样配枪的人满脸严肃地盘问我们:“你们是什么人?从哪里来?到哪里去?进来干什么?哼,你们一看就不是一般家庭的……”我们惊慌地、语无伦次地回答:“我们是好人,是合肥的下放学生,父母都是工人。”对方怀疑地反问:“那是几级工?”“啊,是……是……是二级工。”“什么?才二级工?撒谎!”“啊,不……不……不……说错了,是一级工(那时不懂工人级别,以为和干部级别一样越小越高)。”“哈哈哈,露馅了吧?老实交代,你们到底是干啥的?”大家你看看我、我看看你,只有老实交代。“原来你们都是黑帮、走资派的子女,不老实在农村待着,乱跑什么?”我们各自寻找借口无力地申辩着。那个当官模样的人还真不错,一番虚惊后不仅让我们住进招待所,还给每人一大碗面条。

第二天一早,打听到水退车通还得要几天,我们决定改走水路,遂登上芜湖开往铜陵的大轮,沿江逆水而上,说说、笑笑、看看,傍晚时分船就到了铜陵码头。我们随着人群一起朝外拥,快到门口时不约而同地停下脚步——有人在检票!

我们买的都是二毛钱只到裕溪口的过江轮渡票。怎么办？这时一个高大威猛的男生把一张不知从何处捡到的船票塞进我手里说："你最小，又是女生，这张票给你。"然后他从口袋里掏出一支钢笔，还有几毛钱一起交给我帮忙拿着。于是其余几个人都把身上当时认为比较值钱的东西掏出来，并约好冲出后的集中地点。他们目送我顺利出了码头大门，然后一齐"嗷……"叫着冲向大门。检票的大概从没见过这个阵势，愣住了，等缓过神来想阻拦时，同学们早已冲出大门作鸟兽散。当我们重新会聚到一起时，大家忍不住发出胜利的笑声。

现已记不清那晚在铜陵是怎么挨过去的，只记得第二天早上从铜陵出发，不管是大路、小路，反正一直就往南方向走。中午在穿过一大片沼泽地时，大家一个挨着一个小心翼翼地踩着前面人走过的脚印走，但还是有位同学一脚踩偏了滑陷进去，泥浆顿时淹到腰，越是扭动陷得越深，吓得他哇哇直叫。幸好一位过路人热心指点、帮助，费了好大劲才把他从泥潭里拖出来，他的脸已变得和泥浆同一颜色！

向南、向南又是一天，当晚霞染红天际的时候，历经三天，我们终于回到美丽的青阳。又听见青通河水欢快地歌唱，又望见笔架山峰雄伟的身影，又看见田园村庄袅袅的炊烟，我们的心里充满了快乐、甜蜜。

现在长江上早已飞起一道道彩虹，高速公路就像网络一样无限伸展，自驾车去青阳只要两个小时，而当年我们整整用了三天……

难忘的情结

——写在实验中学同学下乡三十周年之际

李萌静

一张似曾相识的脸庞,一串熟悉亲切的笑声。想起来了,她不就是那个在学校里梳着两条小辫,有着一双水汪汪的大眼睛,整天嘻嘻哈哈笑口常开被同学们戏称为“小不点”的路路吗?那个身材魁梧、皮肤黝黑,鬓边已有不少白发的大汉,不就是当年活跃在学校排球场上,身手灵活、反应敏捷的“二传手”吗?唉,老了,岁月的年轮已将他们昔日矫健的身躯残忍地缠了一圈又一圈;时间的利刃也把他们曾经细嫩的脸庞无情地拉了一道又一道。

三十年啊!这是多么短暂而又漫长的三十年啊。三十年前的今天,我们这群合师院实验中学的大多未满十八岁的毛孩子,打起背包,坐着卡车,唱着《毛主席语录》歌来到了农村的广阔天地里。还记得第一次上山砍柴,手臂就被锋利的金皇后茅草划出了几十道血痕;在下山的路途中,不小心被地上残留的竹签子刺穿了脚背,辛辛苦苦砍的柴草不得不忍痛割爱丢在山坡上;第一次下水田见到蚂蟥吓得转身没命地逃,引得四周的社员笑弯了腰;第一次,为了琐碎事与社员发生矛盾,一怒之下晚上约了几个同学将其家中辛苦喂养的十几只鸡一窝端了,从而引发了一场更大的矛盾;第一次年底分红得了十几元钱,兴奋得睡不着觉,不知怎么用才好;为了甩掉黑帮子女的帽子,做一个可以改造好的子女而在双抢季节拼命干活，累得口吐鲜血晕倒在稻田里；第一次在农村过年，因思念父母躲在被窝里哭肿了双眼，在人前却强颜欢笑，害怕被人说是与走资派家人划不清界限……

过去了，一切都已过去。当年那些天天捧着红宝书，口里喊着“斗私批修”的日子过去了；不当家不知柴米贵，为一日三餐而拼命挣工分的日子过去了；回家探亲无钱购票，扒火车爬汽车把头撞了几个大疙瘩的日子过去了。

变了，一切都变了。那个昔日打起架来不要命的毛头小伙子，如今成了温文尔雅为人师表的园丁；那个说话腼腆、爱哭鼻子的小姑娘如今变为商场上纵横驰骋、谈吐优雅、应酬交往潇洒自如的女强人；那个胆小怯弱文静的小姑娘，成了无影灯下舞刀弄剪，主宰别人命运的白衣天使；还有从前就怕听人讲政治、谈仕途官职唯恐避之不及的黑五类子女，不知啥时也成了气宇轩昂、身居要职的政府官员。

蹉跎岁月，岁月蹉跎，三十年弹指一挥间。我们狂热过，迷失过；我们奋斗过，追求过。有痛苦，有欢乐，有酸甜，有苦辣。这些昔日省重点中学的骄子，用他们的血和泪谱写了一曲悲壮激昂的乐章。今天我们中的大部分人都已过或接近知天命之年，可是还有许多未了的心愿要我们去实现；还有许多艰辛的工作要我们去完成；还有许多未尽的责任需我们来承担。我们中的少数人，因不堪生活的重负，过早地离去了；还有少数人经不住生活的考验跟不上时代的步伐而沉沦了……但是，我们大多数人仍活跃在祖国的各条战线上，撑起了一方方天地，撒下了一片片芬芳。他们是好样的，他们不愧是实验中学的学生！

1998年10月18日

深山绿荫清静处　(摄影：柯宏胜)

亲历牛打角

慕春江

大家都知道牛有脾气,叫牛脾气,也都知道大象记忆力很好——在印度就有一个长大了的小象向十多年前杀害其父母的人报仇的故事。然而,牛的记性也很好,往往会寻找与自己打过架的牛复仇。

我们下放时,五星八队的社员经常向我们讲一些故事,其中也包括牛打架的故事。

说是某一天夜里两三点钟,一头牛挣断了绳索,转了半个山头,找到了白天与它打架的牛,直到起早的人发现并拉开时,两头牛已满是伤痕,一只眼在流血,一只牛角折了一截,虽都筋疲力尽,但还不肯罢休。还有一次是两头牛遇上了,不知是看不顺眼,还是以前有过矛盾,大打出角,拼命角力,伤痕累累还不罢休。在无法拉开的情况下,有人把扫地的大扫帚点火烧着了插入两牛头之间,方得拉开两牛,一场恶战才得以解决。

一天上午,我的任务是犁田。一片冲田在山坡上形成一块块梯田,我赶着牛扶着犁来到山坡中部的一块要犁的田边,把犁头插入土里,开始犁起田来。我一边犁,一边想着到圈里牵牛时社员秦连喜叮嘱我的话:“今天我们用的这两头牛以前打过角,一圈圈犁的时候如果对面了,一定把头牵一下,不可四目相对!”我说:“好的,知道了。”

“牵着！”“走沟里！”我一边犁田，一边思考如何对付可能发生的事情。秦大哥在我上面那个田，我的田比他的要低七八十厘米……嗯，有办法了！

一圈，两圈，三圈，“牵着”——每当两牛相遇之前我都喊它一声，同时轻拉一下缰绳，不让它向右边看，以防对上眼。第四圈安全度过，没想到第五圈时，我使的牛向右上方离它有十多米远的牛看了一眼，略一停留，转身朝上面梯田的水牛奔去。好家伙！终于对上眼了，只见它略一纵身就上了上面一块梯田，径直冲向那头牛。秦连喜急得大声呵斥，举鞭挥舞，并用自己的身体挡在了牛头前。我扶好犁紧跟着牛，说时迟，那时快，我把犁头对准田埂底部插进后，立马双腿用力蹬在田埂上部，身体后坠，稳住犁身。只见我使的牛拼尽全力蹬直四蹄，把八九毫米厚用铁打制的犁辕都拉弯了，仍然前进不了一步，直至力尽。因为，我把稳犁头插在田埂里，越拉越深。秦连喜连忙拽起我使的牛的鼻绳，把泄了气的牛儿拉下了田埂，我俩又谨慎地继续完成上午的劳作。

事后，秦连喜在其他社员面前讲这事的时候说我胆大、有办法，我说：“还是你胆大，挡在牛头前面把架拉！多亏你事先介绍它俩是冤家！”

（**慕春江**　合肥实验中学知青，1968 年 10 月下放，青阳县城郊公社五星八队。1971 年元月招工返城，退休于合肥市招商局。）

站立的河

柯宏胜

小径傍着舒溪缠绕着前进，钻入九华深山，闪光的石阶招引着我攀缘上升。穿过一条幽谷，转过一道山梁，一幅立体的画面顿时展现在我的眼前。

这就是你吗？使我的思念永不干瘪的舒泉瀑布！

朝阳已从山坳里探出手来，悄悄地将大山的面纱掀开。一面峭壁，有十几丈高，似屏风立于对面；一径溪流，被捧于两山之间，将垣墙似的峭壁剪开一个缺口，呼啸着抱云而下。峭壁的脚下是个巨大的深潭，潭中溅起一朵朵小小的银花，形成蒙蒙的水雾，在艳阳的染色下，显得五彩缤纷，金银万点。

“飞瀑奔崖色皎然，飘空上下势相连。”古人对你的描绘是多么形象生动！

你不甘默默无闻地永远平躺着，宁愿粉身碎骨，也要冲下悬崖，站立起来，成就一番轰轰烈烈！

清泉汩汩十里，是你一路蓄势走来的痕迹；站立轰然震撼，是你激情迸发豪迈的骊歌；渐行渐远的身影，是你奔向远方万里的写真！

春去秋来，冷露寒霜，你经受了多少风风雨雨和丽日朗朗！你的身躯活跃在青山的白云蓝天之下，你的向往是多么热切期盼。刻骨铭心的信念，执着坚定的追求，你脚步匆匆，从不愿停息一刻!

过去难忘的岁月,令你振奋;未来美好的时光,吸引着你无数的梦想。你拥有多少专心致志沉着的月光,也就拥有多少清新的黎明和升起的太阳!

舒泉瀑布,你是永远站立着的河,也是大山里永远挺直的脊梁!

青阳县九华大峡谷苦木潭大瀑布　(摄影:柯宏胜)

烙在心中的眼神

——一位青阳知青美丽的记忆

吴丽黛

1970年冬天，雪虽不大，但天很冷。青阳县胜利公社四新大队、四新小队知青下放点，我伫立在天井门口，看着空中飞舞的雪花，回想着前一天从合肥返乡的一幕，那情那景仿佛又展现在眼前。

1968年，爸爸被打倒，途中去了亳州新马桥农场。尚未成年的姐姐，带着我和弟弟来到了青阳插队落户。我们三人轮流回合肥过年。第二年春节我回合肥过完年后，为节省路费，我乘省立医院陆院长全家一起下放石台县的车先到达安庆，然后转道回青阳。我肩挎手提着妈妈精心准备的带给在农村过年的姐弟们的书、咸鱼、海带、炒面等，不堪重负的一副狼狈相，随人群挤向安庆驶往贵池的小火轮渡口。时至中午，好像要下雪了，天越来越暗。农民们肩膀扛着、扁担挑着都在向前挤。一边是江水，一边是高高的江堤。我被挤得喘不过气来，双脚几乎离开了地，身不由己地被这股洪流推着快站不住了。突然，我感觉背后一阵轻松，肩上的包包仿佛也轻了许多，转身回头一看，一双柔柔的充满同情的眼睛在看着我，他双手奋力拦着我身后拥挤的人们……长堤不再长了，我随着人流慢慢挤上了小火轮，倚窗而站，看着江水向东流，似乎很快到了贵池码头。

下船直奔汽车站，紧赶慢赶来到车站大门口，我顿时傻眼了:买票的人太多了,黑乎乎一条龙。当时已没有贵池去青阳的始发车,只有过路车,下几个人卖几张票。看着长长的买票队伍,我根本不想去排,即使排也买不到票,心里空落落的,怎么办?如果走不了,晚上睡哪?当我一筹莫展不知如何是好时,发现人群中那双黑黑的眼睛在望着我……没有丝毫的犹豫,提起大包小包还有一个竹篮子,低头走到他面前。他已退后一点,给我让了个空。站稳后我没回头,但感到那双明亮的眼睛一直在看着我的背影……时间过得真长、真慢,终于来了辆带篷的去青阳的大卡车。只下来四个人,卖四张票。我刚好是第四个。买完票,我心里感到很不好受。我没回头,也没说一句话,提起东西匆匆地奔向检票口。我爬上大卡车回头看时,天色早已暗淡,寒风卷起的黄土遮住了那双眼睛……

四十年了,夜深人静时,那双柔柔的眼神常常会突然出现在我的脑海里。至今,我不知道你是谁,但我知道你是下放青阳的知青。

你的眼神,永远烙在我的心中!

2008年12月15日于合肥

(**吴丽黛**　女,毕业于合肥十五中学。1968年底下放青阳胜利公社,1970年底返城。退休于合肥科学技术咨询中心。)

埂上往事

吴宗仰

从青阳县城往朱备方向，沿着青通河埂行走六七里路，左拐数百米，迎面而来的是一片没有人烟的松树林。松涛阵阵，当年每每通过此地，都有成群的野鸡迎接我们，真是好一番自然风光。过了这片林区，便可看见一棵参天古树和不远处的村庄，这就是我们插队的埂上江(原城郊公社三增大队第一和第二生产队)。

友好的乡亲们

我们到埂上的第二天，适逢村里有白喜事，我们全小组七个知青，全部被请去喝酒。当时我们是未曾涉世的中学生，根本想不到应出点什么意思，大家都傻乎乎的，毫不客气地饱餐了一顿。要知道当时的农村经济状态很差，一队的工分值是一个工一元二角多，而二队却只有八角九分(当时的公社领导抽的东海香烟一包是两角六分，大队领导抽的玉猫牌是一角八分，生产队长时兴抽的大铁桥是一角三分，而普通的社员只抽五分钱一包的白纸包香烟)。

忆苦的欢迎会

我们刚到，生产队便召开了会议，开场白不过是象征性地表示欢迎来插队的学生们……当时很时兴忆苦思甜，队长发话要大家相继发言。大家说了半天说不出什么名堂,我只记得恨日本人的很多,日本人来了后,将我们村的参天古树都砍光了……

笔架山上的狼

来到生产队没几天,要购水桶,需翻越笔架山去庙前,我和后来当上合肥市委副秘书长的于正金受命去购买。记得必须从百花桥过桥后走上山的道路,我们一路闲聊一路赏景,倒也开心。特别到了山上,松涛阵阵,更显得山阴道上风景优雅。正在走得兴起之时,一条像狗的动物从我们身后蹿了过去,定睛一看,怎么尾巴是下拖的?原来是一只野狼,顿时惊得我们汗毛都竖了起来。好在这家伙毫无侵犯我们学生的样子,大概这儿紧靠佛门圣地,动物也是十分友善的吧!

基本生活的安排

来到埂上,队里给我们安排的住房是队里的仓库,一栋据说以前是地主宅院的徽派建筑。女生住在楼上,男生住在楼下。最不愁的是粮食,因为这儿就是放粮的地方,只要是生物就喜欢这地方(老鼠很多,还有黄鼠狼)。

至于吃菜问题,生产队最多的是萝卜。常有乡亲们给我们送红豆腐吃,这是一种用栎树果实做成的豆腐,过去从来没有见过,很好吃。我们每天一般至少是三个菜:萝卜丝、萝卜片、萝卜汤。米都是新鲜米,很香。那时我们的饭量都特大,每顿三大碗后还得吃一块大锅巴。

现在再回想,是当年的油太少了。当时队里实行的是粪票制,每家把积存的粪便交给生产队,队里发粪票,到大队部的小卖部以粪票换取香油、酱油以及肥皂等。记得当时我们不要小店的肥皂,它软软的,十分不经用。

第一个春节

20世纪六十年代末,注定是个不平凡的时候。我们到生产队没多久,便赶上春节来临,但恰恰也赶上了少有的大雪天。

漫天的鹅毛大雪整整下了一天，这在青阳是十分罕见的,更为惊奇的是让我们遇上了。漫天的大雪中居然响起了炸雷,大家大为不解。乡亲们说:冬天打雷,遍地出贼(后来果然我们有人在回家的路上被偷了钱包)。现在回想起来,我们一生再也没有经历过那年遇到过的情况。

后来又传来了大雪封路的消息。当时从青阳到合肥,经过木镇后便是平坦宽敞的大路了。从青阳到木镇也不过路窄一点,弯曲一点。然而一场大雪,公路封路了,这叫我们从没在外过年的下放学生如何是好呢?

有乡亲建议我们步行几十公里到大通坐船。听从了乡亲的建议,我们挑着队里给大家分配的花生米、糯米,沿圩区一步一步地走向大通。我们清早出发,到大通时已是深夜时分。好不容易敲开了一家旅店的门,匆匆睡了几小时,总算上了去芜湖的小轮。在船上,我们是听着欢乐的迎“九大”的歌声,一路站到芜湖的。

黄鳝和蛇的故事

我们的插队生活最快乐的时光莫过于老天的赏赐:下雨的日子,它注定是不要出工的,这时就是我们外出游玩的好时光了。我们通常是与常相互走动的同学见见面,一块去县城吃碗阳春面。

最难忘的一回，是我们小组的五位男同学一块去县城。大家闲来无聊,便悠闲地来到菜场。有人提议一人买一个黄鳝笼子下到田里抓黄鳝,大家都很乐意。从县城回到生产队已是傍晚时分,我们立即拿笼子每人选择一个认为合适的地方放置。

第二天早上,大家又一同来到昨天放笼子的地方,看看是否有收获。我们五个笼子只有两个抓到了东西:一个抓到的是一条水蛇;再一个笼子里是一条又粗又长的黄鳝,这是我的笼子抓的。

时光悠悠,青春不再,但是每每想起逝去的岁月,这些细微小事总是会给我甜蜜的回忆。这大概是因为,人生最美好的阶段,是深深地和埂上、和青阳融会在一起了吧。

清韵蓉城

王诗晓

对于长期生活在山乡的我而言,在游览名山大川时,面对那一处处壮美、秀丽、雄浑、婉约的景观,心中也深深地被触动过。而一旦回到久居的小城,所有的一切感觉全被家乡的一阵轻风、一袭薄雾、一缕白云、一汪清泉所融化、所淡化。在我的心中,最安然、最悦目、最温馨的莫过于我的小城生活。

小城名为蓉城,虽然有点花粉味,可她却是得名于李白“天河挂绿水,秀出九芙蓉”的诗句。诗仙此笔一挥,诗中的芙蓉便绽开在家乡的阡陌间、溪水边、城垣中,绵延了一千多个春秋。因李白的一首诗命名,小城更是历代八方人文荟萃之所, 又随着九华山以地藏道场而被确立为全国四大佛教名山之一。

蓉城山水有色,百鸟有声。

随意站在小城的高处便看到一番风光:白云依山,葱茏一片。这时再品味李白的诗句,更深感正是那条条“天河”的绿水染绿了小城。

有资料显示:小城所在的县城森林覆盖率达到52%,仅鸟类就有33科117种。广场、小区和街道,基本上都浸在一片绿色中。每年春暖花开时,成群的飞鸟,无论是本土的,还是侨居的,都会用绚丽的羽毛、悦耳的歌声,相约于此。因此,蓉城内是看不到拎鸟笼的人的。

清代诗人张士范抵达小城时有诗谓："细雨蒙蒙出郭时，四山一望影迷离。"在他的笔下，城外绿野里是村烟隔树，匝地而吹的是临风潮水。小城的南边多溪流飞瀑，自成河流，由此形成小城发达的水系，古时就有六条溪流穿城而过。又因蓉城的河水与江水相汇，所以，每年江水涨潮，便把城内大河小溪托成一片片、一块块、一条条墨叶荷流。自古以来，小城建桥是一种需要，也是一种时兴，明清以后，蓉城就有"城外十里一铺，城内一里三桥"之说。

身居小城，虽感受不到大城市的繁华，可觉得什么也不缺，跨度小，出行自如，小城内外，东西南北各具风采。商业街、老街道里的老面坊、传统食品店、古玩市场，让人有种久远而亲切之感。偶尔有乡间小路的触角不经意地伸进来，给城内带来浓郁的田园风光。许多老街居民基本上房前屋后都会辟上一小块菜地，种点香葱、白菜、丝瓜、毛豆。有时还在空地里烧上一点草木灰，一阵乡土气息便扑面而来，心也就跟着恬适淡定了。春天里，满城尽为绿茶香。郊外，家家户户养蚕植麻，延续着千百年来的景象。

蓉城境内还散落着各种遗址古迹，有新石器时代遗址、金刚石塔、古桥、尚书墓、宗祠、古钱币铸造遗址等。有一座建于清光绪十九年、现已爬满了青藤的天主教堂——玫瑰圣母院，在晨曦和夕阳中静默地沉思，让小城倍添厚重。如果在夜晚，邀几位友人，临河把酒，长歌当笑，吃本地风味佳肴、品佛国深山香茗，再听河边的老蓉城们讲讲过往的传说，看沿岸小城女人们婆娑的舞姿，欣赏路灯下细婉的黄梅唱腔，更是一种生活的雅兴、逸趣。

因为蓉城小,到处都是熟人熟面,如一个大村庄,无论走到哪,都有亲切的问候。一句话,一个微笑,或一个眼神,都让你感到温暖而踏实。即使独居,也不会感到太过寂寞,这点曾让外地的过客们赞叹不已。小城的民风如山风一样清新自然,孩子们亦是如此,三个在放学途中的中学生,不假思索地扶起了一位倒地的老人并送到医院;有许多贫困学子,在他人无偿资助下,走进大学校园;更有百岁老人五世同堂而尽享天年……所以每次外出几日,心中总觉得少了一份依赖,便有归心似箭的感觉,想是离不开小城生活的熨帖与滋润。

蓉城的路是向外敞开的,是四通八达的。黄山太平湖从这里路过,仅一步之遥。九华山雄踞眼前,佛山的钟声隐隐可闻。因此,不管自己走多远,他乡之客都会很快地给你标出青阳的坐标。从东看去,若干个繁华城市一路铺至大海,有看不尽的京华烟云。最有诗意的感受就是,小城的北边圩区,有着连天的荷叶,毗连着滚滚长江,身居荷花畔边,偶尔还会听见一声远轮的鸣笛。那个瞬间,那些古诗词,古典音乐一如《梦江南》《春江花月夜》的意境,便芳踪可寻。而就在寻觅古韵里,清雅的韵致氤氲开来,延续着小城的风雨春秋。

(**王诗晓**　女,出生于青阳朱备镇。1989毕业于安徽师范大学。现于青阳县地方志办公室从事地情资料编辑和编写工作。)

花屋遥遥

苏晓堤

花屋,我魂牵梦萦的地方!

四十年前,我随姐姐插队落户在这个小山村。

这是笔架山脚下的一个仅有十几户人家的小村落,和眼前那座兀自耸起的大山相较,村子渺小得简直不成比例。清晨起来上工,推开房门,笔架山近得好像触手能及。她那带着满身苍老纹理而又坚强的身影挤满了空间。周围的一切,充斥着大山的气息。待太阳的光芒逐渐逼去她那青黛色的外套,炊烟袅袅升起时,笔架山才收起威严的面容,薄施亲切。这会儿的花屋显得静谧而充满期待。

一条发源于朱备山里的小溪由南向北汇流而下,在距村口一箭之遥的古老的笔架桥下穿过,拐了个弯后傍村而过,流向下游的青通河。这条宽数丈、平时深不及膝的小溪流,经此地时还属上游,因此极其清澈,俯身可饮。水下那淡黄色的细沙,映衬着粼粼波光。小鱼儿逆流戏水,停一歇便会蹿一下。女人们在这河边挑水,洗衣,淘米,洗菜。山区寒气重,村里人都不下河洗澡,在家里洗"滚水澡"。知青们可管不了那么多,在夏日余晖的映照下,我们要在这溪水中洗去一天的辛劳……

青阳与徽州接壤,文习相染,所以徽式建筑在这里随处可见。花屋也有几户人家是这种房子,粉墙黛瓦马头檐,只是已相当陈旧灰暗而已。这种样式的建筑,穹顶很高,房间都是本色未染的木板墙壁。室内陈设也都大同小异:条案,八仙桌,火桶,架子床。其余人家也都住砖瓦房,村里没有草房。这一点与江北农村家家都住草房泥屋相比,有明显的区别。也许,这种情况与山区的自然条件不无关系吧。

那时村里还没有“电火”,晚上点的是煤油灯。为了省钱,村里一般人家没事都不太舍得点油灯,宁愿摸黑坐着。老人孩子们早早就困下了。“大么佬儿”们还会在堂屋里抽上几锅自制的土烟。竹筒烟具,纸搓的火捻。点一锅,抽两口,在一明一灭中,享受着一天中难得的休闲时刻。年轻人拿着手电出来“晃趟子”,他们喜欢来到知青屋里“谈文”,打听外面的世界。玩得透熟后,还会和我们摔跤。他们使的都是蛮力,往往不是我们的对手,所以对知青们都表示佩服得很。夜晚的山村,既宁静且黑暗。远处山影黑黝黝,天穹中星光点点,耳边不时传来一两声犬吠或蛙鸣。

村里仅有的“现代化”,一是设在我们村的大队轧米机房。这里有一台用柴油带动的轧米机,全大队的人家都到这里轧米。开轧米机的孙师傅好像是三年困难时期时,下放到这里来的工人。他身穿一套工作服,脖上围着一条白毛巾,令人无比羡慕。一是从部队退伍回来的大队支书,有一台四管半导体收音机。每当开会的时候,支书都会把它带到会场,十分宝贵地揭去蒙在机身上的手帕,然后随便放上一段什么,与大家共享。

花屋的村民们淳朴,耐劳,善良。能挣工分的人,个个出

苏晓堤(左一)、贺镇德(右一)与立新大队的社员合影。

工,没有人愿意闲着。老婆婆在家里喂猪打草鞋,半大的孩子放牛割草,“小嫚妮”上山砍细柴。学龄前的儿童也要赶两只鹅或几只鸭去放。尽管如此,生活依旧艰难。为了一天的劳作并兼顾节约,所以早上吃饭,下晚吃粥。中午最简单,早上的锅巴放水烧成锅巴汤,垫补一下即可。小菜都是自家屋后菜园子里长的,肉不逢年过节不上餐桌。吃豆腐就算很隆重了,一般待客才去百花豆腐店里称一块来。所以看见谁家买豆腐了,村民们会羡慕地问一句:“来客啦?”我们知青常常有菜吃,“大么奶奶”们平时都觉得“学生仔”可怜,但凡看见我们没菜吃,总会送一点菜来给我们吃。

和几个要好的伙伴上山打柴,是我记忆深处最难忘的时光。早晨,启明星还亮着就要出发了。肩上扛着扁担,扁担一头系着绳索,腰上插着柴刀,脚上穿着草鞋,我们全副武装,朝着朱备方向,一路急行。龙口、翠峰、九子岩都是打柴的好去处。翠峰景致最美,清晨上到此山,如至仙境。轻雾飘荡,山涧泉鸣,老树虬枝,青藤挂壁,林间不时闪现小松鼠觅食的忙碌身影。太阳出来以后,如果有幸,还可以看见绝壁上群猴攀缘。但是打柴却绝非美妙可言,那种艰辛不易,异乎寻常。山上遍布竹签、刺棵、毒蛇,稍有不慎,便会伤及自身。砍下的柴要码好,索紧,捆牢。扦柴要扦成两撇"八"字形,既好看又好挑,这些都需要技术。还要修一根粗细合宜的柴棍当杵。一担分量很重的柴火,杵可以分担重量,十分便利。这些环节,我总是难以独立去完成,都是在伙伴们手把手的帮助之下才完成的。挑起柴担,肩负着难以承受的重担,脚趾用力抓紧陡斜的路面,一步一颤,艰难地向山下挑去,那个时刻,十五里以外的村庄,是我这个十六七岁的少年,最祈望到达的地方。

往事如烟,人已数年。啊,花屋,遥远的花屋,你还好吗?你是否还是那样青山不老,绿水长流?

2008 年 12 月 13 日

(**苏晓堤** 1952 年生,合肥七中 67 届初中毕业,1968 年 10 月下放青阳城郊公社立新大队 11 小队,1970 年 9 月招工到安纺二厂修机车间。后当兵、上大学等,以公务员身份退休。)

难忘故乡那条路

师燕治

2012年12月2日，西昌卫星发射中心用“长征三号甲”运载火箭，成功将第十颗北斗导航卫星送入太空预定轨道。至此，由十颗卫星组成的我国北斗卫星导航系统已覆盖亚太地区，其定位精度为十米，授时精度10纳秒，测速精度0.2米/秒，并可与世界其他卫星导航系统兼容共用。得此信息后，我即打开网络试着找寻心中一直牵挂的故乡路。页面上清晰地显示：黄颜色的G3京台高速公路由北从铜陵进入青阳县境，与绿色的S103省道在杨田镇东南平行交会后继续向南延伸。白色的X027县道接S103省道后，向东经杨田镇、五梅村、庙前村后转北而去。杨田镇以东山地呈铁青色，千沟万

青阳农村山区公路 （摄影：师燕治）

壑,村落田畈散落其间,发丝状小道隐约可见。从浩瀚宇宙鸟瞰大地,不由得勾起我四十五年前那次夜行的回忆。

1968年10月,史无前例的"文化大革命"已进行了两年多。合肥市和全国其他地方一样,各级党委、政府机构瘫痪,工厂大都停工,学校完全停课。狂热的红卫兵运动,像流星般划过中国的政治天空之后,正在陨落。连续三届数百万初中、高中毕业生,学业难继,就业无门,只好响应号召踏上"广阔天地"之路,去农村大有作为。10月26日一早,我随合肥市首批下放知青,分乘数十辆军用卡车于下午抵达青阳县城,入住县政府礼堂,等候县知青办分配。次日上午,县知青办又用卡车把我们数百人,送到了十公里外的杨田公社。

当天下午5时许,经过公社再次分配,我们一行五男两女七位知青,离开杨田公社革委会大院,向我们落户的"第二故乡"——五梅大队盘台生产队进发。

生产队派来迎接我们的五位村民,挑着我们的箱子和盆盆罐罐走在前面,我们几个知青则背着自己的被子,斜挎着书包或网线袋跟在后面。望着远处层峦叠嶂的群山和掩映在绿树翠竹后的农房,走在穿村绕田的沙石路上,大伙感觉十分新鲜,每个人脸上洋溢着好奇和喜悦,对未来充满憧憬。

不知不觉间,一座大山突兀在我们面前。领头的村民告诉我们,从公社到生产队大概二十五六里山路,要翻三座山。眼前的这座山叫五梅岭,上去就是大队部,大家可以在队部休息一下。

登山的路由石条铺就,宽约两米,一边靠山,一边临坡。

我们七位知青好像上足了劲的发条,暗暗较起劲来。二十分钟后,我们汗流浃背、上气不接下气地将挑担的村民远远丢在身后,自顾自地爬上了山。

山上,一块偌大的盆地呈现在我们面前。盆地四周远山环侍,林木层层叠叠,天穹染满红霞。一条弯曲的沙石路穿村而过,大队部就在村中一块空地旁。另一个村的知青先我们早到了一会儿,正在草堆旁休息。大家相互寒暄几句,解下背上的行李,也在旁边歇了下来。一会儿工夫,迎接我们的村民从后面赶了上来。领头的先去大队部取了信件,见其他几个同伴已从供销社打了煤油、买了盐,就过来招呼我们,说是还有十几里路,争取天黑前往前多赶点。我们七人匆匆起身整理好行李,跟着队伍又上了路。此时,我们身后的村庄许多人家屋顶已飘出袅袅炊烟。

沙石路不长,尽头一转弯又上了石条路,只是路没有先前的宽,窄了不少,还是上行。村民告诉我们,这是一条古驿道,西可达长江,南可通徽州。我仔细分辨了一下方位,感觉队伍好像往南,正行走在高山峡谷中。黝黑的大山在两旁矗立,蜿蜒的石条路在幽深的河沟上绕来绕去,光线暗了许多。没有人再说话,大家伴随着急促的喘息声,小心地迈着脚步低头赶路。

队伍在一处“丫”形路口停了下来。领头的村民说,我们现在是在草鞋岭上, 往右走是到村里生产队和万介岭,通往太平、徽州,往左是我们盘台。说着,他挑起担子径直往岭下走去。

下山的路并不好走。一块块面积大小不一的稻田铺满斜坡，稻子已收割完了，草把立在田里悠悠地站着。二尺宽的田埂权当是路，我们就在田埂上穿来绕去，稍不留神就有可能滑到田沟里弄湿鞋袜。想到鲁迅先生那句名言："其实地上本没有路，走的人多了，也便成了路。"我不由得暗自笑了起来。

天黑了下来，我们好不容易从岭上跌跌撞撞地下到了沟底，可是，一座大山又横亘在我们面前。领头的村民招呼大伙聚拢点，高声说："最后一座山了，爬上这座山我们离村子就不远了，大家一定要小心脚下。"说着他和同来的村民们点亮了带来的马灯，并招呼我们知青穿插着走在队伍中间。我回头问身后村民这山有名字吗，他嘟哝了一句："牵牛冈。"

借着昏黄的灯光和朦胧月光，我们踏上山冈。起风了，身旁的灌木发出沙沙声。队伍一会儿行进在山脊上，一会儿又转到临坡处，除了我们前后一点光亮，四周一片混沌，面坡崖壁更是深不可测。偶尔，不知是谁踢落脚下的石子，好半天才传回石子掉落沟底的声音，只让人觉得冷汗涔涔，丝毫不敢大意。衬衣湿漉漉的，裹在身上有点凉，我情不自禁地抱紧双臂，紧张地盯着脚下尺许宽的羊肠小道，一步不离地跟着前面的村民向山顶挪动。也不知过了多长时间，我们终于站上了山顶。

在山上一处避风地稍歇时，我问身旁的村民，刚才这山怎么叫牵牛冈。村民说，这事说来话长，牵牛冈原来叫枫树岭，是因半山腰那棵百年大枫树得名。后来改为牵牛冈，是因为牛的缘故。他们村子世代耕田碾稻离不开牛，而牛又要从山外买进来。牛行走在前面两座山岭时都很听话,赶牛的人只要在后一声吆喝,它就老老实实往前走。可到了枫树岭下就不听使唤了,任你赶牛的怎么吆喝,怎样挥鞭,牛也不上冈。你必须给它戴上眼罩,蒙上它的眼睛,一个人在前面牵着,一个人在后面赶着,它才肯走。一来二去,时间长了,这枫树岭就叫牵牛冈了。村民接着又说:“我们盘台村也多亏了牵牛冈山高路险,不然就遭大难了。”

盘台位于三县交界的深山老林中,很早就是红军的根据地。抗战时期,新四军有支部队在这个地区活动,经常下山袭扰日军,给他们以沉重打击。1941年,日军纠集大队人马进山扫荡,妄图一举清除抗日力量。当大队鬼子行进到牵牛冈时,驮运弹药物资的骡马望山嘶鸣,再也不愿前行。日军折腾了好半天无计可施,又担心天黑了遭遇新四军伏击,只好悻悻撤兵回营。“我们盘台得山岭古树之佑,托天地日月之福,因此免去一场生灵涂炭。所以,我们盘台村民都敬重牵牛冈,更爱护那棵大枫树。是它保护了我们盘台人,你说是吗?”黑暗中,我赞同地点点头,算是对村民的回答。回望脚下被夜色笼罩的牵牛冈,我的敬佩之情油然而生,途中劳累顿时减轻了许多。

下山的路感觉顺畅多了。十多分钟后,当我们经过一户人家门口时,身后的村民告诉我,从这里开始再往前三里地就到村里了。听到此话,同行的我们好像个个来了精神,大家不约而同地加快了脚步,向自己的“家”奔去。

光阴似箭,日月穿梭,弹指一挥间,四十多年过去了。当年朝气蓬勃的知识青年们,现在大都头发斑白,从工作岗位上退了下来，许多人当上了爷爷、奶奶、外公和外婆。我也于去年底完全退休，在家含饴弄孙，可发生在四十五年前的知青往事，就像昨天刚刚发生的一样，时时在我的脑海中浮现。

2013年春节完稿

青阳县境内幸存最古老的建筑：柯乔门坊。此建筑位于九华乡柯村，建于明代嘉靖年间，为纪念抗击倭寇和葡萄牙殖民者的民族英雄柯乔，嘉靖皇帝下令敕造的。（摄影：柯宏胜）

村头，那不应忘却的纪念

师燕治

2005年7月下旬，我借出差皖南青阳县之机，约池州报社一友人，早餐后驾车直奔县城东南杨田镇五梅村，去了结魂牵梦萦三十七年之久的一块“心病”。

1968年10月，年仅十七岁的我，作为合肥市首批下放知青中的一员，响应毛主席“农村是一个广阔的天地，到那里是可以大有作为的”号召，和其他六位同学一起，来到当时的杨田公社五梅大队盘台生产队插队落户。

生产队位于大山腹地，距公社约十三公里，大队部恰好位于生产队与公社之间的一个村庄，是我们往返公社必经之处。时间长了，插友们在大队部南头不远处发现一处奇怪的墓地，几十座高低不同的土丘零散在十几亩山地上，一块镌刻着“孤魂碑”字样的小石碑立在一旁。我曾向附近村民打听墓地情况，他们或是缄口不语，或是面露恐慌急忙离去。这越发激起我的好奇。在以后的日子里，从与时任大队书记的江支书的断断续续交谈中，我逐渐明白了村民们三缄其口的原因。原来，那是抗战时期，国民党军队一次阻击日军进犯时的阵亡军人墓地。在“文革”那个特殊年代，那样严酷的政治氛围下，面对如此敏感问的题，大家避之唯恐不及，谁又敢妄言那块墓地呢？

如今，国运昌盛、政治清明、人民舒心，许多被颠倒扭曲的历史逐渐回归原貌。江泽民同志十年前，在《纪念抗日战争暨世界反法西斯战争胜利五十周年大会上讲话》中，就代表中国人民、中国政府、中国共产党，向参加抗日战争的国民党爱国官兵致以崇高敬礼。2005年4月，国民党主席连战先生又首访大陆，两岸开启“破冰之旅”。党中央也进一步明确了：“……在抗日战争中，中国国民党和中国共产党领导的抗日军队，分别担负着正面战场和敌后战场的作战任务，形成了共同抗击日本侵略者的战略态势。”近日，中共中央、国务院、中央军委又决定向全国所有健在的抗日老战士、老同志及抗日将领或其遗属，颁发由胡锦涛同志亲笔题写章名的中国人民抗日战争胜利六十周年纪念章。这一切向世人昭示：在那场威武雄壮的反法西斯战争中，国共两党及许多勇敢的人们前仆后继、浴血奋战，面对敌人的炮火勇往直前，用气吞山河的英雄气概谱写了惊天地、泣鬼神的壮丽史诗。他们理应得到国家和人民的尊重，“孤魂碑”下的孤魂们，也应当得到我们活着的人，特别是在他们长眠的土地上曾经生活劳作的人们的纪念、拜谒。

仅仅十几分钟，我们乘坐的吉普车穿过杨田镇，转入蜿蜒的沙石路。又颠簸了十多分钟后，汽车发动机吼叫着，终于爬上了陡峭的五梅岭，停在昔日大队部门前。由于前一天友人已与村部联系过，因此，现任村支书袁飞、村主任王春华听到汽车轰鸣声便迎了出来。大家寒暄了几句，袁书记告诉我们：“你们想了解的事情，我已打听过了。六十五年前，就在这儿发生过一场战斗。我的大舅子小名叫‘反巴子’，就是因为那一年鬼子上来了,我丈母娘在'跑反'逃难的路上生下的。"王主任说:"我们小时候上山放牛,经常能捡到子弹壳、子弹匣子等。现在村后的山上,当年修筑的战壕还依稀能见。"

说话间,我们一行数人来到墓地前。放眼望去,不规则的坡地呈放射状向山边延伸,十几亩的墓地上如今难寻坟茔踪迹。不知何时,墓地已被分隔成一垄垄菜地,种着瓜、豆等。菜地周边长满芭茅野草,"孤魂碑" 孤寂地坐落在半山的缓坡上,周围荒草萋萋。我疾步来到碑前,拨开茅草,一块高约六十厘米、宽二十厘米、麻黑色的石碑呈现眼前。墓碑上的字依稀可辨,"孤魂碑"三字凿刻于正中,两旁竖刻着"为国阵亡将士本境一切孤魂总祭"。

八十二岁的汪梦春老人,听说我们是来寻访、祭拜孤魂的,激动不已。他说,那年打仗自己才十几岁,鬼子飞机在村庄上空盘旋,炸弹炸出的浮土把他埋了半截。鬼子在村里烧杀奸淫无恶不作,许多人跑到山上躲起来,几天都不敢回家。战斗持续了三四天,好多四川兵死在战壕里,沟土都变成了红的。战斗结束后,老百姓纷纷自发赶来,为死者擦洗收殓,将他们集中分葬在这一片。可是,坟头现在大多平毁,也就剩那么几座了!

望着满眼红黄青绿的瓜果蔬菜和散落其间的零星坟茔及杂草掩蔽的石碑,我的心在伤痛,在滴血。十多分钟后,我们告别了村支书、村主任,返回青阳县城。

当天下午,心中纠结郁闷的我们来到青阳县政协,决心一探究竟,搞清楚发生在五梅岭的那场战斗的来龙去脉。俗话说,功夫不负有心人。在1987年县政协编写的《青阳史话》第四集中,我们找到了答案:1937年11月,国民革命军23集团军奉命出川抗日,先期驻军江苏宜兴、长兴,安徽广德、宣城一线,与进犯日军多次交战。后该集团军部移师青阳,担任长江南岸铜陵至湖口的江防任务。1940年4月22日至29日,日军15师团、17师团、11师团、116师团,汪伪10联队及汪伪长江游击司令王普部,共数十万人,向23集团军长江防线发起全面攻势,战斗持续八天。这就是人们俗称的"青贵战役"。整个青贵战役中,中国军队共歼日军两千余人,有效延缓了日军沿江西进速度。而发生在五梅岭的战斗只是整个青贵战役的一部分,川军在此一处就伤亡近百人。

抗日战争是近代中国反击外敌入侵, 第一次取得完全胜利的民族解放战争。中国人民同仇敌忾、不屈不挠,以落后的武器装备战胜了经济实力和军事装备远比自己强大的敌人,创造了落后弱国打败帝国主义强国的奇迹, 一洗百年屈辱。六十八年前,面对日本侵略者的入侵,国共两党化干戈为玉帛,共赴国难,实现了第二次国共合作。在一致对外,保卫家园的全民抗战中,共产党领导的八路军、新四军和国民党军队中的爱国将士与日本侵略者展开了多次殊死战斗,消灭了大量日军,打击了他们的嚣张气焰,许多爱国将士壮烈殉国。今年9月3日, 是中国人民抗日战争胜利六十周年纪念日,那些为国家独立和民族解放而献身的中华儿女,包括在五梅岭战斗中牺牲的国民党川军官兵,都应受到人民永久的崇敬与怀念。他们长眠在我们身旁的土地中,不正是我们开展爱

下放前部分同学合影

国主义教育的好教材吗？我们应该善待逝者，认真地、好好地保护和规划这片先烈安身之处，而不该如此“平坟改畦”，做出违背传统、无视历史、践踏文明之事！逝者已去，生者何安?!

2005年8月1日完稿

（**师燕治** 毕业于合肥九中初三(3)班，1968年10月下放于青阳杨田公社，1971年1月招工返回合肥。当过工人，做过报社记者，担任过安徽省交通广告信息公司总经理、安徽交通报社副总编辑和安徽省交通工程质量监督局督导员。）

红花草

肖克勤

红花草，又名紫云英，是豆科黄芪属越年生草本植物，多在秋季套播于晚稻田中，做早稻的基肥，是我国稻田最主要的冬季绿肥作物。它长成熟时高度大都不及膝盖，有的刚刚漫过脚踝。细细的枝秆，亭亭玉立，圆形的叶子四片对生，碧绿的色彩苍翠欲滴。没开花前外形长得有点像上海人爱吃的一种叫豌豆苗的植物。它的生长期都为春季，随着地温提升而发芽成长。五六月为开花成熟期，其花形像菊花瓣，颜色为白红相间(红色居多)，舒展地覆盖在绿叶长茎之上，从远处看去，一片片绿色之上泛映着火红的花海。

五月的江南风景如画，群山环绕梯田层层，涓涓溪流清澈见底。远处稻田里的红花草把整个田野装扮成花的海洋，山间点点斑斑的农舍中徐徐升起炊烟……啊！青山绿水、花海炊烟，宛如仙境。情不自禁由衷感叹：祖国山河美如画，青阳尤为画中画。这美丽的画面常在我的脑海中浮现，因为它记忆着我在那难忘的知青岁月的一段往事。

下到生产队已经两天了，清晨，天刚麻麻亮，突然，一声声长长的哨音，把我从睡梦中唤醒。心里顿时明白，从今天起我们知青就要开始上工了。队长把上工的人们集合起来先后做了分工，我被分到做"翻秧田"农活一组。我随即去仓库拿了件有长长杆子的钉耙，跟着人群出工了。翻过几座长满翠松的小山，来到山坳间的一块田地旁，田里长满了红花草。此时的红花草，早已过了花期，只剩下些残花碎叶附在枝干上。队长领着大伙围着田地站了一圈，开始干农活。只见人们下到田里，用手中的耘耙把红花草翻进泥土用作肥料。山里因为田少，人们就想办法把这种像池塘的地方，用树枝编成网格状，拗进去铺上泥土，形成一种稀泥式的稻田。据当地人说，有的田块深度过头顶。干活时，人们必须探索着踩着网状枝条，围成圆圈，拿着长长的耘耙，一点一点地把红花草深翻进泥土。最中心的地方，人们用耘耙交叉挥动，把红花草一点不留地翻下去。那个年代，干这种农活必须发挥集体劳动的优越性。单人干这种活是不行的，有玩命的危险。

跟在社员后面，我小心翼翼地下到田里，才发现泥土是松松软软的，越往里走越松软，越松软的地方腿脚下陷得就越深。好在那时我只有十七八岁，有着一副强壮又有力的身板，就光着膀子穿件裤衩，赤脚下到田里，翻踩红花草。身体随进随沉，稻田中间最深处已齐胸口。这时，地面上和稀泥下温差很大。似火的骄阳烤灼着暴露的身躯，脊梁晒得油光光的，而深陷稀泥中的下半身，却拔凉拔凉，冷得透骨寒。胸前水面上还不时地游过来几条蚂蟥吸吮着你的热血。

这时，一声声抑扬顿挫的山歌响起来，使我紧张的心情，慢慢放松愉悦开来。这歌声里有队长高亢的男音，也有旁边对歌者的欢快和声。渐渐地，人们随着歌声，手中舞弄的耘耙开始有节奏地时起时落。劳动的歌声使人们干活时心情愉快，忘记了疲累。我当时对青阳地方口语一句也听不懂，又不善音律，只能跟在大家后面胡乱地挥舞着耘耙，且越干就越觉得累，那一会儿，觉得太阳晒得我差点晕过去。好不容易坚持到这片地的农活结束了，社员们陆续走出田地，个个满身泥浆，争先恐后跳进河里。我也跟着跳下河，一边洗身上的泥，一边不解地问身边的老农："为什么要玩命地干这种活？"老农笑了笑，满脸严肃认真地说："红花草是一种天然肥料，把它翻进泥土中，第二季的稻子会生长得更好，不用上化肥也能增产增收。为了迎接中国共产党第九次代表大会的召开，必须大种特种红花草，高丰高产向党献礼。"

噢，红花草，它是大自然里一种最普通的天然植物，却具有非凡的无私奉献精神。当它开出美丽的花朵后，即把生命融进泥土，为人类结出丰硕的果实。现如今，不知从何时起，春天的田野里到处都是一片片金色的油菜花，再也难觅红花草的美丽踪影。但她永远是我记忆深处不可磨灭的靓丽景色！

（**肖克勤**　1968年10月下放于青阳县城郊公社三增大队第三小队。1969年8月招工回城进安徽省橡胶轮胎厂从事橡胶机械研制工作，2005年从开元集团退休。自幼习画，曾受黄叶村、肖龙士、郭介屏等名师亲传技艺。）

知青生活杂忆

于正金

在我的一生中,青阳是个留下印记的地方,令人难忘。

从 1968 年 10 月下放青阳县城郊公社三增大队一队插队,到 1971 年元月招工离开生产队返城,我在那里生活了两年零三个月。这一段农村生活时间并不长,但在我的人生经历中却留下深刻的印象,每每忆起,恍如昨日,内心涌现的是一种复杂的知青情结。

我下放的生产队离县城八里路,是一个典型的具有徽派建筑风格的村庄,不少老房子都是粉墙黛瓦、马头墙,特别是村里被叫作"大屋"的祠堂,规模宏伟,层楼叠院,尤其是门罩、窗楣、梁柱、窗扇上的砖、木、石雕,工艺精湛,形式多样,造型逼真,栩栩如生。听村民说,过去村里有一个大地主,号称"江百万",建有一个大庄园,村里的房子基本都是他家留下的。1949 年以后,房子都分给贫下中农居住,那个"大屋"里也住了十几户人家。我们刚到生产队,被安排住在队里堆放粮食的仓库里,这也是一座徽派建筑的老房子。我们的村庄宁静而秀美,特别是当夕阳西下,村民收工回家,家家炊烟袅袅,孩子们在门前嬉戏,牛儿在山坡吃草,白墙黛瓦建筑和周边山丘树丛相互掩映,眼前呈现的是一幅令人难忘的田园风光。

于正金与插队伙伴五人合影

一到生产队，便参加集体劳动，干农活对于我们十几岁的城市学生来说，是第一道难题。割稻、插秧、耘草、犁田，样样都有技术要求，有的农活看似简单，实则并不容易掌握。记得初干农活时，我们也曾闹出不少笑话。但我们毕竟是知识青年，经过一段时间实践后很快就适应了。当时生产队实行工分制，每个劳力按照技能评定劳动等级。刚去第一年我被评为四级劳力，第二年就被评为一级劳力。插秧是个技术活，既要插得快，还要插得整齐。到第二年，我与生产队插秧高手基本不差上下。犁田不仅要深浅一致，而且还要能驾驭牛。开始犁田时，队里照顾安排给我一个老实的牛。老实的牛也同样欺生，大概看我是个新手，有意考验我的能耐，走走停停，不管我如何吼叫，不理不睬。经过一段时间摸索和调教，牛和我配合好多了，犁田效率也明显提高。我感到驾驭牛和驾驭人其实道理一样，就是软硬兼施，刚柔并济，只要分寸把握得好，它就能服服帖帖。

下放第一年冬天，下了大雪，公路上长途客车全部停运。这对我们这群急切想回家过年的知青来说，无疑是一个不幸的消息。怎么办？想方设法还是要回家。公路不通，我们就步行到铜陵大通镇，坐轮船到芜湖乘火车回家。春节前一天早晨，我们插队小组5名男同学挑着行李和年货，踏着厚厚的积雪出发了。青阳到大通60多里路，我们整整走了12个小时，快天黑才到达大通。途中经过童铺时，我不小心踩到一块有钉子的木板，钉子扎进脚心半寸深，鲜血直流。望着还有一半的路程，我擦干血迹，简单包扎一下，又继续上路了。大概是冰天雪地，天气寒冷的缘故，走走就

于正金与插队伙伴三人合影

感觉不到疼了，而且脚也没有发炎。下放农村几年中，唯有这一次回家最辛苦，也印象最深。

告别青阳农村后，我始终没有再回过那个生活了两年多的生产队。但是我觉得还是应该回去一次，那里的大路旁曾有我年少匆忙的身影，那里的田埂里曾有我稚气清晰的脚印，那里的山冈上曾有我彷徨迷茫的时光。2008年我和插队小组同学一道回到了离别三十七年的地方。看到三十多年后的生产队，记忆中的一切似乎都变了样，这还是当年那个宁静秀美的皖南小山村吗？岁月沧桑，真叫人心碎无痕！

（**于正金**　合肥师范实验中学1968届初中毕业生，1968年10月到青阳县城郊公社三增大队一队插队落户。1971年初被招工到合肥钢铁公司。2014年从合肥市委办公厅退休。）

知青往事

叶永发

1968年11月,大队来了二十一名下放知青插队落户,分别被安排在石溪、四方、曹村和方墩生产队。他们遵照毛泽东主席“知识青年上山下乡”的号召来到农村,最大的十八岁,最小的十六岁。知青管理也是共青团工作的一部分,作为大队团支部书记,我经常去知青组,看看他们有没有需要帮助的。他们从省城来到山区,从城市来到农村,从高楼大厦住进农村小平房,从出门坐公交车到步行山村小路,很多生活难以习惯。

我与这批知青年纪相仿,走得很近,有共同语言,处事很容易沟通,我们很快就成了朋友。他们常来我家,我对他们一视同仁,来了都是客,遇到什么吃什么。那时家里能吃的就是山芋、芋头、冻米、锅巴之类的,香烟是大铁桥、丰收牌的。他们也不嫌简单和低档,来往不拘束,像亲兄弟一样。由于我和知青们和睦相处,团支部工作得到了知青们的帮助和支持。我们自己想办法办了团刊,创办了支部宣传栏,由知青设计、投稿、排版、出刊。这在全县还是首创,“团刊”影响很大,团市委领导还来我们团支部总结经验,在全市推广。知青人才多,文艺天分强。我们在一起,自编文艺节目,到各生产队表演。团支部工作开展得有声有色,知青们的生活也因此生动活泼、丰富多彩。因此,大队团支部被评为公社和全县先进团支部,我也是“秃子借着月亮的光”,成了全县优秀团支部书记。

这些知青,后来回城,发展得都不错,有当领导干部的、有从医的、从教的、出国深造定居的。至今,我们之间仍有联系,还不时提起过去那些往事。

一、义务砌建主席台

知青们刚下放时, 我们团支部从关心他们生活入手,与他们交朋友,尊重他们的才干、才能。在我们努力工作下,功夫不负有心人,他们和农村青年扭成一股绳,真心实意支持团支部工作。我们大队部设在东堡李家村古老的祠堂里,祠堂长年失修,有倒塌的危险。祠堂同时也是大队小学所在地,为了学生安全必须马上迁移小学,拆除李家祠堂。大队决定用拆除下来的砖瓦、木材重建大队部和会议礼堂。房子很快建好了,但没钱装修和添置办公桌椅,会议礼堂内空空荡荡,连主席台都没有。我忽然有了一个想法,发动全大队青年团员,参加义务劳动,把会议礼堂主席台砌起来。我把这个想法告诉了几位有影响的知青,他们表示支持,愿意发动下放知青参加义务劳动。于是,他们在幕前幕后提前做起了动员工作。团支部号召发布后,全大队青年一呼百应,一百二十余名青年团员花了两个早晨完成了八十平方米的土台砌建任务,然后由砖木技工青年义务装饰台面。半个月后,主席台投入使用,得到大队党支部的好评。我知道,发动青年开展义务劳动活动,而且开展得这么顺利,与下放知青发挥的作用是分不开的。

二、吃喜酒

1969年农历十一月十八日，我举行婚礼，下放干部和知青们给我送来“毛主席去安源”的画像、《毛泽东选集》精装合订本、高档铁壳水瓶，用红漆写上贺词和落款。这些贺礼，我保存了二十多年，《毛泽东选集》至今保存完好，经常翻阅。

家里摆了八桌喜酒，宴请父老兄弟、亲朋好友和本队社员。那几天公社举办整党学习班，党员干部、知青大多参加了学习班，只来了七八位知青。喜宴在自己家摆设的，我把知青安排在同桌。农村八仙桌，每桌坐八位。喜宴“锅子菜”，是我家乡祖传的一种烧法，就是将猪肉、豆腐、豆腐干丝、黄花菜、粉丝、干豆角、鸡蛋皮丝、米粉圆等八种食品放进一口锅内，加上调味品，一锅烧熟。分量很多，每锅有二十至三十斤，味道鲜美。每桌再配四个小盏：小干鱼、酸豆角、小咸菜、小白菜等。每桌放几斤白酒、几包江淮香烟、几斤糖果。下午三点，参加婚礼的客人陆续到来，但快五点还未正式开席。桌上四个小菜、烟、酒、糖、茶全上齐，就等开席上“锅子菜”。因为农村有个传统习惯，按辈分摆席位，长辈不到不能开席。

几位知青同一桌，他们见桌上有菜、有烟、有酒，就开始了战斗，等锅子菜上来，他们已经喝醉了，趴在桌上不吭声。我只好安排他们进房间休息。他们睡得很香，第二天中午才醒，吃过中饭，各自回知青组。后来他们总结一个顺口溜：“入乡随俗吃喜酒，不吃菜只喝酒。正式喜宴未开席，我们醉在一边歇。”

我后来才知道,要不是知青们暗里帮我,那天我根本办不了酒席。

我结婚的那天,公社军代表王某某准备带一批知青到我家破旧立新,采取“革命行动”,制止我家办喜酒。当时很多知青帮我在军代表那里说情,有的明确表示不愿去我家采取“革命行动”,有的不赞成军代表的这种做法,对军代表施加压力。军代表无奈只好改变了原定的计划,我的婚宴喜酒才免遭“革命行动”。

2008年,知青好友吴援朝之女吴雪婷结婚,我荣幸与当年知青同聚稻香楼,同桌共饮喜酒。他们还在怀念近四十年前在我家吃喜酒的情景。当年十七八岁小伙子、大姑娘,如今都已花甲之年,头发花白。但忆起这些往事,个个思维敏捷,滔滔不绝,充满着浓浓的情感。

三、白吃包子

1970年夏季,我在县城办事,碰上几位知青在县城闲逛。他们看见我,要请我到东门街吃糖心包子。我们一起去了包子店,先拿十个包子吃了起来,店老板等着知青付款。这时候,一位知青吃包子不小心,将包子内糖汁流在右手臂上。他迅速将右手举起来,用嘴吸那流出来的糖,没料右手拿着刚吃一口的包子的糖心,又全部流在后背上,他当时上身只穿着背心,糖心很烫,烫得他嗷嗷叫。知青借此大发脾气,要店老板陪他上医院看伤,否则将包子铺砸掉。老板着急了,赔礼道歉。经双方协商,老板再给二十个包子,了结此事。离开包子店,我劝知青到医院看伤。那个知青说那是他施的苦肉计,因腰包无钱,逼死英雄汉。穷得无赖,才想出这么个白吃包子的“高招”。

四、一分钱买香烟

1970年冬季,我被大队指派到童埠圩当司务长管理民工伙食。童埠圩位于我县北部,紧靠铜陵大通镇,水系流入长江,那里有上万亩农田和水面,是全县防汛重点区域,圩区土壤为黏性,下雨泥巴跟脚,穿靴子才能行走,靴子上黏泥很多、很厚,光走路都觉得很吃力,在这个地方劳动是非常辛苦的。

有一次,大队送来几平板车大米,需要派人到童埠街上去背回到圩区工地,我抽了几名知青跟我一起去搬运。搬运大米比挑圩要轻松很多,知青很乐意。到了童埠街,有一位知青要求去买包香烟,我陪同前往。那时供销社是童埠唯一的商场,全县挑圩民工都在此商场购东西,人很多,供销社售货员很忙。“一分钱找给我了,香烟还没有给我,请快一点儿,我还要去劳动。”那位知青高举一分钱大声叫喊着。商场人多,吵闹声很大,售货员看了看他手里的一分硬币,没有说什么,随手甩了一包江淮香烟给他。知青拿着香烟转身出门,我随后紧跟过来,并小声严肃地对他说:“你买香烟好像没有给钱。你这样做是不对的!”那知青对我笑笑说:“烟瘾发了,腰包没钱,实在没办法,只好出此下策,请帮帮忙,千万不要说出去,下不为例!”我心里很矛盾,既感叹他的小聪明,又为他损人利己感到无奈。

——摘自《往事随笔》

(**叶永发** 1951 年出生，原青阳县杨田公社溪田大队团支部书记。1972 年参加工作,曾任县林业局城关林业站副站长、华林饭店总经理和党支部书记,县财政招待所(西峰山庄)总经理、党支部书记,九华旅游五溪项目办总经理、九华旅游股份公司董事会董事和监事会监事。2011 年 12 月退休。现任青阳县爱晚联谊会(离退休老干部协会)会长。

注:本文由吴援朝修改供稿。吴援朝,毕业于合肥九中,1968 年 10 月下放青阳县。)

春色掩映梵音响　(摄影:柯宏胜)

写点真的东西(外二篇)

郑为刚

题记：既是白描就没有必要涂脂抹粉，真实的东西把它说出来就好了。

老匡

最近看了一部电视连续剧《正者无敌》，两个字——震撼！细细品味似乎是在为川军正名。自打有川军，中国民众对川军的印象就不是太好，穿草鞋，戴斗笠，挎双枪，老套筒加大烟枪。但是，在民族大义、生死存亡的冲击下，一切的陋习都不重要了，重要的是同仇敌忾，保家卫国，用血肉之躯筑成新的长城。不做汉奸卖国贼！

一口气看完此剧，心潮澎湃。每每和朋友聚会都会谈论此剧，想听听他们的看法，直到扰得别人心烦，避之不及。

坐在洒满阳光的阳台上，懒洋洋的。上下眼皮慢慢靠近，梦境快要拉开序幕。

“龟儿子！”浓浓的四川口音，老匡！是的，是老匡的声音。

1968年，随第一批上山下乡的知青，我来到了皖南山区青阳县插队落户，同屋三人，三个大男孩。

四面都是大山，中间一个不大的盆地，散落着一个个自然村落，那时叫生产队。和外界的联系只有一条穿越重重叠叠大山的缝隙，坑坑洼洼的能走汽车的乡村公路，我们叫它大路。我们生产队在路北，自然也就叫路北生产队了。

知青对农业生产是无知的，是要学习的。我们只能和妇女儿童一起干一些简单农活，农民们很照顾我们，虽然和妇女儿童一起干活，但我们的工分评定高过妇女，全队的人都认为一个大男孩在他乡异地，自己劳动养活自己，不容易。

和我们在一起干活的还有一个人，他就是老匡，我们村里另一个外乡人，还是个文化人。老匡的身份是戴帽子的“四类分子”，矮小，说一口四川话，眼睛常年红红的，不停地用一块不洁净的布块擦拭。老匡虽然是戴帽子的“四类分子”，但我们没感觉到老匡受到任何歧视，村民们碰着面都点个头，打声招呼。生产队每天晚上评工分，安排次日工作，都聚集在文化室(村民还是喜欢叫祠堂)，大家相互传递着烟筒，老匡也把自家的烟筒装上一袋烟递给其他人，老匡家的烟丝不好，我抽过。

老匡的家庭组成很特殊，老匡是外乡人，几十年了依然是一口四川话。老伴是20世纪50年代的老党员，儿子叫满仓，是生产队的保管，也是党员。江南山清水秀，女人特别水灵，老匡是唯一没有绯闻的男人，这都是和我们住在一起的五保户四奶奶告诉我们的。

时间长了，熟悉了，老匡认为我们是文化人，尘封的话匣子也就打开了。

老匡会断文识字，文化不浅，读完书就参加了川军，随着川军转战大半个中国，军部就在安徽的东至。他告诉我们，那时他是军部的情报官。《正者无敌》叙述的川军六十六军的军部也在安徽,该不能就是老匡所在的部队吧！我希望是的！

老匡还告诉我们,抗战胜利时,那一船船日本兵鬼哭狼嚎,哭他们天皇,为啥要投降,纷纷投江自尽。但是老匡一直没告诉我们,他为啥离开了部队,隐居在这个小山村,老匡如果还活着应该有九十多了。

想去看看老匡。

2013年2月15日(年初六)

吃苦,不!

人上了年纪都会从记忆中寻回久远的那一幕幕,似乎是一场梦,那么真实的梦,那梦往往都是平淡的简单的一个个场景:或是在外面玩疯了,忘记了回家,带着满脸的黑灰回到家被妈妈拿着扫帚疙瘩满院子追打;或是爬树上墙被尖尖的树杈戳破大腿却为破了的裤子担心;或是和邻居的小妹妹一起藏猫猫,挤在黑咕隆咚的角落,一声不吭。她已经做奶奶了,可是想到那角落却心跳依然;或是刚参加工作拿到第一个月工资一十九元并不那么激动,却不知要放在哪个口袋里才安全。太多的或是了……

我是1968年第一批插队的,当然是老三届。这一点我很自豪,一辈子没做官,没参军入党,唯一的头衔是“老三届”。没参军的可以参军,没入党的可以入党,没做官的可以做官,但要想成为老三届,对不起！只有看历史书了！我偷着乐了。

插队落户的那点事,很多人都写过,可能他们是作家,可能他们是想帮某些人说话,可能他们太敏感了,还有一个可能是人的自私的本性。比我们老的比我们小的没下过农村的对插队落户都有这样的一个偏见,一个字——"苦"!我不这样认为。

当年,也就是1969年初,我们刚到农村没几个月,那时还是人民公社,每年冬天全县都会抽一些农民去修筑圩坝,为了迎接长江来年的汛期。人民都会保护自己的财产,国家也是人民的,修堤坝的款项都是国家拨给的,真好啊!一个年轻的新中国,成立才二十年!革命先烈不就是要将江山交给人民吗!不知道现在的堤坝谁来修?农村现在啥样了?那土地那堤坝还在吗?真想去看看。

我们刚到农村,干农活一窍不通,将土往堤坝上挑,我们会。生产队就派我们学生来到圩埂上,那长长的堤坝插满了红旗,迎风飘着,哗啦啦的旗声,很鼓舞人。搭建的土坯房子刚能遮挡风雨,一盏煤油灯挂在工棚中间的柱子上,沿着土墙两边砌成一溜土炕,铺上毛竹片子,再把棉被一撒开就是床了,新鲜热闹,不光我们高兴,农民也开心,有补助还能过一下集体生活,谁不图个新鲜啊!我没觉得苦。

经过一个冬天,圩内的水早干了,土还是软和的,我们将土挑上圩埂大坝,有经验的身强力壮的农民把挑上来的土夯实,层层加高,大坝就这样修好了。这样的工期是一个多月,在过年前完工。

圩埂有两个用途,一挡洪水,二围鱼。将洪水挡在外面鱼留在里面，这是我们老祖先的智慧所在！

一天，我们七个同学收工后，在大堤上浪漫地走着，唱着不太革命的歌曲，我带去了一本《外国民歌200首》。堤内看到有渔民在捉鱼，走近一看可乐坏了，那抽过水的渔网里有上万斤活蹦乱跳的鲜鱼，渔民们见我们学生很好奇，随手扔给我们些小毛鱼，足足有十几斤！我们回到工棚，买来一些葱姜蒜，把鱼扔进一口巨大的架在用石块垒起的灶台上的铁锅里，当地农民说，要活水煮活鱼，煮鱼的水是长江的活水，不一会儿，满工棚飘着鱼香，还有一种新鲜鱼特有的好闻的腥味，现在闻不到了，鱼都是养殖的了。

那一晚，连鱼带汤整了三面盆，还有充满稻香的米饭，个个撑得直哼哼，半夜起来喝凉水。

除了美好的活水煮活鱼，难道就不能把肩膀压肿吗！苦和乐都要有，即便是只有苦没有乐，那又如何呢？先烈们有信仰，我们也有。我们不苦！

2011年10月30日仙林

那年那事之翻斗车

昨天，我们一个锅里的三兄弟回了趟家，那是魂牵梦萦的家，每一个有过这种经历的人都会有，一定会在梦醒之际依然能闻到柴火的清香，那时的清香。这个家是中国大地上的一个特殊群体的第二故乡——插队落户的“家”。

站在我们“家”的门口可以看到九华山的莲花峰，很近很近,一抬手就可触及九华山的青松瀑布,地藏菩萨的佛光环绕九华,一直护佑着我们。

那时我们插队所在的公社叫“红旗公社”,我觉得也挺好的,推翻了旧社会,高举红旗奔向新的生活,改名叫红旗公社没什么不妥,不过现在又改回来了,叫回原来的名字:“杜村”,连后面的公社二字也取消了,改叫乡了。我一直对“乡”这个字很反感,使我联想到“还乡团”,那时的乡长多数都是欺男霸女的主,那些杨白劳就是给乡长之流害死的,我不喜欢乡这个字。

那时从县城到杜村,山路四十华里,杜村到我们家五华里。公路到县城六十五华里。为了省下六毛钱的车费,我们和农民们都选择走山路去县城,那弯弯曲曲的山路和弯弯曲曲的溪水经常让我们迷路,农民告诉我们,山不上正道,越走越斜。就是看上去方向正确,因为不是正道,你会走着走着就斜到一边了,甚至会转了一个圈回到原点。

我们这次回家是受满仓之邀,满仓是生产队的保管员,我们的家就在仓库旁边。人就是这样,接触多了,感情也就深厚起来了。满仓娶孙媳妇想起我们这几个学生了,一个电话,好歹我们也闲着,这不就回家了。

农村变化虽大,但风俗习惯依然,我劝有农村朋友的城市人,如有可能,一定要参加一次真正的乡村婚礼,那样地欢快,那样地放松,那样地尽情尽兴,那样地肆无忌惮。喝完了酒,信步村里,家家户户的门都是敞开的,进去喝杯茶,说上两句话，临走时抓上一把瓜子，又蹿到了另一家……

下午我们要离家返肥了，不知咋的，有稍许伤感，有稍许舍不得，可能是酒精的缘故吧！陈军说，我们走到县城好吗？

行，再走一次“长征”路，大家一致赞成。

从杜村到庙前，还是那条小路。到了庙前我们转换走大路，小路已经没有了，找不着了。从庙前到五溪十里。借着酒兴，脚力大增，我们走得异常轻松。突然陈军指着山脚边一片矮小的灌木丛说，老三，你还记得这里吗？

我望着一边是山，一边是可以称之为河的溪水，水是从九华山上流下来的，带着菩萨的祝福。我辨认着，画面在我的脑海里显现了……

1968年 12 月，第一批插队落户的我们兴奋地逛完了县城，不知深浅地在太阳西斜之际，唱着歌往远处的四方观(我们队里的大山)走去，回家！

公路上偶尔有汽车呼啸而过，司机按着喇叭，丢给路人一个自得的眼神，那时的司机是骄傲的。

我们几个从司机的眼神中得到了启发，为什么不拦一部汽车？让他捎我们一段，有主意就有行动，最终我们拦下一部翻斗车，上面只装了司机从山里买的几捆木柴，我们顺利地爬到车上，车开了。

我说过，那时的司机是骄傲的，他觉得给我们这几个学生拦了下来，居然还爬上了他的翻斗车，简直是奇耻大辱！车飞快地在山路中绕行，我们依然唱着歌，突然，我们的脚下感到了有动静，翻斗车在缓慢上升，我们明白了，骄傲的司机想把我们像矿石或像土方一样倒出去！那时的我们绝不像今天如此老迈，我们都是十几岁的小伙子呀，不会轻易给弄出去的，我们扶稳了抓紧了，人没出去，那几捆柴火顺利地给倒在了车外，司机从后视镜看到如此场景，把车停了下来，柴火丢在了两百多米外的公路上，司机怒吼着，我们笑着。

我们走了，不坐车了，但是我们觉得事件很严重，这司机是想害死我们呀！怒火胆边生，难道我们任人宰割？公路边有鹅卵石，比现在的板砖好用，我们等着，翻斗车过来了，司机伸出头还大骂着，我们捡起石头像雨点砸向翻斗车。我看到了鲜血，我们害怕了，向山上走去，天慢慢地黑了，路没了，村庄也没了，只能听到松涛和溪水声。就这样，我们深一脚浅一脚地没方向地走着，突然见前方有几根光柱在闪动，我们高兴地呼喊着。原来是那个心地很坏的司机到庙前公社告我们一状，说有几个流氓要抢他的车，还把他打伤了。这不武装部来巡山了，把我们带到公社，真相大白，还给我们做了一顿晚饭。那晚我们就住在了庙前公社，睡了一个很香很香的觉，我还做了一个很美很美的梦，梦见什么，忘记了，时间太久了。

真的好想我的青阳，我的九华山，我的家。

2012年3月30日南京水木秦淮12号

（**郑为刚**　1968年下放于青阳县红旗公社。）

蹉跎岁月(外一篇)

赵明东

我的知青生涯

1968年10月26日是我一生最难忘的日子，这一天,我告别了亲人,开始踏向社会生活的第一步。是合肥市革命委员会的一顶草帽和一朵大红花,把我们送下乡的。我的知青生活并不长,只有两年多的时间。但在这短短的两年里,我们承受着巨大的精神和思想的折磨,在艰苦环境中磨砺,那是一段刻骨铭心的蹉跎岁月……

四十年前的这一天,在瑟瑟的秋风中,是母亲含着泪花把我和哥哥送上开往青阳的卡车上。我和两个哥哥都是老三届的毕业生,按当时的情况,上山下乡当知青,可能是我们唯一的选择。母亲最不放心的就是我了,兄弟四个我是最小的,才十六岁呀。她用那由于悲伤而变得嘶哑的嗓音,一遍又一遍地嘱咐我:“你一定要学会自己照顾好自己,经常写信回来呀……”由于当年的年轻和狂热,加上年幼无知,我可没有把上山下乡当作一回事,好像和在学校的时候,参加“学农”劳动一样,过一段日子就会回来。我没有眼泪,更没有忧伤。我的户口是我自己偷偷地拿到学校转走的，等母亲知道后,一切都木已成舟了。母亲便叫我二哥也把户口转到青阳,陪我一起去下乡了。汽车开动了,秋风中的母亲抹着泪,向我们挥着手作最后的告别。她那被风吹乱的头发,显得是那么的憔悴、那么的无助。父亲已经到农场里一边劳动,一边接受审查去了。我的全家人就是从这个时候开始,彻底分散开了。

曾记得否？毛主席讲:“知识青年到农村去,接受贫下中农的再教育,很有必要,要动员城里的人,把自己在初中、高中毕业的孩子送到农村去,来一个动员。”

十几辆的卡车,是从部队搞来送我们到青阳的。我们是从安庆渡过长江的,安庆是五四运动的倡导者、共产党的创始人之一陈独秀先生的故乡,他是中国新文化的先驱。那滚滚东流的长江水,把我们年轻的求学梦带走了。我们是被分配到青阳县的杨田公社五梅大队的。大队部离公社有十华里路,大队部是在一个叫“白卯塘”的地方(是一个生产队),山顶上有一块宽五百米,长一千五百米三面环山比较平坦的山沟,周围又有五座高山,故起名叫五梅大队,我们的生产队在离白卯塘大队部,还有五里山路的山顶上,一个叫“万阶岭”的地方。这有一条由泾县到青阳的古驿道。

10月 27 日下午,生产队派来五个人,带着扁担把我们的行李挑着,沿着这条古驿道开始上山了。我们五个人在后面跟着走,还有一只我从合肥带来的,才两个月大的小黄狗。在半山腰,有一座供人休息的亭子叫“济阳亭”,那是由两间房子组成的,山墙是打开的,中间是通道,里面有几块条石,是专门为来往的人休息用的。山墙的头上有一块石板,上面刻着“翠微华峰”。我们五个人爬到这里已经是汗流浃背了,接下去的路是陡峭的,行走都有点难了,但不时还有人挑着东西下山。好不容易我们才爬到山顶,回头望去,山下是一片片金黄色的水稻,远处是佛教圣地九华山的山背面,高高的山峰,像一座笔架,雄伟壮观极了。江南的秋天,山清水秀,风景如画。我们在大队部的代销店里简单地休息一会儿,为了抄近路,我们不再顺着古驿道上山了,我们又沿着一条崎岖的小路,爬向第二个山头。两公里的山路我们又走了一个多小时。我们的生产队就在这个山的背后的半山腰上。我们快到生产队的时候,天已经暗了下来,我们在山坡上远远地看着这个只有十六户人家的小山村,心里早就发寒了。不知是哪一个人,把我们这些年龄最小的知青,分配到全公社海拔最高,从公社到生产队距离第二远的地方。可能我们五个人都是男生的缘故?反正已经来了,就下去吧。生产队为我们准备的屋子,在村子的中间,是一座徽式的房子,这是生产队的队屋,里面一共是三间,中间的一间和烧饭的灶屋间是敞开的,西面的一间有一半是会计室, 我们住在另一个半间房子里的。我们的床铺早就搭好了,是一个通铺,我们五个人全部睡在上面。欢迎的仪式,就是把从山下买来的一串小鞭炮燃放了,村子里来了不少的男男女女和小孩,叽叽喳喳好不热闹,新买的两盏煤油灯并不是那么亮堂。晚饭早已经做好了,是一个叫“果子”的中年妇女烧的,就这样我们在自己的新家里吃了第一餐饭。晚饭后,我们打开背包,整理好床铺,上床后大家都在抱怨,这样艰苦的环境今后怎么办呀。要我们扎根农村,要和这里的老百姓结合起来,在这个广阔天地里大有作为,我们感到前程是一片迷茫。

合肥知青下放四十年

今年的11月15日，为纪念知识青年上山下乡四十周年,我们第一批下放青阳县的合肥老三届知青:合肥实验中学和合肥九中聚在一起,共同举办四十周年庆祝活动。因为我们这些人有着共同的命运,共同的经历,共同见证了这样一段难忘的历史。我们曾经共同生活在青阳这块山清水秀的土地上。那里有我们的血与汗,有我们的泪和梦,更有我们的青春年华和足迹。

记得那是1969年4月的一天,大雨过后的第二天,我们知青小组几个人向生产队长请了假,按约定的时间到九华街去取订购的东西。那是我们到下放在杜村的同学那里去玩的时候,因为知青们有一笔安家费可以自由使用,于是就在九华山(街)上定制了一担水桶和两只粪桶,又顺便订购了三只箱子。我们一行几人是沿着小路走到九华山的。这条小路是过去泾县人到九华山朝拜的古驿道，在九华山天台的东边，也就是九华山的背面。我们经过河坦大队的广德口水库后不远,就开始了艰苦的登山之行。在路边的代销店里,我们买了一些叫“桃酥”的小饼子背着,这是准备在路上吃的干粮。拾级而上,走了五六里,抬头看看太阳已经西偏估计下午一点多钟了,我们来到一片毛竹林边。林里有三四间土墙建起的小瓦平房,门口站着一个姑娘。从她气质与穿着打扮来看,就知道和我们一样是个知青。因为走得口干舌燥,我们就试探着想向她讨口水喝,她热情地接待了我们。当她听到我们的

图为当年我们五个合肥九中的知青，在辞别好姐姐后第二天的合影。
后排单金宝(左),赵明东(中),尚必国(右)。
前排王济生(左),陈建国(右)。

口音时,显得有点兴奋,通过交谈知道她是合肥实验中学66届的知青,一共有五六个同学分在这里,现在他们都下地去了,只有她一个人留下看家,烧饭。这是生产队对知青的特别照顾。当她知道我们是合肥九中下放在杨田的知青,到现在还没吃中饭而且要继续赶路的时候，竟然要烧饭给我们吃。由于时间关系我们婉言谢绝了，她便把中午剩下的饭拿出来,用开水泡给我们吃。虽然一人只有半碗,菜好像是炒豆角,还有“辣椒糌”就饭,我们已感到水足饭“饱”了。尽管是一顿再简单不过的午餐,我们却从心底很感激她。因为在当时

九华高山杜鹃透春色 （摄影：柯宏胜）

的情况下，分配给我们知青的粮食都是有限的。可能她们自己还不够吃呢。时至今日，我们几个同学聚在一起时都记忆犹新。

我们真心地感谢这位实验中学的好姐姐，是你让我们知道了什么是温暖，什么叫关爱。虽然我们互不相识，你却热情地招待了我们。这就是知青缘呀——我们知青间真正的情感。知青就是一个群体；知青就是一家人；知青就是兄弟姐妹……不知这位姐姐本次联谊会来了没有，还能否记起这个情节。

（**赵明东** 毕业于合肥市第九中学。1968 年 10 月插队在青阳县杨田公社五梅大队村里生产队。1970 年 12 月入伍。退伍后在安徽省农机公司工作。）

青通河畔的春天

赵晓源

三月的春天是美丽的,青阳的春天尤其是这样。每当春天的三月进入了人间,那浅浅的青通河,便慢慢地抬高了它的水位,用它那一河清波,清理它奔向远方的航道。随着河道的延伸,河床逐步地由巨石、鹅卵石、金黄色的沙粒来铺就,这显然是水流千百年来冲刷的结果。真想不到, 这清澈、柔顺、婉约的河水有如此巨大的威力。流水和时间,看来可以荡平一切坎坷和阻碍,可以改变整个世界的面貌啊。

青通河的上游, 是一派连绵巍峨的高山。那是佛教名山——九华山的侧背,那里的蜡烛峰、六亩田、将军岭等处,巨石异峰,泉流潺潺,翠竹古松,涧水呜咽。群山深处不时传来几声清脆悦耳的鸟鸣,分外使人心旷神怡。如果细细地倾听,还会有一种铮铮琴声传入耳中,这不是有人在山中弹琴,这是山涧的流水在奏鸣,也许是它在向群山告别,向森林道再见。尽管长久躲在遐迩闻名的名山的背后,这里的景色风光却绝不亚于九华前山。纯朴自然、超凡脱俗,少了些许人工雕饰的痕迹,多了丽质天成的神韵。尽管它目前尚不为人所知,如果哪一天它惊艳出世,必定会倾倒众生万千。

春天的溪水,沿着嶙嶙的山谷,欢畅地奔腾。一路上,无数的古木新树,绽露着翡翠般的绿叶,和风吹来,只见树摇嫩芽,枝摆新绿,仿佛可以看见春风在吹拂着它们生长。是的,春风吹拂着它们生长,看那昳丽的山峰,到处不都是在春风里勃发着新的生命吗?

泉流涧溪出了龙口,少了峡谷的束缚,河面一下子宽阔了许多。出山以后,在这个小型的冲积平原上,青通河算是进入中游了。河水清澈透底,河道曲折蜿蜒,两岸的土地黑得流油,极其肥沃。用当地百姓的话来说,就是春天随意撒出一把稻谷,秋天就可收回数斗粮食。

在温暖的春风中,河水流淌在绿色的田野上,泛起了碧波银浪。水底清晰可见大大小小的卵石、金黄的沙粒和穿梭嬉戏的游鱼。

青通河的两岸修建有宽宽的河堤,河畔的道路都是沙质的,下雨过后,很快就干,绝不泥泞,赤脚走在上面十分舒适。堤上绿树成行,阵阵轻风吹过,拂动了低垂的柳丝,青通河更显得漂亮异常,一派杨柳岸晓风残月的意韵。

度过了寒冬的田野,万物复苏,绿意盎然,深绿的麦苗,淡绿的油菜,嫩绿的紫云英,到处焕发着蓬勃的活力。春天来了,生命在向春天致敬。待到暮春初夏时节,山峦绽放的杜鹃,田野盛开的油菜花和紫云英,一时间红晕、紫雾、黄云,云蒸霞蔚,又将呈现出另一番盛景。

河水流过笔架山的脚下,古老的笔架桥横跨两岸,其巨石垒就的船形桥墩,前尖后阔,古朴坚实,极富皖南的韵味风情。在青通河右岸的不远处,有着一片优美异常的地方,它就是袖珍小巧的碾基盆地。它最明显的标志是:在它不高的山峦上，天生有一个巨大的蘑菇状石头，一块有几间房屋大小的巨石，搁放在只有它一半大小的石柱上，生成一个石头的大蘑菇。站在青阳城的高处，向南方远眺，可以看得十分清楚。它最奇特之处在于，站在千万斤重的巨石的边上，一个人竟然可以用手推得它轻轻晃动，大自然的鬼斧神工，真是太不可思议了。据说，这是冰川时期形成的地貌，在千百万年前，这温暖的皖南，竟然是冰笼雪罩的晶莹世界啊！

在碾基盆地里散布着数十间带着浓郁皖南特色的青瓦白墙的房屋，盆地的唯一出口，是一片平静的像镜子一样的小水库。碧清的人工湖水，把两旁的青山倒映在水里，使秀丽的山村更加完美无缺。这山光水色的烘托，这江南风味的弥漫，使人走到这里，就如同走进了瑶池仙境一般。

早起的人们下地忙于农事去了，小小的山村里，只有一两只打鸣的雄鸡、偶尔传来的犬吠和屋顶上飘散着的袅袅炊烟，整个村庄异常的沉静、恬淡。这里家家户户的门前必定会植有树、种有花。在秀丽的马尾松、白杨树的映衬下，村庄显得格外的整洁。看到那粉红的桃花簇拥着新发的翠叶，看那梨花雪一般的团团花朵展露在嫩绿的新叶中时，你一定会觉得，这里到处都洋溢着生命的活力，整个村庄都沉浸在欣欣向荣的景象里了。

春天的早晨，东方的天空霞光四射，含露的花儿，张开嫣红的笑脸，格外地娇艳欲滴。皖南的人民，勤奋耐劳，有早起工作的习惯，天道酬勤，也许这明媚晨光，就是大自然对他们的报偿吧。皖南有极多的映山红，皖南人民的性格和映山红的优良品质十分相似：无论多么贫瘠的山冈，无论多少风霜的侵袭，只要一息尚存，他们就会向世界奉献出全部的美丽。这真是人和花交相辉映，花和人相得益彰啊。

东方的旭日，徐徐升到山顶，阳光温暖着人们的身心，也温暖了这里的水绿山青。东风吹来，吹遍了这牙雕玉琢的江南丘陵。晨风里，辛勤耕作的人们，唱起了青阳特有的山歌，山歌在茂密的苍松翠竹中激荡共鸣，显得格外悠远高亢，尾音绵长。

皖南人民热情好客，假如你到青通河畔的任何一个村庄去做客的话，他们会拿出最好的东西招待你，这些可能是他

曾经年轻的我们

1971年初夏，摄于青阳城南，青通河畔。陈国良（右），赵晓源（左）。

们家中的仅有,也可能是平时舍不得给孩子吃的东西。在接待客人的时候,青阳人是绝对不会忘记用自己生产的毛峰,给你泡上一杯浓浓的香茶。值得一提的是,过去的毛峰茶都是青阳产的,叫青阳毛峰,黄山产的是黄山云雾。后来也不知怎么回事,竟出来个黄山毛峰,名头大有僭越之势,也许是黄山的名气更大的缘故吧。只要你来过这里,皖南人民的这种热情,这种纯朴,这种慷慨,这种大度,会使你终生难忘。

青通河的河水流淌在春天里,碧波萧萧,银浪滔滔,它流向长江,流向了远方,一直汇入到我们这个蓝色星球的汪洋大海里。

1971年3月18日

尼菴群前佛茶飘香 (摄影:柯宏胜)

万紫千红的地方

赵晓源

春天一到，青阳那起伏的山峦，那肥沃的原野，或是那屋前屋后，村里村外，无处不点缀着花朵的缤纷，无处不飘荡着桃李的芳香。青阳县城的所在地叫蓉城镇，蓉城尽管与成都的别称相同，但却也是恰如其分而又毫不夸张，这里的确是个像芙蓉一样美丽的江南小城。

这里是个当之无愧的鲜花世界。花的种类很多，春夏秋冬，月月有花，四季飘香。寒冬腊月，有梅花香气扑鼻；早春二月，有兰草花幽幽的清香；阳春三月，桃李争艳各呈芬芳；暮春初夏，杜鹃、栀子、石榴让人驻足观色品香；在盛夏熏风里，有荷花摇曳、忍冬溢香；在初秋，淡黄的桂花随金风香透十里；深秋寒霜里，处处又点缀着野菊的金黄；在山里，无名的野花实在是太多了，简直是不胜枚举，目不暇接，满目琳琅啊。它们都有着各具特色的自然的美，有或浓烈或柔和的自然的香，流光溢彩，争奇斗艳。还有那些人工栽培的萱草，又叫忘忧草，也就是黄花菜，开放时就像是金色的喇叭在吐蕊，十分美丽；还有作为药材种植的牡丹、芍药，它们都是著名的观赏花卉，成片种植时，花海波涛，更是娇艳欲滴。

青阳的花太多，最美的是哪一种，我说不上来。但是，最令人震撼和难以忘怀的应该是同期开放的杜鹃花、油菜花和紫云英了。

三月末四月初，青阳正是春风拂拂、柳枝袅袅的时刻。万物都重新披上了浓绿的春装。娇嫩的桃花已经凋谢了，只可看到几片残瓣零落在新叶的影子中，叫人不觉想起它们落英飘香的丽景。

桃花时节过去不久，就是杜鹃花盛开的时候了。山上的杜鹃花生命力极强，不论在什么贫瘠的土地上，只要有一根细根，到了春天，它就会顽强地发出新枝，并绽放出绚丽的花朵，使人不禁对它生出深深的敬意。

杜鹃花又叫映山红，青阳的杜鹃花是先开花，后长叶子的。当它盛开的时候，它昂首怒放在四周山峦的每一个角落。映山红虽然绝大多数是红色的，但细看就可以发现，其实红是有很多种的。有粉红、桃红、深红、浅红、紫红、绛红，还有红白相间的，数色相伴的，种类太多，也不知怎么来区分，实在是无法用语言来确切地表述。目光所及漫山遍野是红艳艳的一片，真的就把整个山峦都给映红了，的确是实至名归。

油菜花的盛开也恰在这一时期。金黄色的油菜花，在丽日下，它那特有的香气，格外浓烈，沁人心脾。举首极目，在花的上空，蒸腾流淌着淡淡的黄雾。徜徉阡陌，沉醉其间，人们只能折服于劳动创造的伟大，感叹柔弱草木的辉煌，赞美大千世界的神奇。

青阳农民有种植红花草（也就是紫云英）作绿肥的传统。每当映山红、油菜花盛开的时期，紫红色的紫云英，大片大片地与金灿灿的油菜花相间、相绕，它们在无边的沃野掀起连天的紫波金浪。暖风里，绚丽夺目的浪头起伏连绵，一直拍击到山脚下,渗入了山冈上的红杜鹃中。一时间,只见花浪澎湃,姹紫嫣红。

这时的田间路边,会有很多的养蜂人,他们带着数以百计的蜂箱,追赶着花季。油菜花、紫云英都是著名的蜜源,无数的蜜蜂在花海里翻飞起舞寻佳味,在花蕊中采集花粉酿蜜糖。不过,令人奇怪的是,却很少听说过有杜鹃蜜或映山红蜜的,也不知小蜜蜂为什么会这样地厚此薄彼啊!

无边无际的映山红、油菜花、紫云英,成千成万飞舞的小蜜蜂,构成了大自然的壮阔图景,其气势就好像是一幅硕大无朋的风景油画,展现在天地之间。一切均融会在这宏大的画幅之中了。

这种壮观、这种宏大,使人不禁产生江山如画,江山如此多娇之感慨。我要由衷地说:我爱皖南,我爱青阳。爱这里的山水花草,爱这里的繁花似锦。

我爱我的祖国,爱她一年四季的万紫千红,爱她万里江山的壮美秀丽。

1971年4月14日

我的采桑子

周康林

词牌《采桑子》原作应该是与桑子和采有关的事情,想必写得极好,故后人纷纷依韵填词,但内容却与词牌名无关了。

不过本人倒有一段与采桑这个劳作有关的故事,偶尔忆起,令人回味。

1968年 10 月底,在全中国初中以上(已毕业)的知识青年都必须上山下乡的运动高潮中,我随合肥师范学院实验中学的很多同学一起,下放到安徽省青阳县城郊公社向阳大队(后改名双溪,现在属于蓉城镇),成了一名插队知青。

知青小组落户没几天,生产队的社员中就有人上门来给插队的男生提亲:你们不是要扎根农村一辈子吗?此地的"小嫚妮"个个都好,随你们挑。

知青小组里两名女生却无人问津,理由是她们是肯定要嫁回城里去的!

城里人通常认为女人结过婚才能算作妇女,在下正值十八,另一女生年龄十九,均属于妙龄范围,怎么一到农村就成妇女了?

更恼人的是,男生们都被评为三等劳力,女生只能评四等劳力,是最低一档,连铁姑娘队都不是,只能与老妪童稚为伍。到青阳才几日,女生们就从少女级别晋升成妇女级别了!

要知道,女生在校时每学期的学费可没比男生少缴一分钱,女生缴给生产队的插队安家费,和男生是一样的,怎么到了社会主义新农村,立马矮了一截呢?

后来一串联,才知道全公社都是这样的,难道这就叫“同工同酬,男女平等”吗?一连几个月,也没见男知青与女知青干不一样的活计,可男知青工分值却实实在在高了一个等级,倘若年底换算成人民币,那差别可就大多啦。

面对女知青们的不平、愤懑,生产队的态度总是躲躲闪闪。上山下乡第一课,就让鄙人对蔡特金女士,这位三八节的创始人充满了敬意,也更深刻地理解了红色娘子军军歌的意义:战士的责任重,妇女们冤仇深!

转眼到了农历四月,明代文学家、思想家冯梦龙在他的《醒世恒言》中道:“做天莫做四月天,蚕要温和麦要寒,秧要日时麻要雨,采桑的娘子要晴干。”说的就是这里的情景吧。

在这江南明媚的四月天里,为了区别人民公社中三等劳力和四等劳力的不同,吾等女知青有幸做了一回“采桑娘子”。

那天风和日丽,清晨我们每人挑着一对圆形的大花篮,随一姓李的老人来到桑园。上年冬,全生产队五六十人在山脚下一字排开,给桑园翻土,一直挖土到山腰的壮观场面,记忆犹新。放眼望去,啊,那时的桑树只有尺把高的树桩,如今竟发出一丈多高的枝条在春风中摇曳,叶片透过阳光,闪烁着翡翠样的绿。

老李吩咐我俩只要把一担花篮采满了,由他负责挑回去。桑园到蚕室有四五里山地,花篮装满了也有六七十斤重。

我们立刻卖力地采摘起来,这里的一片桑叶比我在小学玩养蚕时摘得桑叶要大好几倍，是农科所专门培育养蚕的品种。

桑叶很快在花篮里堆积起来,我突然惊喜地发现在桑枝的叶柄间，竟然还挂着一颗有小拇指尖大小，紫色莹莹的桑果。采下来一咬,一股甘甜立即流入口中。另一女生高珠也同时发现了另一颗,我们欢呼起来。

老李赶忙招呼我们:“蚕还等着叶子吃呢,等下我挑桑叶回去,你们俩留在这里把花篮采满了后,有空时可以再找果子吃,树上有的是。”

我们是很听话的,只好克制住自己,把花篮采满,目送老李把桑叶挑走。等老李刚一转弯,看不见背影时,我俩立刻扑入桑园深处,迅速寻找挂在枝叶间的桑葚:那一颗颗紫水晶、红玛瑙似的桑子,挂在翡翠般的叶柄间,在青蓝色天空的衬托下,如此美丽。偶有大黑蚂蚁或小黄蜂之辈也来品尝这一美味时,会被我们立即轰走,桑葚则抢摘下来塞进自己的嘴巴。

我边吃边想起一个民间传说：当年朱元璋打了败仗,饥渴难耐,只身躲进一个桑园,只见桑树上结了许多紫红的果子,也不知是何名,摘下一尝,又香又甜,饱餐一顿后力气倍增,重回战场获得全胜。朱元璋坐天下后,封赏功臣,还特意做了一个英雄金牌要褒奖救命之树。

朱元璋吃桑葚时是晚春,命人挂金牌时已是隆冬,桑叶桑葚早落光光。钦差大人到了朱元璋说的地方,只见附近一棵臭椿树上还挂着一嘟噜一嘟噜的果子，便胡乱把金牌往臭椿上一挂交差去矣。这臭椿激动得一下子蹿了好几丈高，桑树却因此气破了肚皮。后来我也注意过，稍大一点的桑树，果然树干树皮都是破的，只是不能确定，桑树是否是从大明朝起才破的肚皮。

正当我们沉醉在这芬芳四月的甜蜜中，忽然听见老李在大声喊我们，我俩吓一跳，这老头腿脚还真麻利，这么快就回来了。

我俩赶紧从桑园深处钻出来，我瞅了一眼高珠，她嘴巴上像画了个乌紫乌紫的大圈，模样十分滑稽，想必本人也是这副尊容。我看我的花篮，一只里只装了一小半桑叶，已经有些蔫了，另一只是空的，高珠的桑叶还没我的多。

老李不满地问："这半天就采这几片？蚕还等着叶子吃呢，马上要回去吃中饭了，赶快采吧，不然要耽误下午上工了。"

我俩心虚地互看一眼，在老李的催促下，手忙脚乱地又采了一些桑叶，便急急收工打道回府了。

来到蚕室门口，小龙的娘，一个曾缠过小脚的妇女，站在门口大声地训斥老李："这死老头子，你不知道桑叶跟不上，蚕茧会减产的啊？"老李笑笑不吭声，这话分明是说给两个女学生听的，真叫指桑骂槐呀。

我到蚕室里看了一下，这是生产队的两大间空屋，娇贵的蚕宝宝竟然养在地上，白花花铺了一地。桑叶抬进去一层还没铺完,先撒上绿叶的那一头,在细声细气春雨似的沙沙声中,又现出白花花的一片,这虫子也太能吃了吧!

回到住处一照镜子,吓了自己一跳,不仅嘴巴上顶着个大乌紫的圈圈,连牙齿舌头都黑啦,一时半会还洗不掉,难怪人家冲着我俩直笑。

午饭还没吃完,生产小队的副队长李万春就来了,通知女学生下午不用去采桑叶了。因为蚕吃得太快,下午要换三个壮劳力(拿一等工分的)去采桑叶。李队长委婉地解释:“他们还要剪桑枝,要把今年的桑枝剪掉,明年才能发新枝,这活你们学生做不来的。”

下午上工时,碰见三个剪桑枝的壮劳力,竟然挑着满满三大挑子,连枝带叶捆在一起的桑叶回来了。原来上午把蚕饿着了,队长赶忙派了三个人,让他们丢下碗就去桑园,中午都没有休息。

走在头里的是吴小老巴子,他一贯嘴就刻薄,故作惊讶地打趣道:“人家戏台上小姐嘴巴都涂得红红的,你们俩怎么画得黢黑的,怪怕人的!”

周围哄笑的放牛娃更是气人,嬉笑着说:“高珠和小周俩吃桑果,把嘴巴吃得乌黑乌黑,像打摆子似的。”

我俩不敢作声,只有回以白眼,这些小鬼头!小屁孩!

过了几天,公社给知青们开大会半日,传达上面文件精神。下放知青都是基层干部待遇,开会不仅记工分,还管一顿饭,下放知青最讨厌的事就是做饭了。

文件内容记不起了,会上还有一件事,详情好像是在会场下议论中得知的:一个上海女知青和当地一个小伙子好上了,无奈家里、社里都反对,两个人就把自己从头到脚都绑在一起,从他们相识相爱的大堤上,滚入到水库中,据说这样来年夏天,在他们落水的地方,会长出一株并蒂莲花。

这故事使本人从此无论是看到并蒂莲的图片,还是美丽的并蒂莲花,心里都会蒙上一层阴影:分开开花也挺好看的,干吗非要绑在一起呢?

不久宣城县纺织厂到青阳县招工,专招下放女知青。第一批只有十几个人,不管以前认识不认识,很多女同学都尽量到县城去送她们,幸运的人儿都走了,留下的人还聚在县招待所门厅里不曾散去。

姑娘们叽叽喳喳正说得热闹,有一中年人笑容可掬地问我:"你们是合肥实验中学的吧, 认识一个叫王小玲的同学吗？我是她爸爸。"

王小玲(好像是这个名字)正是此次被招工的幸运儿之一,我答道:"噢,知道,她上调了。"

"她为什么要上吊？"那个中年男子的脸一下煞白。

"因为表现好。"

"表现好？就上吊……我是省地质大队的,快告诉我,她为什么会上吊?!"

我还没反应过来,旁边一位名叫合生的女同学赶快用手在脖子上比画了一下:"不是这个上吊,是调到宣城纺织厂当工人,不用下放了,所以叫上调。”

“什么时候的事,还回来吗?”

“今天下午刚走,不回来啦,被子都带走了。”

那时候没有手机,在县城打个长途电话都很困难,这位打起背包就出发的地质队员,立刻退掉他刚开的房间,找来一辆车,好像他就是带车来的,要马上出发赶往宣城。

“明天再走吧,晚上长江大堤上不好走。”旁边有人劝阻他。

“没关系,有车灯,同学们再见了!”

“叔叔再见!”

这位父亲此刻恨不得一下子飞到他心爱女儿身边,搂住她察看一下脖子上面到底有没有勒痕。

那时全国上下就是在这种政策与对策的相互信任中不断磨合变化着,后来我也上调到了合肥的安徽棉纺织厂,招工前提是:不需要厂方提供宿舍!

在那早中晚三班,不分昼夜,飞絮满天、机器噪音震耳欲聋的车间里疲于奔命之际,有时觉得在农村也不错。虽然同样辛苦劳累,起码不用上夜班,工作环境安静,空气又新鲜,只是挣得工分养活不了自己。

知青们在历史长河边,思索着青春价值,寻觅当年的战地黄花,弹洞村壁,回味其甘酸苦辛,无论他是否已掂出了这件事情真正的分量。

桑葚在植物学分类上属聚花果形,几十朵小花聚在一起，才能结出一颗小小的果实。知青们的下放生涯，就像桑葚，正是这些无数颗小小的聚花果实，却能助一代明主，成就千秋大业。功勋的金牌也许挂不到自己头上，而且，即便出了几个君臣佐使，好像也没什么女知青们的份。

我的知青生涯，也如桑葚这聚花瘦果中的一朵小花，无香无艳，细细微微，小到几乎都看不见它。

半个世纪过去了，偶尔也会依稀想起，漫山遍野桑园里，婀娜多姿的桑条在四月轻风中摇曳。那一颗颗如红宝石、紫水晶般的桑子，挂在翡翠样的叶子间，在青灰色天空衬托下，如诗如画，如歌如泣。

哦，我的采桑子，青阳四月天。

九华后山秋色美，仙境缥缈云雾绕。（摄影：柯宏胜）

往事在心中飘荡

尹洪锋

朋友小聚,酒过三巡,话渐渐多了起来。话题不知怎么突然转至对陈年往事的回忆上,开始话题是杂乱的,后来逐渐聚至小时候打稻上来了。话题的燃点很低,爆点却很高。朋友一个个眉飞色舞,口若悬河,把关于打稻的一件件往事描述得活灵活现,时而还逗得大家哈哈大笑。事情虽已过去,但那时的场景,那场景中描述的陈年往事,依旧在我心中飘荡。

我的老家在皖南山区的青阳县。小时候,农村家家户户都在家务农,很少有人出门打工,农业是主业。农民把田地看得像命根似的,特别是实行联产承包责任制之后,农民种田的积极性特别高涨,恨不得把全部力气都用在田地里。每亩田种上双季稻,到我们放暑假时正是农村"双抢"季节,"双抢"顾名思义,就是"抢收抢种",把早稻"抢收"回家,把晚稻"抢种"下去,不要误了农时。天气炎热之时,也正是"双抢"之季,一年的口粮,一年的收入尽在这"双抢"之中。"双抢"时全家总动员,父母是主要劳动力,我和妹妹年龄尚小时就开始帮家里干些力所能及的体力活,我负责割稻,抱稻把,踩打稻机,妹妹则是在家烧水和煮饭。在"双抢"时,父亲为了哄我们这些小孩干活,会买点猪肉,用霉干菜烧好放在吊桶里挂在水井中,能吃上好几天。那时肉菜很少,为了吃上一口,也会拼命去干活。还有,那时家里田地里种了点西瓜啦,香瓜啦,也会在这时成熟,母亲会把瓜放在井水里“冰冰”,打稻之余吃上几口,也能解热去乏。

打稻是繁重的体力活,把稻割倒码成稻把,一堆堆摆整齐,然后就等用打稻机来打。打稻机是半机械的农具,它需要用脚去踩,带动齿轮转动,把稻把放在上面不断翻动,把稻脱粒。在打稻机上打稻是个技术活,那时稻很金贵,父亲也不放心我们小孩子去打,唯恐稻打得不干净。我们小孩子只是干一些笨重的活,踩打稻机就是我的活,站在禾桶(用来放打稻机)里,猛力使劲地踩,为了显示自己有劲就一直不停地踩,一天到晚踩下来,两腿像灌了铅一般,四肢乏力,一点儿劲都没有了。到了晚上,母亲会把事先用井水“冰”好的汽酒拿出来,每人喝一碗,那时不流行啤酒,汽酒是一种黄黄的带有泡状的酒。反正这东西我小时候很喜欢喝,喝点后,很上头,头晕晕的,晚上好睡觉。白天的劳动强度很大,晚上有时又燥热,休息不好很难受。而早上正好睡觉时,父母说早上凉快,正好干活,早上往往起得很早。记得有一次,我被母亲叫醒了,穿衣时又睡着了,换得一顿好骂。“双抢”不只是一两天,有时要持续十天半个月,有时叔叔伯伯家忙不过来,还得去帮助再干上几天。就这样一天天地熬,一年年地熬。

繁重的体力劳动压得人喘不过气来,但人为了生存也不得不这样做。对于我父母来说,他们已无力改变这些,唯一希望是让我们不再像他们那样也从事如此繁重的劳动。他们在劳动时,总是鼓励我们要好好读书,似乎只有读书才能改变这一切,并且父母为了让我更加刻苦读书,还会让我做更繁重的体力活,用他们的话说,只有做事做得累累的,才会发愤读书。作为一名农家子弟,我的确尝遍了农村生活的艰辛,也的确是这些繁重的体力劳动让我读书有了更大的动力,一心想跳出农门,到更广阔的外面世界去看看。都说苦难是一笔宝贵的财富,在苦难中奋进,在苦难中做出改变,这也体现一种进步吧。这大概也是我们现在回忆起来津津乐道的原因吧!

现在的农村,那种笨重的禾桶和打稻机都已作古,成了古董。现代化的农业机械早已代替笨重的体力劳动,人已从繁重的体力劳动中解放出来。我的父母还在农村,但家里好多年都没有搞过“双抢”了,父母只是种些杂粮和蔬菜。反而把劳动当成快乐的事来做。

(**尹洪锋**　出生于1976年,安徽青阳县酉华乡人,毕业于阜阳师范学院。现为青阳一中语文老师,喜欢读书,爱好文学,在《学语文》《班主任之友》《班主任》《新安晚报》等报刊上发表文章多篇。)

家在青阳

李旭东

我总觉得自己是一个漂泊者。

30年前,我离开了蓝天白云的青阳,离开了生我养我的木镇。那里是我的摇篮,那里是我的故乡。在那里,我度过了最美好的青春年少。

我的家乡在我的心里是最中正的地方,我喜欢“她”的明净、质朴、轻柔与淡泊;喜欢“她”的春天万紫千红,花香醉人;喜欢“她”的天空风轻云淡,神清气爽;喜欢“她”的雪,在白皑皑的世界里,孕育着对收获的渴望……但“她”不属于我已经30年了。

30年来,我走过村庄、穿过楼房,也去过许多许多的地方,常常在噙着泪花的梦里醒来,辗转反侧不能再眠;常常独坐于窗前,目光凝滞念成涌思,我知道,那是在想我的故园我的家乡。

我的梦里,时常浮现家乡那蜿蜒曲折的小河,我就是那一滴河水,和着清澈的溪流汇入到江海之中;我的梦里,时常浮现我最最隽永的青春年华,在中学的那片蚕桑地里,看桑葚青涩地走出自我;我的梦里,时常浮现秋天金黄璀璨的稻谷,却记不起当初播种的艰辛……

记得那年,60多颗种子,在一个叫木镇中学503班的地方默默耕耘,心底里坚守着冉冉向上的力量;还记得那年,父亲把我送到车站,我在车上看着父亲挥手转身,迈着坚定步伐的背影,一刹那间的印象,影映在脑海中成为永恒。我知道,从此,我就要身在异乡。

这些年,我就像"蒲公英的絮,静静地随风,渐渐地飘散了身形"。尝试着用自由的心,去点亮前行的灯盏。泥泞的路上布满了荆棘,在一次又一次的摔倒中,挣扎地爬起,想去留恋城市的灯光, 想去等待并且贪恋明月和繁星当空的感觉,想去听到晨钟的敲响?……但心里知道,我只能艰难而又苦涩地移动着向前的步伐,可日暮乡关何处是?愁在他乡。

"昔我往矣,杨柳依依;今我来思,雨雪霏霏。"我从《诗经》里走来,虽然未到雨雪霏霏,却也在菊花黄、秋风凉、桂子沁香的季节。携一缕清风,挽一轮明月,伴 503 班 30 年的召唤,归九芙蓉的地方。

因为家在青阳,魂牵故乡。

2014 年 9 月 19 日于宜城安庆

故乡的春雪

李旭东

如过去一样,每年腊月廿九,我们一家人一起回青阳老家陪我年迈的父亲过年。许多年来,这个惯例一直坚守着。我自 1986 年分配到外地工作以来, 除了春节, 回家的机会很少。 小妹为生计所迫在浙江打工,所以老家只有父亲一人坚守着。我常常为不能承欢父亲的膝下而感到不孝。只有过年,父亲、我们一家、小妹一家才团圆在一起,才给我这个不孝的心灵获得些许的安慰。

在老家,年三十的那天,人们都要到山头上坟墓前祭祀祖先。小时候,是父亲领着我们每个坟头逐一祭祀。现在父亲年老了,轮到我来领头,每每在我母亲的坟前,都会想起她含辛茹苦的艰难,以及她饱受病痛折磨、咬牙坚持生活的信念。她是把过多的苦和痛留给了自己,以至于她走的时候,还不到五十岁,那年我刚刚参加工作,一晃已经三十年,所以伫立在墓前,我每每泣不成声,泪在眼眶里不能自已……

2013年的冬天格外的暖,大年三十,晴空万里,天气暖和,我们只穿春秋天的衣裳。尽管如此,一行队伍祭祀完毕已经汗流浃背。一路上,看着满眼蓝得见底、暖洋洋的艳阳天,感受着脱掉冬衣的惬意, 我对家乡的春天产生无边的遐想:草长莺飞,丝绦拂堤;千树琼蕊,万树桃花;姹紫嫣红,春色满园。好一幅如锦的美卷!

就在还沉醉在遐想的那刻,春天即在眼前了,一伸手便可触摸到她湿润的发梢,感受到她温暖的呼吸:你听,山间流淌的小溪仿佛是春的脚步,叮咚的声音,幻化出美丽的音符,播撒在天空中、在池塘里、在河面上。

要是在往年,故乡的老人们可不敢有许多美好的想象,更多的是生出种种的担忧来,这么暖的天,来年庄稼遭到病虫害的破坏就越厉害,俗话说,瑞雪兆丰年嘛。虽然如今田地已经承包给种田大户了,但老人们依然没有失去做农民的本分,企盼着有个好年成。

暖得与这个季节极不相称的天气,一直持续到过了正月初七。初八的天空断断续续地飘起了雪花,就这样到了初十,雪花漫天落下来,纷纷扬扬。每当这时,总会想起中学时读张抗抗的小说《北极光》里描写雪的句子:“它们曾经是一滴滴细微的水珠,从广袤的大地向上升腾,满怀着净化的渴望,却又重新被污染,然后在高空的低温下得到貌似晶莹的再生——它们从茫茫的云层中飘飞下来,带回了当今世界上多少新奇的消息?自由自在,轻轻扬扬,多像无忧无虑的天使,降落……”

这貌似晶莹的再生,化身成无数飞舞着的雪花,迈着优雅的步伐一步步一点点地降落在故乡的角落,外面静悄悄的,仿佛只有雪花在空中翩翩起舞、轻轻飘落。

你看,这位穿着洁白的衣裙的仙女,她的裙袂所到之处,大地静谧安详,玉树琼花怒放。房子变白了,山岭和树木变白了,大地也变白了……

第二天起床,窗外已经变成银装素裹、千姿百态的冰雪世界,恰如一夜春风来,千树万树梨花开。这冰雪世界,恰恰是我三十年不见的醉人芬芳的江南春色。不知不觉走到院落里,看父亲种下的梅花,已将红艳的唇凝结成玉,晶莹里闪烁的红晕,温暖着沉睡了一个冬季的梦,被那片片飞舞的雪笺,唤醒了纯净洁白的生命。难怪南宋词人吕本中说:“雪似梅花,梅花似雪,似和不似都奇绝……”

我抬头看天空,把自己置身于这一片白雪皑皑的世界之中,思绪一下子停留在1986年的那个冬天,那个腊月,刚刚掩埋好母亲的灵魂,一场不期而遇的大雪如同给辛劳的母亲盖棺定论。

在我记忆中,生平只见过两场大雪,1986年那场是冬天的雪,不似如今是春天的雪。

这场春雪,虽然下得大,但化得却出乎意料的快,雪后初晴,阳光把温暖淡淡的撒在雪面上,寂静,无形,蕴含着雪与阳光交织而成的妖娆的魅力。不到一天,春雪入地化为水,润物于无声之中。我仿佛谛听到故乡春的气息,春的脚步,春的旋律。我仿佛谛听到故乡的老人们载满丰收的心声。

“白雪却嫌春色晚,故穿庭树作飞花。”这雪来得恰是时候。

在我的心里,草和花以及一切的生命,已经开始着春的妊娠,丝丝缕缕都洋溢着勃勃生机。

2014年3月2日于宜城安庆

(**李旭东** 1965年10月生于青阳县木镇镇的一个农民家庭。1984年入合肥供销学校财会专业就读,1986年被分配到安庆市农资公司工作,1989年被调到安庆市供销社工作至今。1986年以来,干过基建审计,筹建过大型超市,下过海,搞过项目建设。曾做过单位会计,当过村支书、乡党委副书记、安庆市供销社业务科长、财务科长。)

故乡芙蓉湖之冬韵 (摄影:吴海华)

四、历史定格记忆

万阶岭上知青吟

赵明东

杨田的五梅山头上

蓑衣斗笠身上披，手把秧禾青天里，
细雨蒙蒙且作泪，竹林笋尖疑是笔。（春）
策牛扶犁在高山，白云深处有炊烟，
溪水东去依山尽，重捡纸笔梦难圆。（夏）
山道弯弯行欲迷，伴月归来秋风起，
莫道山村寒风早，一路黄叶已成泥。（秋）
舂米油灯夜半天，推门才知雪染山，
蹉跎岁月知青路，少年癫狂暮空山。（冬）

我当年插队的小山村是青阳县杨田公社五梅大队村里生产队，古名万阶岭。

忆起当年无奈弃笔，上山下乡当“知青”，落户竟在高山之巅。都说少年之癫狂，其实也胆寒，不知今后路在何方，前程渺茫，不可预见。

我们生产队位于泾县通往青阳的古驿道上，名曰万阶岭。平日里出门劳作不挑就扛，徒手上山已是气喘吁吁。我们下放知青每人每月三十五斤口粮(刚插队时上面供应十个月的口粮)，还需到十五里以外的山下公社粮站挑回。每月下山挑粮，十六岁的肩膀也不知要脱掉几层皮，苦不堪言。挑粮回山的每一步都很艰难，常用古人孟子的名言鼓励自己，“天将降大任于斯人也，必先苦其心志，劳其筋骨，饿其体肤，空乏其身”，试想我们日后必将是国家栋梁之材！

1988年春天我和当年经常照顾我们生活的老乡(干妈)在一起合影。我十七岁生日的这一天，干妈给我做了一碗面条，碗底还放了三个鸡蛋。

2004年春节我们知青小组成员回到了第二故乡，

在我们当年的知青老屋前留影。

赵明东(左一)，陈建平(左二)，尚必国(右一)，王济生(右二)

在生产队茶园里留影

陈建平(左一)，赵明东(左二)，王济生(右一)，尚必国(右二)

风雨同舟，并肩作战。

本人现无须为生计奔波乃一大幸事。告老或许太早，故无所事事的我日常翻动藏的一些旧书，品味古人意境人生。欲效仿文人墨客度过耳顺、古稀的暮年。时与发小、故友、同学结伴出游，寻大山名川，也常故地重游。回顾当年下放青阳农村，有惊、有喜、有泪、有痛，昔日年少聚分乃常事，现已稚面换鹤容。（招工、参军、上学，我们先后离开了插队的地方。）

如今赋闲于陋室，常忆往事，记挚友是年闲语前人话道：

铁甲将军夜渡关，
朝臣待漏五更寒。
日高山寺僧未起，
算来名利不如闲。

故乡情思

贺镇德

斟上携来的一壶美酒，坐于农家茅舍之中，欣赏户外绵绵之春雨，身旁有知心好友，四周有青山绿树、修竹萧疏。雨过天晴，蓝天有白云朵朵，林中有飞鸟相逐……

坐在古驿道旁绿荫之下，静听脚下小溪潺潺流水，抬头仰观高峰挂下的瀑布。入眼之处，处处皆花，花落似有声。阵阵清香扑鼻，那是藏身于杜鹃花下的兰草。

远望

——在牌楼大队小学

丘前春色牌楼美，
校外秋声笔架斜。
对面有山皆入画，
一年无日不飞花。

割稻

多亩方田镰握手，
湿衣汗雨额头巾。
方从稻把观奇状，
又向中秋盼故人。

贺镇德(左一)与王璞(九中)摄于庙前。

左起:陈伟、贺镇德、刘晓皋、郑小东,1970年9月摄于九华山。

这是1969—1970年间我们下放插队时,蓉城镇的小嫚妮们合影的照片。她们在生产队里充满活力,在劳动中是好把式,被称为“铁姑娘”,只是工分被记得不多。她们经常帮助我们知青,常来我们住处聊天。目前她们也是六十多岁的人了。上排右边依次是刘莲子、田双桃、查金玉、陆小龙、俞铁珠。下排右边依次是杨辣椒、汪爱香、杨小龙、杨为萍、钟华萍。

这是我和同学们在学校教室前的合影,现在他们都已年过半百了。

录我写的词一首配上面照片,以资纪念:

江城子·下放青阳

当年下放到青阳,着农装,荷锄筐,一介书生,俯首做牛郎。锄草间苗方两晌,双手泡,汗两行。

乡亲不忍都来帮,大姑娘,少年郎,锤炼红心,鱼水友情长。倘得七分田自养,心笃定,老林荒。

友谊地久天长

段华迪

这是一组自拍照，系合肥实验中学初中部同学段华迪，下放青阳胜利公社(现朱备乡)将军大队将军小队生活期间的几个片段。

摄于1970年，九华山登天台的路上，背景是“老鹰扒壁”。

摄于1970年九华山天台前。

拍摄于1973年,九华山肉身殿前。其中有四位上海下放知青,一位青阳下放知青,一位合肥下放知青,一位将军小学教师。

1973年,青阳胜利公社将军大队将军小队在任民办教师与同校老师在大队部门前小桥上的合影。后排:何老师(左),段华迪(中),杨峰老师(右),前排:胡春霞老师(右),周香芝老师(中),李老师(左)。

摄于1973年，九华山百岁宫前。

与上海下放知青在一起，摄于1974年。青阳县胜利公社(现朱备乡)将军大队周鲍生产队。前排：段华迪；后排：上海下放知青小叶(左)，合肥实验中学下放知青王沛农(中)，上海下放知青小唐(右)。

1974年，大队民办教师们在将军大队西生产队天官墓石狮像前的合影。前排左为青阳下放知青凤为腾；中为青阳下放知青杨长伯；右为合肥下放知青段华迪；后排为青阳下放知青孙熙民。

1973年，段华迪老师与所带将军小学戴帽子的初中班学生在校外小桥边的合影。右为段华迪。

历史场景

定格的历史场景(一)

陈国良

1971年秋收过后,在"抓革命、促生产"的口号声中,青阳县掀起了治理青通河的高潮。

一时间,从全县各公社调集而来的治河大军,从四面八方陆续进驻工地,自城北双河口到合心圩田,十里青通河两旁简陋的民居,迎来了素不相识的新客。双河口南边的一条拦水大坝,截住了从青通河上游汩汩而来的流水,将之引入另一条支流,规划中,疏浚的河道需要断流干涸,露出河床。

青阳的晚秋凉意渐浓,清晨的田野,新霜染白大地,寒意日盛。

这几张黑白老照片,定格了那段历史的场景,凝固了那

1971年10月起，笔者参加了青通河治理工程，图为笔者乘坐小舟在工程现场。

个岁月的时代特征。

笔者有幸与治理青通河的大军同吃同住同劳动数月，目睹了青阳劳动人民为改变家乡面貌无私贡献个人体力和智力的一幕幕感天动地的场面。

借《回眸青阳》纪念文集的平台，我把这组已经保存了四十余年的老照片提供给大家，照片拍摄作者的大名已经想不起来，那时大家都称呼他"老刘"。

岁月逝去不再重现，但那艰苦淳朴的生活场景却不会在过来人的记忆中轻易消失，已是银发满头的我从青阳山河的巨变里看到了一代又一代青阳人的聪明才智，心中充满对第二故乡的怀念和自豪。

定格的历史场景(二)

宫联胜

1970年秋,南阳大队新民生产队的知青和村民们一起,将新打的粮食从生产队打稻场挑到南阳粮站,送公粮的队伍绵延了数公里。走在队伍前面第一人的是知青唐荣鑫,第二人是知青宫联胜。

下放青阳南阳的上海、合肥知青。摄于1969年9月,青阳沙漠岭。左为上海知青宫联胜,中为合肥知青杨立仁,右为合肥知青王爱民。

南阳知青文艺小分队自编自演歌舞《送公粮》。拉纤的女知青为蒋一民，中间的两位车把手为知青王洪生(已故)和唐荣鑫(已故)，前排掌车把的为知青宫联胜，后排推车的为知青黄晓康。

南阳知青文艺小分队自编自演的舞蹈《人造卫星上天啦》，为五保户大娘上门演出。

安徽省第二届上山下乡积极分子代表大会青阳县全体代表合影。上海知青宫联胜(后排左二)；合肥知青、铜陵知青、青阳知青各两人，合肥下放干部、青阳街道居民、青阳贫下中农代表各一人。带队的是县五七办公室主任钟恩道(省下放干部)。

穿着补丁衣裤的男女，硬是凭着满腔的热情和坚定的意志，与不断的水患进行顽强搏斗。以简陋的工具深挖河底，以竹制的簸箕担走淤泥。唯一的目标是尽快疏浚弯曲堵塞的河道，让春夏时期丰沛的河水得以畅流直达长江。

上身穿着破旧的棉衣，赤足站在冰冷的水中，是一种什么感觉，今天还有多少人能体会？

肩头挑着沉重的担子，鱼贯走在泥泞的河坡上，是一种什么力量，今天还有多少人能理解？

没有工资和金钱的回报，自带干粮苦战在治河的工地，今天还有多少人能想象？

下放证

最高指示

世界是你們的，也是我們的，但是归根結底是你們的。你們青年人朝气蓬勃，正在兴旺时期，好象早晨八、九点鐘的太阳。希望寄托在你們身上。

……………

世界是属于你們的。中国的前途是属于你們的。

一切可以到农村中去工作的这样的知識分子，应当高兴地到那里去。农村是一个广闊的天地，在那里是可以大有作为的。

洪雷 同学：

首先让我們共同敬祝我們心中最紅最紅的紅太阳毛主席万寿无疆！万寿无疆！万寿无疆！

"雄关漫道真如鉄，而今迈步从头越。"

您响应伟大領袖毛主席的号召，光荣的到生产第一綫去，走与工农相結合的道路，这种行动好得很！这是忠于毛主席无产阶級革命路綫的表現。

"大海航行靠舵手，干革命靠毛泽东思想！"希望您在生产战綫上更高地举起毛泽东思想伟大紅旗，活学活用毛泽东思想，为建設我們的共产主义事业而奋勇前进！

为人民服务

合肥市革命委員会

一九六八年 11 月 10 日

最高指示

世界是你們的，也是我們的，但是归根結底是你們的。你們青年人朝气蓬勃，正在兴旺时期，好象早晨八、九点鐘的太阳。希望寄托在你們身上。

……………

世界是属于你們的。中国的前途是属于你們的。

一切可以到农村中去工作的这样的知識分子，应当高兴地到那里去。农村是一个广闊的天地，在那里是可以大有作为的。

周荣林 同学：

首先让我們共同敬祝我們心中最紅最紅的紅太阳毛主席万寿无疆！万寿无疆！万寿无疆！

“雄关漫道眞如鉄，而今迈步从头越。”

您响应伟大領袖毛主席的号召，光荣的到生产第一綫去，走与工农相結合的道路，这种行动好得很！这是忠于毛主席无产阶級革命路綫的表现。

“大海航行靠舵手，干革命靠毛泽东思想！”希望您在生产战綫上更高地举起毛泽东思想伟大紅旗，活学活用毛泽东思想，为建設我們的共产主义事业而奋勇前进！

合肥市革命委員会

一九六八年 11 月 12 日

岑默的绘画

1.峰壑云涌

(**岑默**　1969 年尚未成年即随父母由合肥市下放到青阳县东风公社新风大队独龙生产队，后迁至九华公社拥华大队。就读于青阳中学。1971 年随父母返回省城。曾任中学美术教师。现为职业画家,经营艺术画廊。)

2.云台秀峰

陈国良的书法

1.春夜喜雨(隶书)

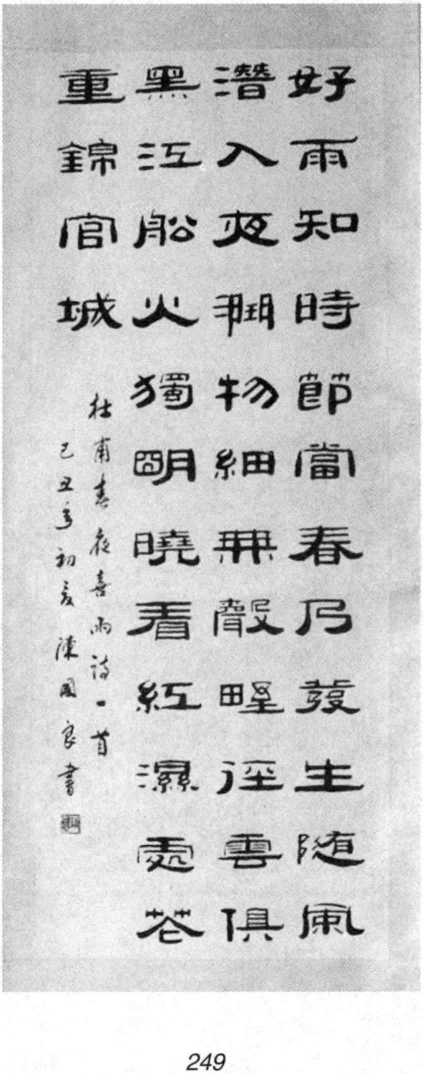

2.陋室铭(篆书)

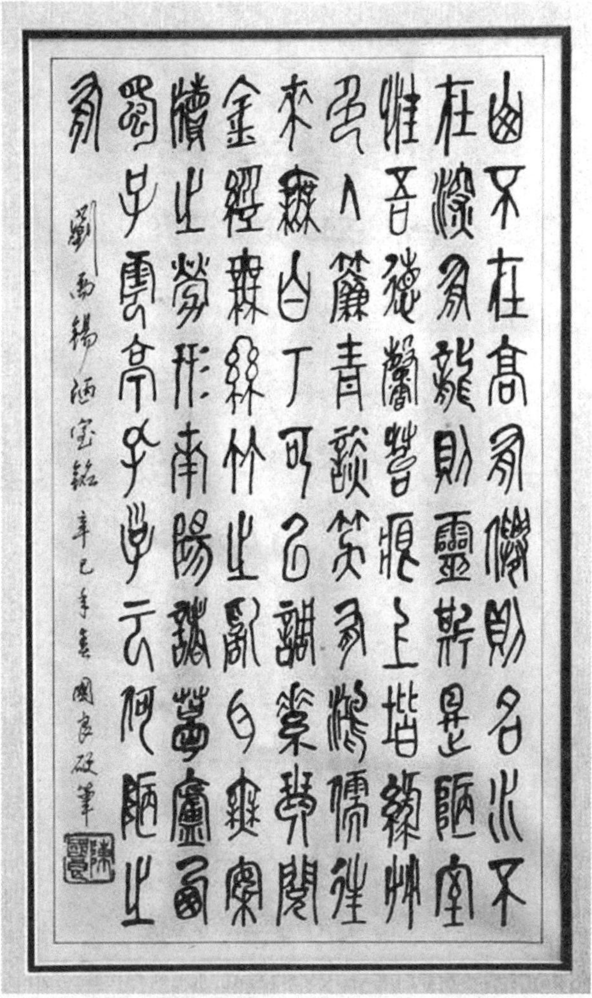

3.隶书条幅

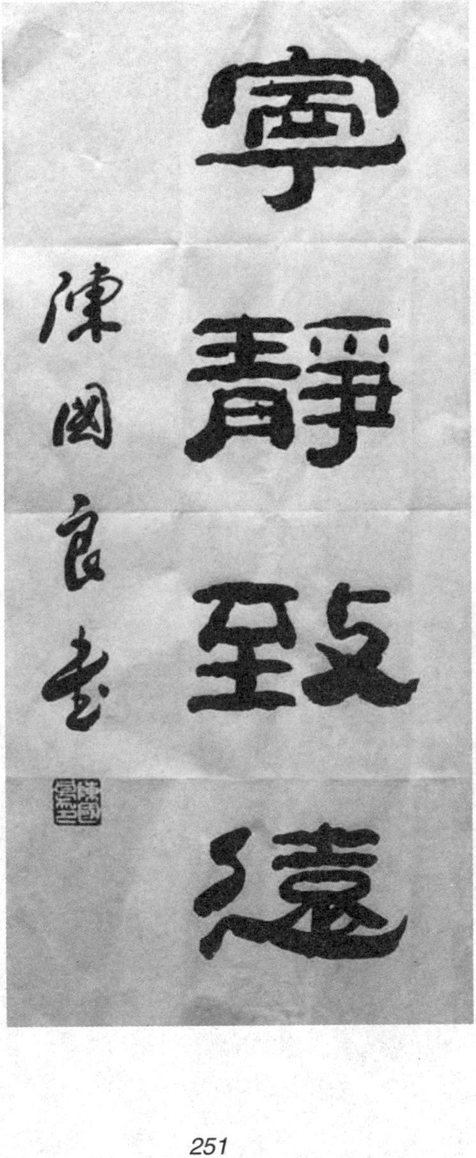

五、青阳掌故传说

青阳县及其乡镇的由来

青阳网

未建县治之史前期

全境自殷、商代(约前2070—前1600)以降,属古扬州域。

东周春秋(前770—前476)后期属吴,境内山区多为山越人聚居;战国初吴灭(前473)属越;越亡(约前306)属楚。

秦始皇二十一年(前223)楚亡,全境统于秦,属鄣郡。

西汉元狩二年(前123),属鄣郡改置之丹阳郡。

陵阳(广阳、南阳)、临城、定陵诸县

西汉元封二年(前109),境内始置陵阳县,治所为楚人所建陵阳城戍(今陵阳镇),县域含今青阳大部及石台、泾县与黄山市部分地区。

东汉建安八年(203),吴主孙权以陵阳北境及石城县地置临城县,与陵阳县并属丹阳郡。临城治所在城子山之东,一说即今县城以南五里之蓉城镇光华村,县境含今青阳北部各乡镇及南陵县、铜陵县部分地区。

西晋太康二年(281),陵阳、临城并属丹阳郡以南所析置之宣城郡。东晋咸康四年(338),因避杜后讳,改陵阳县为广阳县,隶属不变。东晋义熙(405—418)中,侨置定陵县由丹阳

(今当涂县丹阳镇)迁至临城东北境,今丁桥镇古称定陵乡,治所应即在境内,确址或谓即古之管埠镇;县境含今青阳北部丁桥、木镇等乡镇及南陵、铜陵部分地区,属淮南郡,广阳、临城仍属宣城郡。

南朝刘宋大明六年(462),定陵属宣城郡。萧齐(479—502)仍旧。萧梁普通六年(525),临城、定陵改属南豫州南陵郡。陈(557—589)仍之。

隋开皇九年(589),陈亡,广阳、临城、定陵统归于隋,旋废定陵、临城入南陵县。大业元年(605),因避炀帝讳,改广阳县为南阳县,旋废入泾县。

唐武德三年(620)六月复置南阳县,治所在今陵阳镇,属宣州总管府南徐州(旋改为猷州);唐武德八年(625),再废南阳县入泾县。

青阳县(胜远军)

唐天宝元年(742),析南陵、秋浦、泾县部分地域置青阳县,治所在今县城蓉城镇,属江南西道宣州。永泰元年(765),析青阳南境地入新置石埭(今石台)县,两县并属池州。之后,治所迄未变更,县境亦无大变动。

五代十国时,杨吴(907—937)升青阳县为胜远军。南唐(937—975)复青阳县,属江宁府(今南京)。

宋开宝八年(975),南唐亡,县境统于宋,属江南路(南宋为江东路)池州。

元至元十二年(1275),县境为元军占领,属江浙行中书省池州路。

明初(1368—1420),青阳属京师应天(今南京)直隶池州府。永乐十九年(1421)迁都北京(顺天),属南直隶池州府。

清顺治二年(1645),南明亡,县境统于清,属江南省池州府。康熙六年(1667)建安徽省,始属安徽省池州府。

民国元年 (1912), 属安徽省芜湖道。民国二十一年(1932),皖省划为10个行政区,青阳属第八区。

1949年4月21日起,青阳属池州行署。1952年撤池州行署,改属安庆专区。1965年,复属新建的池州专区。1980年撤池州专区,划属宣城地区。1983年7月,改属芜湖市。1988年9月,复属新建的池州地区。2001年1月起,隶属新成立的池州市。

青阳县各乡镇建置沿革

蓉城镇

蓉城镇是青阳县治之所。唐天宝元年(742)建镇,镇名则取自李白名句“天河挂绿水,绣山九芙蓉”。蓉城镇历为九华门户,通徽要道,佛文化和徽商文化底蕴深厚,是皖南历史名镇。蓉城镇镇域面积120.8平方公里,人口7.9万。蓉城镇于1949年初设临城乡,1952年改为蓉城镇,1956年与杨田合并成立蓉城乡,1957年复建蓉城镇,1958年更名为城关镇,1982年恢复蓉城镇,2005年底五溪镇 (1949年初属庙前区,1952年划乡建镇时始设五溪乡,1958年与庙前等乡合并成立九华人民公社,1984年从庙前析出复设五溪乡,1994年经省人民政府同意批准撤乡建镇)并入。

新河镇

地处青阳县东部,镇政府驻十里岗村(又名十二里半)距县城6公里,面积111.35平方公里。名称来历,1954年因境内东山河改造,开挖新河至元桥入青通河,由1952年建立的黄檀乡更名而来;1957年与洪山乡合并,仍称新河乡;1958年成立新河人民公社;1960年并入木镇公社;1961年从木镇析出,复设新河公社;1984年4月体制改革时恢复新河乡;2001年7月与童埠镇合并建立新河镇。2011年末,辖区总人口17891人。

木镇镇

木镇镇是青阳县首镇,古称木竹潭、吴潭镇。民国时是皖南商品集散地,因商贸繁荣有小南京之称。木镇地处著名佛教圣地九华山东麓,距县城12公里。辖区面积105.5平方公里,常住人口3.2万人,为青阳县东部地区的经济、文化、商贸中心,集镇规模、经商人员、市场繁荣程度始终位居全县之首。

丁桥镇

丁桥镇是青阳县的工业重镇、农业大镇,北接铜陵。镇域面积94.2平方公里,人口2.1万。据县志记载,有丁氏建桥,名为“丁家桥”。丁桥乡于1949年属吴谭区。1950年设丁桥区,1952年境内置丁桥、天屏、茗山、长狮、牛山、平山等乡。1957年丁桥、茗山合并成立丁桥乡。1958年建丁桥公社。1960年并入木镇公社，翌年恢复。1984年恢复了丁桥乡。1992年5月报省政府批准撤乡建镇。

酉华镇

酉华镇政府驻杨家村,面积117.7平方公里,人口15000余人。清光绪三十年(1904)属金山乡,后称“二十四都”;民国三十六年(1947)建宾阴乡,俗称青阳北乡。1949年青阳保留原建制,属吴潭区,翌年改为石安区,区址在石安街。1957年4月四乡合并为酉华乡,乡址在田屋村。1958年改制成立酉华人民公社。1956年春与乔木人民公社合并成立石安人民公社,翌年冬又分制为酉华、乔木两个人民公社。1977年酉华人民公社社址迁往朝华村杨家村重建。1984年恢复酉华乡人民政府建制。2014年3月,改名为酉华镇。抗日战争和解放战争时期是泾(县)、青(阳)、南(陵)游击根据地。

乔木乡

乔木乡地处池州市、芜湖市和宣城市三市交界处,是池州市的东大门,面积54.61平方公里,人口1.14万余人。乔木乡以驻地乔木湾得名。相传很久以前此地河湾松柳成荫,大者数人合抱,高四丈许,故名乔木湾。1957年始设乔木乡,

1958年成立乔木人民公社，1960年与西华合并为石安公社，1961年与西华分开复为乔木公社，1984年体制改革时恢复乔木乡。

朱备镇

朱备镇位于青阳县城南九华山东麓，俗称九华后山。面积68平方公里，人口0.94万余人。境内风景优美，主要景区有：九子岩景区、将军湖景区、莲峰云海景区、青峭湾景区、六亩田景区和阳山大鼓岭景区等，著名的九华十景中的"天柱仙踪""九子泉声""莲峰云海"均在其中。朱备清代时称朱村社，因朱姓毛笔远近闻名，被称朱笔店，因讹被传称为朱备店。1952年有朱备、良海、东桥三乡，属杨田区；1956年三乡合并为朱备乡。1958年成立朱备公社。1984年改社为朱备乡；1994年，撤销朱备乡，设立朱备镇。

杨田镇

杨田镇位于安徽省青阳县城东南4公里处，面积109平方公里，人口2.1万余人。杨田镇以境内杨田埂得名。相传宋代杨姓在此围埂垦田，后发展村落。1949年初属蓉城区，1952年划乡建政时设杨田乡，1956年与桥梅、五梅、石山、鸡海、东溪五个乡合并仍称杨田乡，1958年成立杨田人民公社，1972年东堡从境内析出，1979年社址从杨田埂迁至张家坦，1984年体制改革时恢复杨田乡，2000年与东堡合并建立杨田镇。

杨田镇历史文化底蕴丰厚，境内有“天官坟”、“王宗城墓”、五梅石幢等名胜古迹。其中“天官坟”，位于涧(音甘)泉村以西，为明代万历年间顺天府尹施尧臣长眠之所。

陵阳镇

陵阳镇位于青阳县东南部，面积213.85平方公里，人口2.55万人。早在公元前109年，即汉武帝元封二年，置县治于陵阳，县衙设香池里(今香池尚在)。战国时期屈原曾顺江而下，驻足陵阳多年。自古即为江南重镇和山区土特产集散地，是徽商北上南下的重要通道，境内明清徽派古建筑多有留存，全镇156栋古民居，40余座古桥，尤以太平山房、李氏宗祠、宁氏宗祠和南流桥为代表。原国家副主席董必武途径陵阳时，题诗《过陵阳镇》，对陵阳古镇的风土人情予以赞美。1949年设陵阳区，1952年设陵阳、所村、兰石、分石四乡；1957年合并为陵阳乡；1958年合并陵阳、南阳、沙济成立陵阳公社；1963年分置；1984年恢复陵阳乡建置。现在陵阳镇系2005年12月合并原陵阳、南阳、沙济三乡镇成立。

庙前镇

庙前镇地处青阳西部，九华山北麓，面积58平方公里，人口2.4万人，是青阳县西部的经济、文化、商贸中心。历史悠久，唐朝时称慕善镇，后因集镇主街位于五显庙前，被称为庙前镇。1949年庙前区公所改设为庙前镇；1952年置庙前、善渠、玉屏、罗华、逸兴、华源、五溪七乡;1957 年 7 乡合并为庙前乡;1958 年合并庙前、九华、杜村三乡为九华公社;1963 年分置三公社;1984 年改庙前公社为庙前乡;1992 年改庙前乡为镇。

杜村乡

杜村乡位于青阳县西南部,东依九华山风景区,境内生态旅游、佛教文化古迹等资源较丰富,面积 74.8 平方公里,人口 2.1 万余人。杜村乡以驻地“杜村”得名。1949 年初属庙前;1957 年由镇华、东河、西河三乡合并建立杜村乡;1958 年划入九华人民公社;1963 年从九华人民公社析出成立杜村公社;1966 年更名为红旗公社;1971 年复称杜村乡;1983 年体制改革时恢复杜村乡。八都河自南向北流经全境,沿河古迹、古桥众多,始建于南宋及明清年间的将军桥、永安桥等八座古桥分布境内,有“八都河上八座桥”之说。

青阳古桥知多少

伍萍

走进青阳县境,那依山傍水、黛瓦粉墙的村庄外,随处可见一座座古桥跨涧越溪。据不完全统计,目前在青阳地域保存下来的建于清末以前的大小古桥有147座。这些散布于灵山秀水间的古桥如长虹卧波,不仅给青阳山川平添了一种古朴典雅的气势,更是象征了一个个古老村落的历史地位和文化品位。

青阳历史悠久,早在新石器时期就有人类在这块土地上繁衍生息。西汉元封二年(前109)始置县,称陵阳。唐天宝元年(742)置青阳县,沿用至今。

青阳自古以来区位优越,交通便捷,"一桥架南北,天堑变通途",古桥建筑在青阳的历史发展中,功不可没。但由于战争年代的破坏,加上岁月风蚀,古桥遗存数逐年减少,据不完全统计, 目前在青阳域内遗存的建于清末前的古石桥尚有147座。这些古石桥,建造年代各有先后,规模大小不一,但其主体结构却大体相同,一般都由桥墩、石拱梁、分水垛和桥栏组成,材料几乎都是赭石和青磨石,也有少数红砂岩和其他材料。桥梁造型以平桥、拱桥居多,桥基大都采用条石垒砌,桥拱的设计不仅经过了精密测算,石缝间隙还采用了糯米粥和石灰搅拌的特殊材料密封。这些古桥是一个时代一个区域经济发展和文化的象征。今天,当我们从这些古桥上走过,目睹着经历了数百年风雨洗礼的古桥建筑,我们仍能依稀地感受到青阳古城镇和古村落在历史上的经济繁荣和深厚的文化底蕴。

现在的陵阳镇，为汉置陵阳县，县治所在地，历时724年,看古桥自然首选这里。陵阳河穿镇而过,横跨陵阳河的潭溪桥和南流桥两座古桥在青阳古桥中有“官家”风度,是陵(阳)青(阳)古道上的重要桥梁。它们各具特色:潭溪桥为单孔石拱桥,桥长40米,桥宽7米,桥高10米,跨径15米,是青阳现存单孔跨度最大的古桥；南流桥位于陵阳镇北街,为条石结构3孔拱桥,长45米、宽5米、高7米。据万历《青阳县志》载记,南流桥始建于宋代,因常被洪水冲垮,明洪武年

陵阳古镇南流桥晨韵（摄影:祝和平）

间复建;后再次被洪水冲毁,于清雍正年间再次重建,且康熙、乾隆、道光、光绪年间多次重修;至今,桥两头仍嵌有数方修桥记事碑。

自陵阳镇往南至南阳湾三溪口, 三溪桥横跨三溪河,三溪桥又名“五洞孔”。清乾隆壬申年(1752)陈圣撰倡建,鲍本贤领建。桥为5孔石拱桥,跨径14米,全长100米、宽4.5米、高15米。由于年代久远,此桥已倒塌1孔,行人无法通行而成为一座古迹,是青阳县仅存最长的石拱桥。近有神仙洞,相传窦真人、张果老及陈抟老祖等来此洞游历并修炼。

“十里东堡三座桥”,与陵阳的两座古桥相比,东堡的三座古桥便显得玲珑小巧了。下东村的东阳桥,建于清道光二年(1822),为单孔石拱桥,跨径15米,桥宽2米;与它比邻而居的环桥和一座不知名的石拱桥,桥身均为青石砌筑,由于结构、大小相近,东堡三座桥在现代人的眼中,可称得上是姊妹桥了。

提到青阳县蓉城镇,人们自然会想起青通河,这是青阳人的母亲河。横跨青通河最有名的桥该属高阳桥,它是3孔石拱桥,始建于宋孝宗淳熙十四年,以县令许介故乡“高阳”而命名。历史上,曾经跨东河的双河桥与高阳桥遥相呼应,可惜高阳桥现已被拆除。

在蓉城镇金山村老庵,即净信寺前60米处,还有一座古桥——净信寺桥, 又名龙溪桥, 为宋诗僧希坦于宝庆二年(1226)所建,是3垛2孔平石桥,桥面由3333厘米长条石拼架而成。桥长5.7米，引桥长4.5米。桥石上刻有“丙戌宝庆季秋蓝瑁宫宅舍”“希坦”等字迹。“飞雪溅溪桥，松风未寂寥。高僧曾此住，何处觅诗瓢?”别看这座小桥不起眼，桥近旁有石屋净信寺、七级金刚石塔、古墓塔等景点，南宋高僧希坦曾居于此，工诗吟咏，著有《九华诗集》。而且此桥的发现，填补了安徽省桥梁史上的空白，是我省最早的古桥。

红色老区酉华乡(宾阴乡)，抗日战争和解放战争时期是泾(县)青(阳)南(陵)游击大队的根据地，其间的数十座古石桥，不仅经历了风雨的洗刷，也经历了战争的洗礼。特别是石安桥和乌潭桥，是游击队出入宾山根据地的重要桥梁。乌潭桥，两墩三孔，是酉华乡至二酉村的咽喉要道，建于明世宗嘉靖八年(1529)，跨径10米，桥长42米，桥宽6米，高7.2米；其

建于清代乾隆年间的华阳桥　(摄影：柯宏胜)

桥墩迎水面设计为柱体，比较少见。石安桥，3孔古拱桥，是车辆出入西华乡的门户，它修建于清乾隆四十八年(1783)，跨径8米，全长33.4米，桥宽5米，高6.5米。这座桥曾被作为公路桥，目前因不能承重，有关部门便在它的下游修建了一座新的公路桥。

修建在杜村乡龙华的“世荣桥”，始建于清仁宗嘉庆十四年(1809)，桥中孔条石上刻有“世荣桥嘉庆十四年十二月吉日告竣”和“范村罗世显公堂、宗文罗铭字荣山合造”等字样。世荣桥桥长35米、宽1.65米，为条石结构五孔平桥，每孔用4根条石拼成。桥西端修有“静波亭”，供行人休息之用。龙华人将世荣桥视为感恩桥，这种说法源于当地一直流传的一个美丽故事：传说杜村龙华本无桥，山里人出山只得等河水浅时蹚水过河。有一年，两个强盗落魄而躲进山里，山里人淳朴善良，虽知道他们是强盗仍然收留供养。强盗万分羞愧，从此改邪归正，做成正事之后，为报答山民，便在九都河上修建了这座世荣桥，祈福这里的村民世代荣华。

现在的青阳，能让人经常提起的古桥有乔木湾六孔石平桥，南阳湾的华溪桥、庙前镇六泉口的善心桥、华阳桥、华西桥，杜村新风的仁斗桥，跨沅河的花园桥、项家桥、汤村桥，架西溪河而建的西溪桥……可惜的是，历经沧桑，也有不少古桥已坍塌或改建，如抗战时期被毁，横跨九华河的五溪古桥等。

总之，看青阳古桥，首先是陵阳，单孔、多孔、平桥、拱桥，各具特色。每座古桥都蕴藏着一个动人的故事，每座古桥都是一座不朽的丰碑，它们承载着风雨也承载着历史。随着时光的流逝，古桥将会越来越少，对于现在还能幸存下来的古桥，但愿人们能将它们作为珍贵的历史文物而善待。

（**伍萍** 女，1968年5月出生于青阳蓉城，1988年毕业于安徽大学中文系本科，曾多年从事《青阳县志》的编撰工作，现任青阳县教育局副局长，业余爱好写作、摄影和旅游。）

九华河上石拱桥 （摄影：吴亮亮）

“金钱”诱我苦登山　九华传说真神奇

朱德奎

（一）

恕我先撇清，此“金钱”者非孔方兄也，它是一种古老而珍稀的树——金钱柳。多少年来，为了寻找金钱柳而无缘，令我郁郁然，戚戚焉，这得从诗仙李白说起。

喜欢李白，没有理由，就是喜欢而已。喜欢李白就会自觉不自觉地关注他，关注他的每一首诗，每一个或真或假的故事、传说、奇闻逸事，哪怕明明知道是野史的忽悠，还是喜欢，没办法，不可救药。就如刘德华的一些女粉们，哪怕是隔空传来袅袅几缕乐音，都会被撩得寝食难安，心醉欲死。

李白、九华山、金钱柳之间的野狐禅算是其中之一。

（二）

我蒙童之时就盲读李太白，很久之前就心仪九华山，几乎同时就迷上金钱柳。

我在《诗山敬亭》一文中感慨道：特佩服诗仙太白。在一千多年前的盛唐，山高水远，舟车不利，资讯闭塞，李白他老人家怎么就那么牛？仿佛哪里都有汪伦们随时在候着他的大驾光临，而且食宿安排妥帖。他好像从不需要揣着银子，只要背着干粮,至于水嘛,不需要我们担心,那时候随便哪条沟里的水,都是绝对一级饮用水,肯定能捧起来就喝。几句顺口溜就成千古绝唱,几首即景诗就能换来高接远送。难道,这就是文化的魅力和文学的亲和力?总之,人家诗仙有诗就有酒,有酒就有诗,诗酒人生,口吐莲花,风月无边,思接千古。“敏捷诗千首,飘零酒一杯”(杜甫吟李白),这就是诗仙李白一生最好的写照。

李白曾经三上九华山。第一次是749年,那时九华山还叫九子山,他和他的两个朋友游览九子山雪景,喝了酒一时兴起,唱和了一首诗:

妙有分二气,灵山开九华。(李白)
层标遏迟日,半壁明朝霞。(高霁)
积雪曜阴壑,飞流歆阳崖。(韦权舆)
青莹玉树色,缥缈羽人家。(李白)

——《改九子山为九华山联句·并序》

正是这首诗,就轻易把九子山改成了今天的九华山。好在那时候也没有地名管委会,更不需要民政部门审批。

当年的九子山,应该是释道同山,且以道教为盛。饮中八仙之一的李白,看到的当然是具有道家风范的海内“第三十九福地”,所以谓之“羽人家”。其实,早在三十年前的719年,新罗国王的近亲金乔觉已经渡海来到了大唐,卓锡于九子山,弘扬佛法。这是题外话。

第二次来,更是了不得。这一次,诗仙来到九华山的神光岭下,盘坐于月牙泉畔,边饮酒边写一首感谢老友、时任青阳县令韦权舆的诗。他随身带着一藤杖,藤杖上系着酒葫芦,还有一小袋"××通宝"——虽然诗能换酒,但有时候也得象征性地表示一下埋单的意思是吧?诗仙在写诗之前,随手就把那根藤杖插在月牙泉边。太白先生当年曾经有倚马草檄之才,此时更是文思泉涌,诗兴云飞,欻、欻、欻,一篇绝世佳作,临泉立就:

昔在九江上,遥望九华峰。
天河挂绿水,秀出九芙蓉。
我欲一挥手,谁人可相从?
君为东道主,于此卧云松。

——《望九华赠青阳韦仲堪》

诗成,太白先生乘兴高歌,敞怀长啸,山谷回响,流云驻足,连凄凄哀鸣的叮当鸟也忍泣噤声。太白先生吟罢此诗,去寻他的藤杖,哪里还有踪迹?只见月牙泉边,一棵碗口粗的柳树冉冉蹿生,细枝之上还挂着一串串铜钱。原来,太白先生的藤杖,随他风雨兼程,南北悠游,得天地之灵气,摄日月之精华,参九华之佛性,结禅家之善缘,化为一棵郁郁葱葱的大树。太白先生正在琢磨这事呢,树上的果实纷纷落地,似颗颗铜钱，熠熠生辉。诗仙捡起一捧捧大钱，兴奋异常，连连惊呼："我有换酒钱啦，我有换酒钱啦！"这时候，诗仙的心里，可能充盈着土豪的底气，今后看谁还敢说俺到处蹭酒喝！不光是地上铺满了铜钱，就连月牙泉底的沙子，也变成了金光闪闪的金沙。太白先生蘸着砚里的余墨，在泉边的大石上，潇洒地挥笔留下"金沙泉"三个大字。那酒葫芦里的残酒，洒进了月牙泉里，千年以后的今天，你只要用心去闻，仿佛还能嗅到大唐的酒香。据传，古人在这里曾留下一联：

树挂金币，诗仙杖头出酒钱；
酒滴金沙，太白遗风醉九华。

后来，九华山上就有了三宝：金钱柳、娃娃鱼、叮当鸟。

可能是我的佛缘太浅，慧根不深，虽"久有凌云志"，想上九华山，但是，三十多年间，数次从九华山下擦边而过，就是无缘登临。想寻诗仙旧迹，想拜谒的金钱神树，自然就成了梦中的意向。

（三）

金钱柳，别名"青钱柳"，是生长在云贵高原深山里的一种珍稀树种，其他地方并不多见。有资料载，九华山上也就12棵。近年，有林业专家在湖南一深山老林里，发现了一株500多岁的金钱柳，还成为新闻，足见其珍稀。每当阳春三月，金钱柳开出嫩绿的花儿,花单性,雌雄同株,果荚呈扁圆形带盘状翅,乍看似花瓣,瓣瓣相叠,从树下往上看,极似一串串青钱挂满树冠,故亦称为“青钱柳”;果荚成熟时,呈金黄色,所以也有人叫它为“金钱柳”;还有人更愿意叫它“摇钱树”,其实,这是张冠李戴——摇钱树是另外一种玩意儿。

这些年,老来赋闲,我喜欢亲近自然,尤其喜欢探寻一些古树名木,研究它们的前世今生,因此,经常穿行于大别山的沟沟岭岭,随处打听,但很少有关于金钱柳的信息。今年春天,到金寨县沙河乡的西河,去寻觅“柳树结樱桃”的奇景,偶遇大山里的诗人熊炳凤,当听说我在苦苦寻找金钱柳时,她眼睛一亮:“嗨,你不早说,我家山上就有。”我一听,自然大喜过望,立马兴奋起来,真是“踏破铁鞋无觅处,得来全不费工夫”!

(四)

熊炳凤的老公汪如亮先生,热情地向我们介绍有关金钱柳的知识,并且说,他们家的那些金钱柳还不算太大,离他家不远处还有一棵古老的金钱柳。只是山高坡陡,无路可走,得慢慢攀缘而上。“你们行吗?”他向我们投来疑惑的眼神。我连忙说,没问题,你行我们就行!

他热情担任向导,我们一行从康王岭下出发,过老鸹岭,来到一座大山下,站在横河岸边,举目仰望,一座险峻的山岭与老鸹岭并肩雄峙,满山苍翠,郁郁葱葱。只是在山的中间,裸露着硕大无朋的一大片花岗岩,圆圆的向上凸起,寸草不生。看到此情此景,我的脑子里,立马蹦出一句“大肚能容天下难容之事”来,对,这山就叫“罗汉肚”。

汪如亮的朋友陈庆华家就住在罗汉肚山脚下,他在山上办了个规模不小的养羊合作社，几百只山羊散放在林间,山林里不时传出头羊的铃铛声和羊群咩咩的呼唤声。那棵古老的金钱柳,就是陈庆华家的,长在罗汉肚脚下,海拔五六百米吧。陈庆华对那里更加熟悉,他带着我们往罗汉肚上慢慢攀缘。山上荆棘丛生,藤萝纠结,蛛网如幔,旱蝗乱窜。小溪边杂花似锦,绿草如茵,魔芋、蛇芋、野樱桃、野山杏、响蓬子花和许多不知名的野花,争相怒放,使我们在披荆斩棘之中,也享受到一次融融春光地沐浴。

经过一个多小时的攀缘，我们像猿猴一样手脚并用,终于爬到了我梦寐以求的金钱柳前。这是两棵同根连理的古柳,有林业专家考证后,说它有300多岁了。三人难以合抱的主干上,两棵兄弟树并肩而立,生长在罗汉肚下的次原始森林边缘,树下是百丈悬崖。它的周边还有几棵小一点的“弟弟”,挺拔高大,生机勃勃。这里人迹罕至,山势险峻,得以保护了这些古老的生命。我依偎着古老的金钱柳,感悟着生命的坚强,敬畏着生命的伟大。

相传,很久以前,罗汉肚下有金、钱两家,金家很穷很穷,钱家是很富很富的财主。金家的小伙给钱家扛活,小伙子生得帅气强壮,为人憨厚善良,吃苦耐劳。钱家有个千金,出落得如花似玉,温柔贤淑。本就封闭的大山里,这两个正值青春年华的生命,毫无悬念地碰撞出爱情的火花,而且一发不可收拾。门不当户不对的这对冤家,注定不会有浪漫的结局。老财主打死也不允许姑娘嫁给一个自家的长工，热恋中的小姐,悄悄地拿了几串铜钱,挂在脖子上,拽着小伙跑进了后山。财主派人搜山、喊山,想让女儿回心转意。可是,姑娘躲进了罗汉肚下的老林里,誓死不回。恼羞成怒的财主,觉得女儿伤风败俗,丢尽他家颜面,有辱祖宗,遂命家丁放一把大火,把山林点燃,想逼女儿出山。这对恋人紧紧地抱在一起,同归于尽,殉情而亡。一场春雨过后,两人殉情之地长出两株连理柳树,姑娘脖子上挂着的几串铜钱,幻化成串串果实,钱家姑娘金家汉变成的树,被乡亲们叫作“金钱柳”。

正沉浸在大自然神奇氛围之中的我,突然听到随行的妻子惊呼:“蚂蟥！蚂蟥！”我赶紧近前一看,她的脚上,腿上,脖子上,叮吸着五六条旱蚂蟥,有的已经吸饱了鲜血,圆鼓鼓的像个小肉球。啪啪几下把小东西们拍掉，妻子又惊呼起来：“你脖子上也有！”可不是嘛,我的身上也趴着七八条蚂蟥!

(五)

罗汉肚下的金钱柳,虽然圆了我的一个梦,但是,丝毫没有淡化我对九华山上与诗仙李白有关的那棵金钱柳的眷恋。这不,机缘来了。2015 年 8 月 30 日,在青阳工作的亲戚陆徐安,安排我和妻子登上了九华山。安子问我,九华山很大,99

座山,99座庙,想看什么。我说,目标就仨:一棵柳、一棵松、一尊肉身菩萨。他问为什么,我说,天下名山僧占多,处处名刹差不多。而金钱柳、凤凰松、肉身菩萨不是哪里都有的。

第一次拜谒九华山,内心十分震撼。满山佛光普照,佛乐幽幽,禅意融融,诗意浓浓,令人肃然起敬,心如止水。面对佛国净土,庄严气象,感到自己不足以为一叶一尘。色色空空之间,谁能解得妙理?

忽然想起,我不能沉浸在这空空之念里,咱还没有修到那个境界,咱得赶紧返回色界,别忘了李白,别忘了金钱柳。在九华街转来绕去,一路打听,先拜谒了李白手植的两棵古银杏,继续寻找金钱柳。各色人等指路不一,我们只好走走停停。有一台阶,每块踏脚石上都刻有两枚大大的铜钱图案,我很纳闷,佛国净土,怎么也搞"步步钱进"!有人指点:金钱柳就在山上。我和妻子慢慢往小天台爬去,大概爬了一千多米吧,再打听,有一好心帅哥说:"金钱柳在山下,你们多爬了一千多米!"此时正值中午,30多度的气温,闷得我呼吸困难,大汗淋漓如水浇。妻子说,坚持坚持,本来就是朝山来的嘛。我们又缓缓下得山来,当我又看见台阶上的金钱图案时,恍然大悟,这不正是去金钱柳那里的路标嘛!嗨,都怪我悟性太差,居然还打妄语,污佛国"步步钱进",真是罪孽深重,该死该死!

一悟即开化,心明无歧途。这回,我们顺利穿过大大小小好几座庙宇。它们依山就势,曲里拐弯地连在一起,始知"曲径通幽处,禅房花木深”绝非浪语。在一处禅房的后院,豁然开朗,大大的照壁上镌刻着赵朴初先生手书的《般若波罗蜜多心经》,浓浓的碑意加禅意的法书在赵老的作品中极其罕见。照壁边就是金沙泉,捧饮冷冷的泉水,沁人心脾。金沙泉边,我心仪已久的那棵金钱柳,和我梦中看到的一模一样,连理之柳,比肩而立,在上禅堂边站成一道千年风景。

好风景自然在绝险之处。虽临危履险,饱尝登山之苦,但能如愿以偿地拜谒大别山和九华山两处金钱古树,自得其乐,心中无悔。

近年来,科学家发现,金钱柳具有强大的医疗保健作用。用金钱柳叶、果制茶,常饮之,可治疗动脉硬化、糖尿病等。目前,这种茶叶,在沿海一些地方,已经炒到2000多元一斤。而且,野生资源已不能满足需要,人工种植势在必行。种柳去,带“金钱”的!

2015年8月31日记于九华山下

(**朱德奎**　1954年6月生,就职于六安市委党校,现任六安市民间文艺家协会主席。)

凤凰松的传说

池文广

九华山闵园有一棵千年古松,形如凤凰展翅。

相传在南北朝时,九华山的闵园有位叫小凤的姑娘,生得聪明灵秀,她喜欢画画,尤其喜欢画凤凰,引得天上的真凤凰还常常围在她身边翩翩起舞,久而久之,人们就叫她凤凰姑娘。

一天,凤凰姑娘正在通天河边画画,被上山来的县官撞见了,县官见凤凰姑娘生得俊俏,又画得一手好画,便决计把她送给皇帝做妃子,以求得升官发财。过了几天,县官派了一班人马,抬着花轿,上山来抢凤凰姑娘,凤凰姑娘宁死不从,纵身跳入道边的万丈深渊。这时,突然飞来一只金色的大凤凰,稳稳地将凤凰姑娘托住,驮着她在空中盘旋一番,便向天外飞去,从此,再也没回来了。

凤凰姑娘的父母和乡亲们十分想念她,每天都含着眼泪,看着通天河边她经常画画的地方。一天,突然飞来一只大凤凰,落到凤凰姑娘以前经常画画的地方,用爪子在地面抓了个坑,又好像从嘴里吐出什么东西埋了下去,便展翅飞走了,第二年,人们发现凤凰埋东西的地方,竟然长出了一棵青翠的小松树,小松树越长越大,越长越奇特,渐渐地长得活像一只美丽的绿色凤凰。

人们说这棵美丽的奇松一定是凤凰姑娘的化身，这便是凤凰松的由来。

（池州市新闻出版文化广电局供稿。该故事由该局工作人员从民间收集整理而成。）

九华山凤凰松英姿　（摄影：柯宏胜）

九华山柯村的传说二则

柯正建

新庵里的传说

九华山柯村东头广胜山丁绍先家门前有座规模宏大的墓葬,为吊棺式墓穴。墓主是莲玉柯氏第四十世孙柯尧年,字汝唐,碑文写有:“大明茂才柯汝唐之墓。”

明嘉靖十四年八月二十六日,柯汝唐出生于官宦之家,自幼聪明,很得父亲柯乔的喜欢。十三岁时已是满腹经纶了,二十岁那年,他一腔热血同几个同窗学友前去京城赶考。同行的一浙江学友家中甚是富裕,也是名宦世家,提议若是谁人考中名次就让给他,日后有享不尽的荣华富贵,几个学友都笑着应允,汝唐也笑着说:“如我得中,甘愿奉让。”

话不多说,各人日夜兼程,不日到了京城。考试下来,汝唐果然榜上有名,并且还是第七名进士。可是天有不测风云,因为汝唐本身眼睛有疾,加之殿试过度劳累紧张,两眼失明了。延请众多名医都无法复明,于科举功名失之交臂,他的功名真的被位列他后面的浙江学友所顶替,原先的笑话也成了现实。汝唐从此心中郁闷,寡言少语,一病不起,于嘉靖三十七年十二月二十三日在家中去世,年仅二十三岁。

汝唐去世后,阴阳相隔,其妻一心守节,形如枯槁,在汝唐墓边建了一间简易庵堂伴守夫君,因为柯氏祖坟边附近原有一老庵，为了有别，“新庵里”从此得名。

凤形山

安徽青阳县柯村柯氏家族在唐朝中叶就始居九华山麓，至今已有一千三百多年的历史。话说到明代时，莲玉柯氏逐渐兴旺，也由此诞生了柯家后人历代口口相传的一个故事。

柯浩二，是莲玉柯氏明代初年一位重要的人物，他是明洪武年间粮草官，因为天下雨，道路泥泞阻隔，没有将粮草军需物资及时送到军队，以“迟慢马草”罪险些被斩。但是也因此丢了官，遭到贬谪，回归乡里后成为布衣，行侠仗义、德被四方，深受大家的爱戴。

永乐十六年(1418)八月十二日，浩二公去世了，柯家后人自然要找个风水好的地方下葬。当时，在柯家浩二公府上，有一风水先生精通卜阴阳二宅。于是，柯家人委托风水先生四周找寻风水宝地。经过一番勘查，风水先生回来说，他已经找到最好的风水宝地，只是看风水先生欲言又止，柯家人跪求风水先生说出风水宝地的所在处。风水先生告诉东家：天机如果泄露，我的眼睛就要瞎！于是，柯家人承诺永世供养他和他的全家，绝不反悔。风水先生踌躇再三便告诉了柯家人：唯东面刘冲下凤形山风水最好！并带柯家人找到风水宝地的具体位置，交代了浩二公下葬的良辰吉日和一些具体要求。于是浩二公就葬在了凤形山，后有大山，左右两山相峙，面前一片开阔。在前方案山立了门庭，树了石人石马，气势不凡。浩二公下葬之后的第二天，风水先生果真如他所说双目失明了。

斗转星移,日月如梭,风水先生已到古稀之年。这一年,天大旱,粮食收成严重减产,加上各项赋税,政府没有减免,柯氏家族的吃饭问题都发生了危机,但是,柯家依旧供养着眼瞎的风水先生和他家人,就是自己不吃,也要让瞎子先生和家人吃饱。

一天,瞎子先生发现吃的鸡与往日味道有所不同,便私下问丫鬟:“今天的鸡味道怎么不如往日?”丫鬟如实说道:“先生,今天的鸡是掉到茅厕里被淹死的鸡,当然跟过去的不同。”先生听后心里很不高兴:我对你们柯家大恩大德,你们却给我吃掉到茅坑里的鸡!于是,他便怀恨在心,想要报复。风水先生哪里知道,柯家由于天大旱,吃饭问题已经发生了危机,食物匮乏,死鸡主人都不舍得吃,洗干净了供给他这个瞎眼先生吃。

一日,瞎子风水先生终于想出了一个馊点子,告诉柯家人:“凤形山好是好,可是天大旱,凤凰缺水喝,要在凤形山凤头上挖一条水渠,凤凰有了水,可就万事大吉了。”柯家人哪知这是风水先生的恶意,族长组织人员,在凤形山头用锄头挖,用铁钎凿。据说完工那日,凤形山凤头处从地下冒出鲜血,凤形山的凤眼被凿瞎了,当日瞎子先生的眼睛竟奇迹般地复明了。

解铃还须系铃人。柯家人终于明白了是怎么一回事。于是,就再求风水先生。风水先生睁眼看到眼前的一切,也明白了柯家人给予他的善待厚意。于是,他告诉柯家主人再择吉日举行了祭拜仪式,平复了在风形山风头上所挖的水渠,一切又重归平静。风水先生的眼睛又再次失明,柯家人小心侍奉着风水先生和他的家人,不敢再怠慢。风水先生在莲玉柯家颐养天年,无疾而终。

风形山这个古老的传说不知是真是假,可是这里的风水实在是太好!世界第一高露天大佛像——九华山九十九米高地藏王露天大铜像就建在浩二公墓葬原位置上。当你身临其境时,感受这里的宏大开阔,你或许会产生一个念头:真有那么一回事!

(**柯正建**　安徽青阳县九华山柯村人,莲玉柯氏应诚公五十二世孙。莲玉柯氏族务理事会会长,安徽柯氏宗亲联谊会副会长,业余从事民间文化研究。)

位于九华山柯村景区的九十九米高地藏王露天大铜像现坐落在九华山莲玉柯氏三十五世孙柯浩二公墓地的位置上，柯氏祖坟让位于地藏王圣像，功德无量。

美女尖

——青阳方言故事

施玉清

从陵阳的黄石溪经过兰溪到分水岭,老远就看到一座山峰,像一个好看的小嫚妮[①]站在那里,这山峰叫"美女尖"。

传说,老早老早的时候,陵阳县大老爷不管民事,整天七[②]喝玩乐,老百姓都不敢作声。牛山村有个小嫚妮叫山花,长得体体面面的,还缪港人嘎[③],都长(相当于现在的村主任吧)为了讨好县大老爷,要把山花献给他。山花噶大大嗯姆[④]很伤心,可也不敢作声,只能和村里人在一起商量怎么搭救山花。山花却好得很,整天就酱缪事[⑤]一样。她港[⑥]:"大大嗯姆恩们放心,我自有办法。"都长定好八月十五这天要把山花送到县衙,山花港:"县大老爷要是真喜欢我就应该来接我,他不来我就不上轿。"

都长回禀县大老爷,县大老爷快活得一蹦老高,连声港"好好好有照有照,马上准备花轿迎亲"。到子山花噶[⑦],县大老爷掀开红头巾看到了山花,俺精[⑧]发直、口水直滴:"哎哟,山花恩真漂亮,体面赛过天仙哪!"山花跪地行礼,港:"我这么丑,配不上大老爷,还要大老爷跑这么远地来接,罪过罪过。"县大老爷港:"拜港[⑨]跑这么些路,就是上山下海我也愿意呀。"

山花港:"大老爷要是真喜欢我,就发个誓吧。"县大老爷高兴地港:"我真喜欢山花,大老爷我要是有外心天打五雷轰,死子还是恩[10]来踩我。”山花:“跟朝[11]是中秋节,我和大老爷在月下成亲,我要大办酒席,宴请乡亲父老。”“照照照,一切按恩港的办。”

喜酒七到半夜,县大老爷醉得迷迷糊糊的,山花把大老爷搀到悬崖陡壁边上,侧冷子[12]把他推下去,自己也跟着跳下陡壁。

在山花跳下处,生出一座山峰。村里人念叨山花这个好嫚妮,就把她叫作“美女尖”。

从青阳过杨田到分水岭,也老远就能看到这个“美女尖”……

[注释]

①小嫚妮:青阳方言,小姑娘,少女。

②七:青阳方言,吃。

③还缪港人嘎:青阳方言,还没有许配人家。

④山花噶大大嗯姆:山花的父亲母亲。

⑤就酱缪事:就像没有事。

⑥港:青阳方言,“讲”的意思。

⑦到子山花噶:到了山花家。

⑧俺精:青阳方言,眼睛。

⑨拜港:青阳方言,不要讲。

⑩恩:青阳方言,你。

⑪跟朝:青阳方言,今朝,今天。

⑫侧冷子:青阳方言,快速,冷不防。

青阳磨子山传奇

左林

话说明朝万历年间,青阳县城近郊河西有块坡地,山边住着一户张姓农户,世代耕田种地,日出而作,日落而息,日子过得很是清贫。山上种的黄豆倒是不错,年年丰收,味道鲜美。只是主人夫妇身体欠佳,刚过中年就双双病亡,只留下一个十八岁的独子张生一人生活,里里外外忙前忙后,六畜不旺,田地不发,饭也煮不熟,衣也洗不净,家里一团糟,日子凄苦得无以言表。

一天中午,张生干完农活回到家里准备做饭,发现家里打扫得干干净净,饭菜热气腾腾地摆在桌上,衣服刚刚洗好,放在盆里,还没来得及晾晒。张生很是纳闷,家里平时无亲无故,从来没人照应,是谁来帮我做的?暗自揣摩了半天,很是茫然,这顿饭却是吃得从没有过的美。

从此以后,张生每天干完活回来,家务事都被人做得井井有条,就连房前屋后也变得整洁好看了,门前鲜花盛开,莺歌燕舞,很是热闹。

小伙子既高兴万分,又满腹狐疑。那天天气晴朗,风和日丽,张生还没干完活,就偷偷跑回家,想看看究竟是谁在帮他。透过窗户,他发现一个秀美无比的姑娘正在灶台上烧菜做饭,身着一袭银白丝服,满面姣容,看得他直发呆,半天回不过神来。转眼间,姑娘就做好饭,端上桌子,转入卧室,从床底下拖出一个大螺蛳壳,脱去衣裳,霎时就进入螺蛳壳里,一同消失得无影无踪。

张生十分惊奇,感觉就像做了一场春秋大梦。晚上睡觉,思来想去,心生一计。

第二天,张生干了一半农活,就悄悄潜回家中,趁姑娘做好家务,进了房里,从床底下拖出螺蛳壳开始脱衣的时候,突然跑到房里,把螺蛳壳紧紧地抱在怀里不放。那姑娘一时惊愕,进不了螺蛳壳,顿时满面桃花,万分害羞。张生只是一个劲地道谢,直道感谢小姐,感谢小姐,小生这厢有礼了……

姑娘万不得已,只好整好衣服,坐了下来。静下神来,姑娘诉道:“我本姓田名晓七,家住大通老洲岛,三年前因洪水暴发流落到元桥,亲友离散,音信全无,一路寻亲到青阳。偶遇大哥,见哥哥勤劳厚道、英俊朴实,情愿为奴,帮助大哥洗衣做饭,扫地抹桌,端茶倒水,只怕大哥会嫌弃。”张生却说道:“想不到小姐也是苦命的人,只是我父母双亡,家中贫寒,只有这草房三间,荒山一块,过不上好日子,万万答应不得小姐的盛情厚意。”姑娘说:“土能出黄金,地可生万物,只要大哥干下去,草房也会变瓦房。”二人互表身世,惺惺相惜,爱意萌生。张生说:“小姐这么看得起我,只怕要受委屈了,来生我变成牛马也要报答您的大恩大德。”田姑娘说:“一切全都依了大哥,生生世世永不变心。听说我家三叔到青阳后重操旧业,在青通河里打鱼捕虾,常到北门高阳桥头叫卖,容我寻他来为我做主,也好完了我们的今世缘分。”说罢就讨回螺蛳壳,没入里面,慢慢地消失在这个初夏的季节。

田姑娘走后,张生每天大清早就起来,把房前屋后都打扫一番,盼望着田姑娘和她的家人早日到来,就是在地里干活,也是不时地眺望来路,心神不宁,常常望着河水发呆。整个夏天都快过完,在一个天气晴朗的上午,正当枝头的喜鹊喳喳地叫个不停,田姑娘带着她的三叔,一人背着一个包袱,风尘仆仆地赶了过来。张生正在地里干活,老远就看到了客人,真是喜出望外,扔下锄头奔下山坡,远远地迎了过去。

见到张生,三叔乐呵呵,田姑娘欣喜万分,娇羞无比,三人高高兴兴地来到家中,二人放下包袱,原来三叔背的是晒干的鱼虾,姑娘背的是赶制的新衣鞋。张生拿出早已准备好待客的乌鸡山茶叶,给贵客端茶倒水,姑娘轻车熟路地走进厨房,烧起饭来。

三叔捧着茶杯,来到门口的一棵合欢树下,对小伙子说:“你们家真是个好地方,是块风水宝地,只是你一个人过得也不容易,将来我家侄女嫁了过来,保你儿孙满堂,大富大贵,光宗耀祖。”张生说:“能遇到三叔这样的贵人,是我家祖宗前世修来的福分,还请三叔来给个安排,您就是我们的再生父亲。要是三叔愿意,请您也来我家,我们也好早晚孝敬,报答您的恩德。”三叔说:“这样也好,将来你帮我打鱼,我帮你种地,这里离县城近,想办法做点生意,置点家业,早日兴旺。我看年底就办了这门亲事,我们搬了过来,也好有个照应。”张生忙说:“全凭三叔安排,我看还是越快越好吧！”三叔说:“你倒不必着急,心急吃不得热豆腐。侄女还要备些嫁妆,最快也要过了立秋,你看九月初八怎样？”张生说:“这样太好不过了,等会儿听听阿七怎么说。”三叔接着说:“听说你种的黄豆特别好吃,我们去看看。”张生连忙带他来到屋后的小山坡上,见有一片四丈多高,二十多亩的山地,种满了黄豆、辣椒等各色蔬菜,坡下有一小荷塘,有莲花、菱角菜、鸡头果子,边上就是河滩,顺流而下二三里就到青阳县城。小伙子说:“我家的黄豆有早和迟之分,早黄豆叫六月黄,个矮结实;迟黄豆叫十月寒,果大藤长。塘边的比山上的长得好,最鲜的黄豆长在河边上。”三叔转到塘边,又到河边,仔细地看了又看,还捏捏土块,闻了又闻,想了半天才说:“我知道是什么原因了,要有塘泥和河泥才能种出好黄豆呢！”张生恍然大悟,连声说就是就是。三叔说:“这个好办,以后到了冬天农闲时节,我们就来挖河泥,挑到地里去,这样就能种出又好又多的黄豆了。”

说话间,他们又转回家门口,老远就闻到了香气扑鼻,原来田姑娘已经烧好了饭菜, 端上了桌子。桌子上摆的是三菜一汤:一碟清蒸百合,洁白无瑕;一盘米虾炒韭菜,虾黄菜绿;一碗鲫鱼煮黄豆,三寸长的鲫鱼煎得二面焦黄,和鲜嫩的十月寒黄豆一锅煮透,还放了青紫红三色一体的辣椒、生姜、蒜子、豆酱;一罐黄豆笋衣汤,老黄豆被炖出油汁漂在汤面上,嫩笋衣半沉半浮在汤中。三叔坐下来,望着菜哈哈大笑,对小伙子说:“你好有福气啊！”田姑娘顿时满面红云,低下了头一言不发,张生看看三叔,又看看田姑娘,不知所措,只好赔着傻笑,一脸的幸福模样。

三个人喜气洋洋地吃完了午饭,张生急忙收拾碗筷,田姑娘又端上一盆切好的香瓜,三叔招呼二人坐下,说道:“我们先回老洲岛,料理一些的事情,还要给侄女办点嫁妆,一个月差不多,一定会尽早赶过来。”田姑娘说:“我都听三叔和大哥的,早想回家看看,可能还有个消息的,大哥不要累了身子,自己多多保重。”小伙子说:“我无亲无故,不知道怎么做,只望三叔来安排了。”说了一会儿,三叔和田姑娘起身要走了。张生跑到房里,背出一袋黄豆,又找出一点锅巴、花生米送给他们。两人推辞了一会儿,只好带着黄豆和锅巴,依依不舍地上了路。

转眼间,天气渐凉,树叶开始变黄,庄稼也到了收获的季节,磨子山头呈现出一片金秋景象,张生朝思暮想,每每梦见姑娘,醒来总有丝丝惆怅,还有满怀的期盼。

九月初三的晚上,张生洗了个澡,拿出姑娘送的衣鞋,想要试试,却掉出一个绣花荷包来,精巧无比,还带着一股香气,就像是从姑娘身上发出来的,心想这恐怕就是定情之物了,翻来覆去地观看,真是爱不释手。再穿上衣服,换了鞋子,很是合身,心里就像吃了冰糖一样,甜丝丝的。

第二天一大早,门口来了许多喜鹊,叽叽喳喳地叫个不停,张生心里很高兴,想必有大喜事了,一准是她要来了。来到地里,一边干活,一边朝路上张望,却总是不见来人。晌午时分,小伙子没心思回家,忘了饥渴,坐在山坡上望着空无一人的来路,却仿佛听见有人在不停地呼唤:“大哥,大哥哥……”恍惚间,张生回过神来,转头看到河中有一叶小舟,姑娘正在船头朝他雀跃欢呼,三叔摇着船向岸边驶来。张生惊喜地跑到河堤上迎接,姑娘跳下船来,二人满怀拥抱,良久才发现三叔在独自搬运船上的物什,二人急忙放开,手牵手地一同上船帮忙。原来船上有几床新被、一只盆架、一个梳妆台、一张六仙桌、四把靠椅,全是山芋红的木制家具,还有一个沉甸甸的大石磨,周长六尺,高约九寸,豆青色的皮壳,光亮圆润,甚是好看。

三人将物品运到家中,吃过糖水鸡蛋,开始布置新房,门窗都贴上了大红的剪纸,满房的喜气。到了晚上,吃过丰盛的晚宴,三叔将二人送入洞房,到门前的合欢树下品茶观景。秋风习习,波光粼粼,露水晶晶,如钩的月亮悄悄地爬上了山坡,害羞又迷人……

青阳磨子山八角亭 (摄影:左林)

春种秋收,寒暑几度。他们每年都把河泥往山上挑,山坡一年比一年堆得高,黄豆一年比一年长得好。房边的山坡上建起了一个小磨坊,三叔每天都在这制作豆腐。他做的豆腐不起豆腐皮,不出豆浆,汁水全在豆腐里,味道鲜美,远近闻名,每天都有许多人来买,过年过节更是热闹,但他每天只做十斤豆子,总是供不应求。每天做完豆腐,他就来到合欢树下,拉起了二胡,唱起了青阳腔,快乐无比。来买豆腐的人,远远地就看到山上的磨坊,磨声阵阵入耳。于是人们就把这里称作磨子山,口口相传,声名远播。

后来,他们还在城里北门高阳桥头开起了豆腐店,生意红火,家里草房不仅换成了瓦房,还儿孙满堂,人才辈出,据说后人在明代还出了高官,位及人臣,死后就葬在这山上,这都是后话。

话说张家终年辛勤劳作,又种地,又开作坊,还做生意,日子越过越好,终是有了风光。这年冬天,张生和三叔在青通河里挖泥,三叔挖,张生挑,忽然三叔从泥沙里挖出一只大陶罐,打开一看,里面有一块大金元宝,足有二斤多重。平日里常挖出点汉唐铜钱也是常有的事,今来挖出这么大个金元宝,三叔喜不自禁,赶忙清洗干净,揣入怀里。待张生来时,三叔便称身体难受,要拉肚子了,急忙赶回家,把金子藏到床底下。过了好一会儿,又回到河边来挖泥。可是他又不放心,生怕金子放得不安全,又称拉肚子,跑回家把金子又放到怀里,继续干活。这一天干下来,人又紧张,又劳累,一点都不快乐,完工后,茶也不喝了,二胡也不拉了,戏也不唱了,三叔吃完饭就回房闭门不出。夫妇二人还以为他生病了,嘘寒问暖,还要去问郎中,被三叔拒绝了。

晚上,三叔把金元宝抱在怀里睡,翻来覆去的,就是睡不着,很是难受,放到别的地方又总是不放心。到了半夜,三叔坐在床上,把金元宝背在身上,感觉就好多了。

就这样折腾了一夜,第二天三叔就不想去做豆腐了,就去叫张生雇了两个短工,来帮自己做豆腐。这两个短工早上起得晚,水量总是加不准,火候也对不上,豆腐味道大变,还常常和三叔顶嘴,摔葫芦掼瓢的,来买豆腐的人也是怨声载道,说这豆腐越来越不好吃了,弄得一家人都很心烦。

眼看着家道就要败落,田姑娘就感到是三叔有变化,探问个究竟,三叔只得如实相告。田姑娘沉思良久,最后说,这是不义之财,按说应该物归原主,可现在这是无主之物,我们何不用它来做些修桥补路,积德行善的事情呢?

话说张家挖到了金元宝, 要做行善积德的事一下子就传开了,平日和三叔一起打鱼的渔民们一起找到三叔,商量怎么做。大家商定在豆腐店的河对面建一段防洪城墙,一是用来防洪,二来让打鱼的渔民在这里居住,方便出船。

说干就干,张家请来了工匠,渔民们帮助挖沙运砖运石头,做了一块精美的七女图砖雕做奠基石, 不到三年就把城墙砌好了,渔民们也都在这建了房,开起了商铺,修了码头,大家生活有了着落,一时热闹非凡,传为佳话。人们把这里称为城墙脚,现在正在拆迁,据说遗留下来的城墙,一块砖在黑市就卖到五十元,那块全裸的七女图更成了无价之宝,就是没找到,希望这些能作为文物加以保护才好,毕竟这些东西都承载着青阳的一段历史。

张家生意越做越旺,声望越来越高,小伙子也渐渐老了,家里人开始称他老头子了。只是田姑娘容颜不变,依然美丽动人。几个子女也都成了家,经商的经商,当官的当官,留下一个最小的儿子叫张山,从小就惯养,总是不听话。有年初冬,寒霜已降,家里柴火不多,老头子叫他上山打柴去,结果张山从早到晚都在河里打鱼,把老头子气得不行,叫他上山,他偏要下河,真是拿他没办法。老头子只好给些银两叫他去买柴,他跑到外面转了半天,在青石岭脚下看到石匠雕的石狮子很好玩,就买了一个大的,一个小的,小的叫人随他一道送来,大的随后拖着。

回家后张山就指着小狮子对老头子说:“你看这东西多好,就是买柴的钱不够,你再付些吧。”老头子见了直摇头,叹着气说:“惯儿不孝,肥田出瘪稻,真是报应啊!”张山不紧不慢地说:“这只是个小报应,大报应还在后面呢!”

张家日进斗金的日子已经过了很多年了, 三叔也老了很多,进入了风烛残年,下不了河,打不了鱼,做不了生意,成天喝茶拉二胡,闲来无事就绕着磨子山转转,想给自己找个百年之后的安身之地。他一生无儿无女,大半生都是穷困潦倒,现在有了钱也讨不了老婆生不了儿子,俗话说不孝有三,无后为大,想到这些心里很不好受。他变卖了城墙脚下的门面,把所有积蓄装进一个罐子里, 想到自己一生做的最大的事就是修了城墙脚,那是因为在河里挖到金元宝才能做的,心想自己何不效仿前人,也把钱财埋到地下,留给有缘之人,让他们做更大的善事呢?

三叔是个做事干脆的人, 他在磨子山朝南的地方选中了自己的墓地,把山后一棵有喜鹊窝的大树下选为藏宝之地。有个早上太阳刚刚起山的时候, 他就偷偷地带着装着金银财宝的罐子来到大树下,对着喜鹊窝的影子将财宝埋了下去。第二年,他又请人从河里搬来几百斤重的大鹅卵石,放到藏宝地的上面,说是用于镇山的。怕人对藏宝的事起疑心,又多拖了几块大石头,分散摆放起来,倒是好看得很。

有诗云:但有闲情寻胜迹,何妨留意听磨声。说的是磨子山周边的湖光山色,树木四季变化,春华秋实,花开花落,上览林峰云海,笔架山景,下闻喧哗的闹市声,繁华的景象,成为青阳城郊一道美丽的风景线,文人雅士、修行的僧侣、礼佛的香客、过往的行人,都在这里歇脚赏景。静坐下来,常闻磨声阵阵,谁能想到喜鹊窝下还藏着金银财宝?那是三叔一生的积蓄呢!

三叔过世后就葬在磨子山下,张生头发已花白,当年的张公子变成了张老汉了,田姑娘年轻如故,人们尊称她为田妈。张老汉请来风水先生给自己选了一块宝地,打好寿材,准备了善后。风水先生告诉他,这地方是个龙穴,往下一点水就多了,往上一点就是麻骨砂,成死龙了,棺材要越重越好,千万不能放钱币等带金的东西。想到儿子张山从小就不听话,后事交给他很不放心,又没有其他的办法,就绞尽脑汁想了一个办法:在从墓地往山下走九十九步的地方放一块大石头,墓地处过一步的地方放一块更大的石头,中间修好一条路,心想我叫儿子把我们葬到石头上面没路走的地方,他肯定就会正好葬到路尽头大石头边上第九十九步的地方了。于是他就交代儿子,他死后要葬在石头沿路往上走一百〇一步的地方;棺材里要放块大石头,不要放钱财,其他什么都别放。

没过多久,张老汉就去世了,他儿子想到父亲对他的好,自己却一直都不听话,心里很是惭愧,心想这次不光要听老子的话,还要办得风风光光,也好让老子不枉在世一场。于是他请来了一大班人,吹吹打打,把家里许多碗罐家什还有许多钱财都装进了棺材,上山一百步的地方发现一块几千斤重的大石头,离墓地仅有一步之差,于是又请人搬开,准准地葬在一百〇一步的地方,真是机关算尽,反误了好事。过了七七四十九天,家人一早起来,就不见了田妈,房间里整理得干干净净,被褥叠得整整齐齐,就像平常出门一样,没人知道她去了什么地方,再也没有回来。

张山的两个哥哥在外经商,都谋到了官职,却也起步艰难,管不到家里的事,倒乐得张山在家里过着逍遥自在的日子。因他好吃懒做,又不精明,常被人暗算。经媒人介绍,到东堡老山里娶了个地主的小老婆,那地主病死多年,张山一概不知,还当她是个黄花大闺女呢。家里请来一个管家,是个眯眯眼,看东西很是模糊,一次家里油瓶倒了,他捡起来,看到墙上有个蜻蜓,以为是个钉子,就挂了上去,结果摔个粉碎,被张山骂个狗血喷头。后来叫人在墙上钉了个钉子,叫他看见了,还以为是蜻蜓,就狠狠地一巴掌打过去,结果鲜血直流,痛了大半个月。还有一次,有只鸡在饭桌底下屙了泡屎,他以为是腌菜掉到地上,好不心痛,捡起来就吃,感觉味道不对,大骂道:"这菜掉到地上都臭了,怎么没人管!"

张山有个妹妹,嫁到将军村去了,这年生了个儿子,请张山去吃满月酒,于是他就带了两个管事的一起前去道贺。一路上风光优美,大家谈论着当年明太祖朱元璋在朱备的故事,不觉就过了牛桥水库,就快要到的时候,天公不作美,下起了倾盆大雨,正好遇到一栋新建的楼房,三人前去躲雨,却是大门紧闭。张山大喊几声:"开门,快开门!"却不见回应,破口大骂道,"这家人都死光了吗?怎么喊了半天还没人开门?"这时门开了,出来一个慈眉善目的老人,对他说:"我这房子才做好,花了上千两银子,准备给我孙子结婚用的,你怎么这么乱说呢?"张山就说:"还上千两银子,要是一把火烧了,屁都不值,还不如趁早卖一文算一文!"硬把老头气得浑身发抖。

不一会儿雨停了,他们赶到妹妹家里,家里有好多客人,都是前来贺喜吃酒的,他挑了个上席坐了下来。旁边人正在谈论着最近不少庄户人家家里的猪狗鸡鸭晚上都被野兽吃了,有人看见了说好像是只大老虎,十分凶猛,他就接着说:“我见过一首写老虎的诗,那诗把老虎写得活灵活现,生动得不得了,人见人赞,真是天下少有的好诗。”有人就问这诗怎么写的,他回答说:“第一句写的是什么什么虎,第二句写的是什么什么苦,第三句写得实在太好了,就是记不得,第四句写的是狠得狠!”弄得满屋的人哄堂大笑……

这时那位慈眉善目的老人也来了,对他妹妹家人说起了张山刚才躲雨时骂人的事,最后说,等会儿吃酒的时候叫他可千万别说不吉利的话。他妹妹听后非常生气,连声给老人家道歉,又找到张山,对他说:“这酒你就不要吃了,免得又胡说八道,弄得大家败兴,实在要吃就到厨房里吃吧!”张山说:“我保证什么都不说,还不行吗?”果然在酒席上他一言不发,专心吃酒。快要散席了,他站了起来,大声地说:“大家都听好了,今天我可是什么都没说的,将来我的小外甥儿不管是生病死了,还是掉到水里淹死了,都不关我的事!”

话说张山的两个在外做官的哥哥,开始日渐发达。有个哥哥当上了京官,因能画会雕,得到了当木匠的天启皇帝赏识,一时成了当朝红人,专管营造,人称张营造。天启皇帝赏赐给他一把乌龙拐杖,传说能缩地飞移,是个宝物,珍爱有加,不准任何人碰。有了宝物后他就在磨子山上游乌沙滩边新建了府第,还在村口立了牌楼,人们就把那个村庄叫牌楼村,张营造常在晚上带一个妻妾回家过夜,早上就回京上朝。有次他带个最宠爱的小妾回家,小妾很是好奇,半夜里把弄乌龙拐杖,还放到胯下当马骑,一时坏了法术。第二天清早,他要回京上朝,却怎么也移动不了,急得在家团团转,那小妾只是一个劲地安慰,百般献媚,于是又多留了一天。

却说天启皇帝不见他来上朝,雷霆大怒,第二天就着两个东厂的人前来拿问,传口谕道:如在家里,就地斩杀;如在路上,押解回京。不知道是他平时得罪了东厂的魏忠贤,还是两个差人没听清楚,二人来到磨子山前的岭头上正好碰到了刚出门准备回京的张营造,二个差人不由分说就把他给杀了,派人毁了他的府第和村口的牌楼,还到磨子山上一把火烧了房屋,擒拿家眷。张山急忙带着家人仓皇逃命,刚到河边时,前无去路,后有追兵,万分危急,突然起了一阵大雾,雾中一条木船向他们驶来,隐约看到田妈站在船头向他们招手。等到官兵追到河边时,张家人和那条船已经消失得无影无踪。两个差人只好带着的张营造的人头回东厂交差去了。于是张家从此销声匿迹,那石磨也不见了。

魏忠贤倒台后,有人揭发了此事,崇祯皇帝大怒,押那两个差人来到当年杀害张营造的地方砍了头,还为张营造补办了葬礼,就葬在遇害的岭头上,用两个差人来陪葬,从此这个地方就叫双陪岭。据说出棺的时候有十八口棺材分别葬在十八个地方,那口棺材里还有皇帝赏赐的乌金人头。崇祯还召见了张山另一位在外当官的兄弟,并加官晋爵,以示皇恩。每到清明、冬至,来张生坟前祭奠的人总是络绎不绝,他们大多住在附近,平日里却不露面。每到九月初四的晚上,田姑娘就会来到山上，相会故人，隐约听到喁喁的私语和阵阵欢笑，其乐融融。

（**左林**　1963年10月生，1984年毕业于安徽省建筑工程学校即现在的安徽建筑大学，1984年至1986年在石台县建设局工作，1986年至2012年在青阳县建筑工程质量监督站工作，历任副站长、站长，获得过两届“安徽省建设工程质量工作先进个人”称号。现任芙蓉湖公园管理委员会主任，青阳县民间艺术家协会会员、安徽省风景园林协会会员、安徽省建设工程评标专家，从事风景园林及民间艺术研究工作，曾在《安徽建筑通讯》《安徽建筑动态》《安徽建筑》《九华》等刊物上发表多篇论文。）

一个村庄的礼让

章小兵

如果说一个人的礼让是涵养修持,一个家庭的礼让是家风淳厚,那么,一个村庄的整体礼让,那用什么样的文字来形容呢?

当人们津津乐道桐城"六尺巷"所标示的谦让之风时,当人们千里探寻腾冲"永茂号"李氏三兄弟建造的"弯楼子"时,面对名不见经传、偏居江南一隅的一个村庄的整体礼让,我们除了震惊与感动之外,还有什么可说?

这个地方叫柯冲,地处安徽省池州市青阳县丁桥镇独龙村。一条山溪从村前潺潺流过,山溪之上横卧着两座石桥,一座称"青龙桥",一座谓"玉带桥"。村口的西南方,一方十多亩水面的明堂,塘埂全部用麻条石砌就,一口古井深不见底,四周的井栏,全部是大条石围筑,古朴之气盈盈而溢。

如今,柯冲居住的都是章氏后人。七百年前,这里却是柯氏家族的世居之地。章氏住在柯冲前边的山冲里,奇怪的是,章氏家族养殖的鸡鸭,还有饲养的耕牛,每天都从一二里路的山冈树丛中,不是潜行到柯冲的明堂里嬉戏觅食,就是跑到柯冲田畈上吃草。太阳落山了,才恋恋不舍地从柯冲成群结队又回到章家冲。这样时间久了,柯氏家族就感到柯冲应该是天赐给章氏的一块宝地。柯氏家族主事的,就在一起聚

独龙柯冲祠堂前厅

独龙柯冲祠堂前厅前残存的旗杆石

独龙柯冲祠堂前厅前的门当户对

议，既然这块风水适宜章氏，我们就迁徙礼让吧，结果，柯冲的柯氏家族就将自己世居的地方，礼让给了章氏，章氏就从那个偏僻的山冈下，迁移到柯冲这个地方，繁衍发展到至今。要不是日寇当年的几次扫荡，还有动荡岁月的摧毁，这里全是古香古色的徽派建筑。

迁居到柯冲居住的章氏族祖，知恩图报。时间悄然过去

独龙柯冲祠堂前厅内的木雕

独龙柯冲村民正在洗菜

七百多年了，虽然这里现今住的都是章氏家族，已经没有一户柯姓，但仍然沿袭着称这里为柯冲。住在柯冲这里的章氏家族，从古代祖上迁至柯冲开始就传下来这么一个规矩：每年过年吃年饭前祭祖时，必须先祭祀柯氏的祖先，再祭祀自己的祖先。清明、冬至祭祀，也必须先祭柯氏祖上，再祭自己祖宗。这个传统世世代代传了下来，直到如今，这个村庄仍然这样虔诚地把柯氏的先祖，恭敬地敬着。

桐城“六尺巷”的故事因事主是宰相而世人皆知，腾冲“永茂号”李氏三兄弟因建造“弯楼子”而彪炳史册，柯冲柯氏整个家族的礼让与迁徙，湮没在历史的沧桑中，但这个真实的故事，却让人动容。中华五常“仁、义、礼、智、信”到底是什么啊？漫步在柯冲这个古意犹存的小村庄，答案就在你的足下。

独龙柯冲小巷深处

（**章小兵** 安徽省作家协会会员、青阳县作家协会秘书长。发表作品6000多篇，散见于《人民日报》《大公报》《中国青年报》《文艺报》《安徽文学》《读者》等100多家报刊，近300篇获奖。）

六、缅怀青阳旗帜

人生寄语

沈培新

我的人生寄语是:人生的最大价值是服务人民,最大的幸福是事业有成;文学艺术的最高境界是追求真善美爱的和谐统一。这种和谐不仅包括人的自身和谐,人与自然的和谐,还包括人与社会的和谐,勇敢的人帮助懦弱的人,有钱的人帮助贫困的人,健康的人帮助生病的人。只有大家都享受生活、享受进步、享受生命、享受成功,才能真正的和谐。

人怎样才能活得健康、愉快、长寿、潇洒一生呢?

养脑之道在于思,养身之道在于动,养心之道在于静,养性之道在于和。养生之道在于度,度为适量,不得缺乏,过之则损,一定要因人而宜,因时而宜,因年而宜。

青春并不是某一个年龄段的专利,它是一种心态,是一种追求,是一种精神,是一个自我调节实现人生价值的过程,老年人同样有自己的青春。

人来到这个世界上,是哭着来的,是赤条条来的。人生不在索取,不在获得多少。而在于为社会做了些什么,做得怎么样。在为人民服务的长河中去追求自己的价值,才是有意义的。全方位地落实为人民服务的宗旨包括以下几个方面:一是处理好发展经济和改善人民生活、发展当前经济和保障经济持续发展、经济发展和社会进步的关系。二是处理好可能与现实、内容和形式、当前和长远的关系。三是处理好城市与农村、富裕地区和欠发达地区、高收入和低收入的关系。四是处理好主人和公仆、领导和群众、上层和基层的关系。五是处理好新闻宣传和舆论监督、开会发文和贯彻落实、铺张浪费和现代文明的关系。

我自感是一个干事的人,是一个善良的人,是一个好处的人,还是一个肯学习、勤思索、有创新的人。我父亲是抗战前期参加革命的,一直在北京工作;我的兄长是在抗战中后期参加革命的,也一直在浙江工作。几十年的岁月,他们都没有回家走走、看看,探探乡亲,闻闻乡土。他们现都已告别人世了,这是他们最大的遗憾。我不是企业家、金融家,无力在生产领域、投资方面为家乡出力。捐赠字画与书籍,只是一片心意,一丝情意,为青阳的文化建设作点小贡献。经过慎重考虑,我决定把家庭收藏的100幅左右的字画、300余册全国知名专家、艺术家赠阅的书籍和数百封全国各地来的邀请函和征集信及一些纪念物,无偿地赠送给青阳博物馆和图书馆。

一个人的情深,深不过对故土的无限眷恋。“做官要做好官,做人要做好人”这是起码的人生哲学。

(沈培新 1936年4月生,安徽青阳人。1956年7月参加工作,1954年4月加入中国共产党。历任合肥师范专科学校干事,合肥师范学院宣传部秘书、外语系团支部书记、系办公室主任；安徽省人事局大学生管理处干事；青阳县革委会宣传组组长、政工组副组长；安徽省革委会(省委组织部)审干办公室干事，省委组织部干部二处、三处副处长，省委组织部三处处长；安徽省教育厅副厅长、党组成员，省教委副主任、党组成员；安徽省文联党组书记、主席，省文联书记处第一书记；安徽省委宣传部副部长；安徽省政协常委等职务。2003 年 4 月退休后任安徽省老年大学校长、安徽省新四军历史研究会执行会长。2012 年 3 月 28 日在合肥逝世，享年 77 岁。)

2012年 3 月 31 日上午，沈培新先生追悼会在合肥举行，社会各界人士千余人参加了追悼会。(摄影：柯宏胜)

沈培新先生遗言摘抄

沈培新

每个人都想快乐活着，天天快乐。我却思考着快乐地离去。人总有死去的那天，死有鸿毛、泰山之分，也有痛苦、安乐之别。如果痛苦地活在人间，煎熬家人，麻烦组织，亲友增愁，实际上是比生命的死亡更难受。

这篇文章，算是我的郑重遗言：如果我到生命接近终点的时候，不必去抢救，不必去开刀，不必去浪费钱财，就让我早点去马克思、列宁、毛泽东、周恩来、胡耀邦那儿去报到吧。

走的时候要带着笑容，要高高兴兴。后事也不要俗套，不要设灵堂，不要送花圈，不要开追悼会，可以在告别大厅留言，美好的言语可以激励家人。

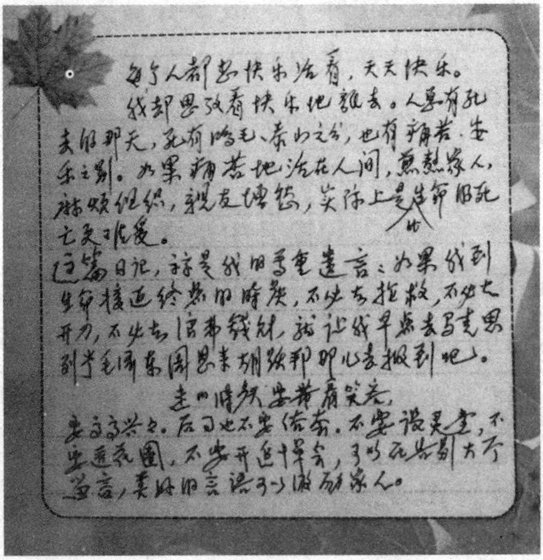
每个人都想快乐活着，天天快乐。
我却思考着快乐地离去。人总有死
去的那天，死有鸿毛、泰山之分，也有痛苦、安
乐之别。如果痛苦地活在人间，煎熬家人，
麻烦组织，亲友增愁，实际上是比生命的死
亡更难受。
这篇日记，该是我的郑重遗言：如果我到
生命接近终点的时候，不必去抢救，不必去
开刀，不必去浪费钱财，就让我早点去马克思
列宁毛泽东周恩来胡耀邦那儿去报到吧。
走的时候要带着笑容，
要高高兴兴。后事也不要俗套。不要设灵堂，不
要送花圈，不要开追悼会，可以在告别大厅
留言，美好的言语可以激励家人。

沈培新与夫人

永远的沈培新

——他无意于人生之不朽

李克舜

我把纪念沈培新先生的文章题目定为《永远的沈培新——他无意于人生之不朽》，主要是源自现代诗人臧克家纪念鲁迅的一首诗:“有的人活着,他已经死了;有的人死了,他还活着。”再是源自大家对沈公的敬称“沈部长”三个字之中。沈公西去已一年,直到现在,熟悉他的人只要提起他,还情不自禁地脱口喊出“沈部长”怎么样怎么样的好等等。总之,沈公他好像一天也没有离开过我们。因此,我曾不止一次地想过，这是一个非常值得敬重的不可多得的英杰俊彦啊!古语云:“德千人者谓之豪,德百人者谓之英,德十人者谓之杰。”像沈公这样广泛深入人心的人称之为杰,并不为过。沈公在世与不在世,大家对他依然敬重,特别逾千人送其西行的那天更是感受到他德之力量。他在世时并未想到自己百年之后能得到世人如此怀念和赞誉。正因为如此仁德力量使我为其送上了“心存大爱,音容宛在;才冠群伦,德泽长存”和“德艺齐辉,爱洒人间,当代文人称哲士;地天共泪,名垂青史,吾侪典范慰英灵”两副挽联以表敬意和怀念,也使我经常回忆起在沈部长身边的情景。

我在1995年安徽省徐悲鸿教育基金会的理事会上就与

沈培新先生有所接触,当时虽然我是该会的理事,但接触时间较少,双方印象并不深刻。真正有幸近距离地、频繁地交往还是2009年的春节后。这一年的春节临近,我所任副秘书长的安徽新安书画研究院要给有关老者拜年,周哲波执行院长嘱我写几幅4尺红宣的大寿字,事后听说其中一幅就赠给了年逾古稀但精气神俱佳的沈培新部长。周院长和著名艺术家韦君琳先生分别将我推荐给正在筹备铁军书画社的沈社长。因我是行伍出身,已兼任了几处社会职务,唯恐不能胜任,就谢辞了两次,仍未推辞掉。之后,我这个秘书长便诚惶诚恐地在社长沈培新的门下与之近距离地频繁交往。

正在筹建铁军书画社时,这位领导的开明气度我就领略到了。他只原则地说说,其余的便放手给了我这个半陌生之人。有幸得到尊贤爱人的沈社长的信任,我不但不用担心功高震主,反而更加如鱼得水,乐此不疲,努力工作。三年的时间虽然不长,但对于一个高志向、高激情、高效率之士来说,必然是一个硕果累累的三年。这三年在沈社长带领下,铁军书画社从轰轰烈烈地成立到踏踏实实地创业,从一个刚刚起步、名不见经传的书画社,一跃成为享誉省内外的安徽省百优社团书画组织。这三年间我得到了锻炼,也从沈社长身上学到了很多优秀品质。三年间有很多东西值得回忆,我就从立功、立德、立言三个方面追忆铁军书画社原社长,我的永远的好社长——沈培新。《左传》上说“太上有立德,其次有立功,其次有立言;虽久不废,此谓不朽”。后知识分子遂以“立德、立功、立言”作为毕生奋斗的目标。哲人说其有一立皆为不朽也。我所接触的沈培新社长,他虽无意于三不朽,但我感到沈培新可以说是一位集立德、立功、立言“三不朽”于一身的贤者。

立不朽之功

(一)组织创立安徽铁军书画社。我们铁军书画社是2009年4月22日成立的。在此半年前的2008年,是中国改革开放30周年纪念年。30年来,中国社会发生了巨大变化,不论是政治领域还是思想领域、经济领域乃至文化领域都形成了良好局面,整个时代都显得生机勃勃,似乎每个人都在向外张扬着自己的力量,释放着自己的正能量。沈培新同志在这大好形势下,以弘扬祖国书画传统文化,弘扬铁军精神为宗旨, 在当年新四军活动的主要地方成立安徽铁军书画社,以更加充分施展其抱负,大显其才华。

沈培新社长是一位雷厉风行、话语掷地有声的人,即刻就组织成立了由沈培新、王传厚、张良勋为发起人的筹备班子。首先请王光宇、郑锐、孟富林、邵明、季家宏、刘正宗、桂建平等领导担任名誉社长、顾问;邀请陶天月、鲍加、郭公达、郭因、吴雪、章飙、张松、朱秀坤、葛庆友、方茂鸿、刘筱元等书画家加盟;请王海曈、韦君琳、贾德福、张怀旗、都昌盛、储吴桂等出任副社长。经过数月筹备,得到了安徽省文化厅、民政厅、中旗有限公司等方面的大力支持,于2009年4月22日在合肥宣告成立。成立大会热烈隆重，群贤毕至，能容纳600多人的稻香楼东楼会议大厅座无虚席。时任中共安徽省委副书记、现省政协主席王明方同志与专程前来祝贺的中国新四军研究会常务副会长丁炳生将军在成立大会上为书画社揭牌。大会上，安徽省黄梅戏剧院等五大文艺团体的黄新德、吴亚玲、蒋建国等名家名角登台助兴，同时还将由沈培新主编的铁军书画社成员作品集——《美的旋律》大型书画集奉献给大家。这样的阵容，这样的阵势，令很多成员自豪地说：只有沈部长才能做得到。

（二）为“万世师表”者立传。沈培新先生是一位精力特别充沛的人，他能顾此而旁他。曾为教育工作者的他，对出生在安徽大地上的大教育家陶行知敬仰不已。陶行知先生出生在安徽歙县，但“他不仅仅是歙县的、安徽的，而且是中国的、世界的”。他的55年人生岁月服务于中华民族的伟大复兴，倾心于中国教育事业，著作宏富，论述精辟，语言生动，与现实的教育理论息息相通。1946年7月陶先生逝世后，毛泽东亲笔写了“痛悼伟大的人民教育家陶行知先生千古”的悼词，被宋庆龄敬称为“万世师表”。沈培新认为可用书画社这一优势，以书法形式让更多层面的人了解陶行知，并从陶行知先生的教育思想中汲取营养和智慧，以期促进当今教育改革。他遂组织和邀请了陶天月、张良勋、吴雪、荆涛、张乃田、王家琰、潘立纲、周彬、傅爱国、王亚洲、李光发、史培刚、韦斯琴、陈智、陈萍、杨兴玲、柴立梅等我省37位名书法家，将从千万字的陶行知著作中精选出来的170条语录写成书法作品,以中英文对照形式交由合肥工业大学出版社出版发行。这一创新形式得到了中国陶行知教育基金会、中国陶行知研究会,安徽陶行知研究会王光宇会长的赞同,王会长送来题词表示祝贺,为该书增光添彩。

(三)为新四军英雄竖碑。新四军光辉业绩广为传颂,像以一首囚歌震撼几代人的叶挺等英雄早已家喻户晓。然而,当年以音乐当枪、用笔作刀的《打回老家去》等抗战歌曲的作者任光并不为人所知。从事新四军历史研究的沈培新等专家发现后,决定将这一素材进一步发掘出来,以使更多的人受到教育。沈培新带领安徽电影制片厂的郭祥厂长、京徽黄文化公司崔纬国董事长等专家,三下任光出生、工作、战斗过的地方搜集整理采访。经过一年拍摄制作,由沈培新任总策划,安徽省新四军历史研究会、安徽电影制片厂、中共浙江省嵊舟市委宣传部和安徽铁军书画社联合制作的6集电视音乐片《民族的号手——任光》,于2011年在中央电视台10频道《探索与发现》栏目连续播出。专家评价这是新四军研究又一重要成果,是一曲反映新四军英雄事迹的赞歌。

立不朽之德

在与沈培新社长近距离接触的三年时间里,我非常敬重和感动的地方很多。我感到他有一颗忧党忧国忧民和对党对祖国感恩的心。他用共产党员标准严格要求自己,自觉践行党的宗旨,为党和中华民族的伟大复兴尽一己之力。伟大的事业需要伟大的精神,伟大的精神推动伟大的事业。他先天下之忧而忧,后天下之乐而乐。有一件事对我教育非常深刻。在书画社成立大会上,他把对书画社予以过帮助和与之有重要关系的人员请到场,其中就特别邀请了从解放战争中走过来的五军校的新四军老战士。他动情地交代我们,这些年事已高、行动不便的老革命,是国家的功臣,我们要尽可能多地想到他们,让他们从我们这里感受到党没有忘记他们,让他们感受到党的温暖,同时也是对我们进行一次党的教育,学习他们的优秀品质。革命传统资源是我们党宝贵的精神财富,与他们多聊聊还可以从他们那里得到一些宝贵的第一手资料。参加这次活动的老革命们无不称道,感谢组织上的关怀。

还有一件就是帮助安徽台见义勇为基金会的事。2009 年 4 月,沈培新社长组织在肥的潘立纲、王家琰等部分艺术家和媒体记者去阜阳进行采访活动,其间看到查台先先生以个人身份在省内率先成立见义勇为基金会,他颇为动容,觉得这是一件弘扬正义之举。他即刻请随同的著名书法家吴雪先生写了一幅"善心善举"书法题词,嘱我装框赠给未曾谋面的查台先先生。查先生非常感动,连连深表谢意。当查台先第二次做义举活动请沈社长大力支持时,沈社长二话没说,亲自邀请吴雪、韦君琳、贾德福、萧承震、吴玉昌、徐东云、丁鲁南等 10 位著名书画家创作作品,无偿赠送给查先生以弘扬善举。像类似公益之事在沈培新社长身上经常可以见到,他在世时受到了广泛赞誉，他去世以后，当办公室印敏主任向书画社成员发出信息讣告沈培新不幸逝世时，大家纷纷打电话和发信息来悼念。其中说出几则可见一斑。一位是著名书法家张良勋先生，当时因在江苏办书法巡展，无法回肥，便请其夫人交代我代为敬献花圈送上礼金，对沈部长表示深痛哀悼。另一位是著名画家班苓女士，组团在美国办画展，先后两次从远在万里之外的美国给我发信息，让我代她和省美协向沈部长敬献花圈，深表哀悼。年逾八十的著名书画家陶天月先生特地给我打电话，让我代他向沈部长敬献花圈，深表悼念。沈公之德可谓深入人心，可敬可佩。

立不朽之言

以前我也知道，沈培新是一位善于著述的人，没承想他是那么有思想、有理论，且又能将其变为铅字的高产“作家”。在我接触的这三年中他就主编了《美的旋律》《心语》《沈浩日记书法集》《走近陶行知》《巢湖抗日六名将》《党与人民心连心书画作品集》《茂林悲歌》和电视音乐片《民族的号手——任光》。除去他组织人员参加北京、南京、上海等友邻社团的一些活动，仅编辑出版这些书和制作电视片，就要花去他多少心血和精力啊！现在这些作品已经在社会上产生了很大影响，必将流传后世，鼓舞和激励更多的有识之士积极向上。

永远的沈培新，他无意于“为社会做些事，动动手写点文字，关心需要帮助的人”就传于后世，但他的美德、他的功绩、他的鸿著,必为人们乃至后世所传颂。沈培新,三立不朽也!

纪念,是为了更好地继续;继续,是为了更好地继承。继续书画社的征程,继承前任的智慧,是对先哲的慰藉,也是我们的责任,更是为了对未来的开拓。在这里,我们欣然地告慰沈培新老社长,铁军书画社在您打下坚实的基础上,全体同人在陈瑞鼎新社长的坚强领导下,以更加饱满的精神面貌,迈向更加灿烂的明天。

(**李克舜** 1956年8月生,安徽五河人。先后毕业于中共中央党校(本科班)和北京中国书画业余学校。曾任北京卫戍区战士、干部,武警总部政治部干部,武警安徽总队政治部干部。是安徽省书法家协会会员,安徽省青莲书画院副院长、书画师。《中国书画报》《人民日报》《今日中国》《中国青年报》《现代书画家报》《安徽日报》等20多家报刊发表其作品和报道其学术成果。艺术传略载入《中国当代名人录》等。)

永远的思念

——记安徽省委宣传部原副部长、文联原主席沈培新二三事

杨犀利

老部长沈培新离开我们已经五年了，忆起与他相处的往事，一件一件，如在眼前。

关心他人

沈培新同志出生在革命家庭。父亲沈兰村、哥哥沈培镜都是抗日先锋战士。革命家庭的熏陶，使他传承了共产党人的信仰，让人们看到了他作为革命后代的精神风采。他为人善良，生活中，他总是为风风雨雨中的人们，增添一些前行的勇气，总是为徘徊在人生十字路口的人们，增添一点抉择的力量。

2006年夏天，他在明教寺看到，有人不准瓜农在那里卖西瓜。烈日炎炎，瓜农无可奈何。沈培新同志知道瓜农生活不容易，便聚集一批老友联名发出倡议，呼吁给瓜农方便。他的努力，得到了合肥市城管部门的响应，解决了瓜农卖瓜难题。2008年，安徽省文联作家白榕同志去世后，他夫人的工作安排一直未有落实。沈培新知道我的书中有一张与白榕合影，便告诉我，常务副省长孙志刚在白榕夫人的工作安排报告上做了批示，可是事情还是没有落实，还要继续找。那时，沈部

长已经72岁了,为了他人,仍在奔走。涡阳新兴集是革命老区,有一年,有企业家想在那里投资,担心投资环境,他便打电话给亳州市新四军研究会负责人,让他做一些工作。他爱护同志,鼓励同志,有同志出版书籍,请他评论,他热情去写书评。为了纪念改革开放三十年,抢救珍贵史料,沈部长给我一个任务,让我采访中共合肥市委原书记郑锐同志,让郑锐同志谈谈当年改革的艰难历程,并对我讲,只署名郑锐同志,不出现我的名字。我接受任务后,多次采访郑锐同志,并采访合肥二轻局原局长等,圆满完成了任务。当我送稿时,沈部长让会计给我500元钱,那时,我感到他作为领导多么周到,多么细心啊。有一次,我对沈部长讲,20世纪80年代,在采访姚运良将军时,我到南京军区周纯麟副司令员办公室采访,周纯麟将军还给我写来一封亲笔信。沈部长听后嘱我交给有关部门,这是珍贵史料。2006年6月,我在安徽科技出版社出版《一路花雨》一书,我请他写序,他欣然答应。序中,他写道:"我认识犀利同志时间不短了。那时,我喊他小杨,还笑说他看体育比赛和演出不用购票,是份好差事。时光流逝,他从小杨擢升至老杨,再过一些年,又该提拔成杨老了。他在自己的事业上也从一个开朗热情的青年演变成日趋成熟的老新闻工作者。写到这里,真忍不住想留住时间的脚步,为的是让当年的青年人小杨青春永驻。"今天,重读这些文字,好像沈部长就在眼前。他,多么善待下级,善待百姓啊!正因为他把同志捧在心里,同志们才把他举过头顶。他,站着,是一尊雕像;他,倒下,是一座丰碑!

传播老子

我的家乡涡阳,是老子出生地。可是,河南省鹿邑与涡阳争夺老子故里的烽火,二十多年连绵不断。有一次,《安徽日报》刊登了题为《涡阳是老子故里》的文章,鹿邑县政协一位同志打电话到《安徽日报》,提出批评,言辞激烈。事后,我在闲谈中同沈部长说起。谁料到他对两省争夺老子故里十分了解。他知道,1988 年中国台北"中华道教学院"马炳文教授在台湾募集 100 多万美元投给涡阳重修天静宫, 知道 1991 年杨光同志老子生地考辨文章。他对我说,两地争老子故里,表明两地都想做事情。为此,两地要相互沟通,相互交流,相互团结,共同做好老子文化传播工作。我把沈部长的意见告诉了家乡。1999 年 6 月 20 日,安徽大学涡阳老子研究院在涡阳成立,邀请沈部长到会指导,他欣然前往。在会上,他发表了热情洋溢的讲话。会上,他见到我讲:"你的家乡人杰地灵,你要思考怎样宣传好家乡老子文化。"我思考着领导的嘱托,便产生了筹备成立省级老子研究协会的思想。因为报社忙,此事搁置了下来。在到了二线工作后,我便向沈部长提议,是否一起到亳州、涡阳去一下,同市、县领导交流意见。他听后欣然同意。2008 年 10 月 10 日,我陪同沈培新同志、刘生同志等,一起赴家乡亳州,与市领导方春明、沈强同志,县领导解杰昂、巩中同志交换了成立安徽老子研究协会的意见,并达了成广泛共识。此次考察,沈部长兴致很好,他说,亳州地处平原,广袤无垠,麦穗金黄,高粱如火,这里农业文明的思想是最完美的天人合一的体系,老子深邃哲学思想值得深入研究。2009 年 6 月 20 日,在合肥包河公园浮庄举行了安徽老子研究协会筹备会议。沈培新、刘生、王汉文、马锦运等同志参加了会议。会上,沈培新同志建议刘生同志总领筹备工作,嘱我多做具体事项。2010 年 4 月 18 日,在合肥山羊村举行第二次筹备会议,确定了协会名称为“安徽国际老子文化交流协会”。2010 年 10 月 18 日,协会正式成立,沈部长十分高兴,亲临会场,接受多家电视台采访。现在协会影响一天天扩大,其中凝聚着沈部长多少心血啊!

心系青阳

沈培新同志 1936 年出生在安徽青阳县火焰山沈村。那里的人们都说,青阳出了两个名人,一个是陈锦华,位至全国政协副主席,一个是沈培新。

2006年 4 月 21 日,春风拂面。沈部长组织安徽新闻、文艺、理论界建设社会主义新农村采访团到他的家乡青阳采风。县委书记何其旺、县长朱鸿接待了大家,向大家介绍了青阳农村综合改革情况、新农村合作医疗试点情况、失地农民保障情况。我在青阳采风,亲眼看到了家乡人民爱戴沈部长,沈部长对家乡一草一木充满了感情。2008 年 5 月的一天,沈部长打电话让我到他办公室,到后,他给我一些经费,让我第二天随他一起到青阳,陪同接待客人。第二天,我们见的客人是中国国际战略研究基金会理事,中国驻法国原武官何世德少将。原来何将军也是池州人。他们一路上相谈甚欢,话语中充满了对家乡的热爱、对家乡未来的希望。这次出行,我知道了沈部长于2002年将自己多年来收藏的著名书法家作品和著名画家作品、书籍、纪念物全部无偿捐赠给青阳县博物馆和图书馆。在他看来,这世上原来没有什么是自己的,最多某阶段在你手里而已。可惜,不少人不知道这个道理。

沈培新同志对家乡热爱, 将家乡永远记在心里。他于2012年3月28日逝世,2012年3月29日, 中共池州市委、池州市人民政府立即发来唁电,追忆他的人格魅力,称赞他高山仰止的优秀品格。安息吧,老领导,不论日月怎样轮回,季节怎样变换,昼夜怎样交替,您,永远活在朋友们的心中。

沈培新先生逝世后,2012年3月31日上午,社会各界千余人自发从四面八方前来参加追悼会。(摄影:柯宏胜)

长者·老师·风范

——深切缅怀沈培新先生

崔纬国

我在出版社担任责编时,一个有关新四军历史的选题让我有幸与沈培新先生相识、相知,并深得其教诲。当我还在电视台做记者时,沈培新先生时任中共安徽省委宣传部副部长,所以我一直习惯称呼他为“沈部长”。

我们的年龄虽然相距甚大,但沈部长一直是我敬重的领导、老师、长辈。他涵养深厚,知识渊博,待人热情,是一位至诚至善的宽厚长者。他就像久旱之后的甘霖,无声地滋润着我,引导着我。

有语云:“你能行多远,看与谁相伴;你能做多大,看有谁指点。”我珍惜所有与沈部长相处相随的机会,得益于他的教诲,我深深地感悟到了更多做人、做事的道理。他改变了我的人生观、价值观,也影响着我后半生的生活。大恩不言谢,我感恩上苍让我有缘与沈部长结识,我感谢这段善缘,让我在生活最重要的时光里,遇到一位这样的贵人。

沈部长在安徽长期担任宣传、教育、文化方面的领导工作,他是安徽教育改革的见证者,更是安徽新闻、文艺界团结、繁华的促进者。他做事认真负责,做人谦逊友善,对官运顺其自然的人生态度,值得我们敬仰和学习。他为安徽的新闻、文化艺术和教育事业的发展，奉献了自己的忠诚、心血、智慧和激情。他的工作成就、他的奉献精神和他的人品一样，令人敬佩，令人感动。

事实上，沈部长还是一位出色的散文作家、评论家和书法家。无论是在任实职的时候，还是退休期间，他都能保持不断思索、勤于笔耕的好习惯，在教育学、人才学、伦理学、美学等方面也颇有研究，发表了近百万字的作品，并结集出版了《岁月流痕》《岁月流韵》两部文集。

细读沈部长的文章，又如同其谈心，使人感觉他如此平易近人，富有人情味。文章中有谏言有规劝，有引导有启发。文章中常会有“探讨”“思考”“研究”等文字，蕴含着深邃的意味和浓浓的爱国之情，足见一位老领导高尚的节操、坦荡的胸襟和豁达朴素的情怀，也流露出沈部长对工作、对生活积极乐观的态度，对党、对养育他的土地和对亲情、友情深深的爱。

一直以来，想写一点关于沈部长的文字，但沉积心中太多的感动、感悟、感恩，竟让我无从下笔。2012 年 3 月 26 日，沈部长电话约我去他病房和我商议组织文化、新闻、理论界知名人士去青阳举办一次论坛，还要我准备拍一部关于新四军文化方面的电视片。我临走时他给我在一个信封上写了几个需要联络的人员的名单。3 月 28 日下午 4 点左右，省委组织部的一位朋友打电话告诉我沈部长去世的消息，我沉默了好久，噙着泪自言自语：“沈部长怎么说走就走了呢？”今年春节前，省文联吴雪书记、画家韦君琳老哥和我一起商议出一本纪念沈部长的文集。恰有多位领导、朋友均有此想法。于是，我欣然倾情投入其中。更有幸的是，能在这本纪念集中留下我的一些肺腑之言，也是一直想表达，却无法用话语言说的内心话。

金无足赤，人无完人。沈部长肯定不是一个完人，他的坐言起行亦平凡普通，并无奇特超人之处。然而，在我心目中，他是一个名副其实的好领导，一个堂堂正正的真君子，一个铁骨铮铮的男子汉，一个值得我终生敬仰的偶像。

（**崔纬国**　1972年生，毕业于北京广播学院音频工程系，1994年被分配至安徽电视台播出部工作，后被调入安徽省新闻出版局组建安徽电子音像出版社，历任社编辑部主任、副总编，现为《纪检监察报》安徽特约评论员、安徽铁军影视中心主任、安徽省新四军研究会秘书长。）

痛悼沈培新先生

柯宏胜

【题记】2012年4月初参加沈培新先生追悼会后泪洒而作。

清明时节哀歌起，
青阳俊才驾鹤去。
音容笑貌浮眼前，
才华横溢梦里聚。

政史教育功力厚，
文学艺术皆玑玉。
高风亮节励吾辈，
贡献家乡永继续！

（**柯宏胜** 1964年生，青阳县九华山人，安徽广播电视台高级编辑，安徽新闻界首个“全国五一劳动奖”获得者，享受安徽省政府特殊津贴专家，中国新闻奖和中国韬奋长江新闻奖评委。中国科学技术大学新闻顾问，合肥市委、合肥市人民政府外宣顾问，亳州市人民政府特聘顾问，安徽师范大学特聘教授和电视新闻学硕士生导师，安徽省作家协会会员和安徽省摄影家协会永久会员，中国散文学会写作中心高级创作员。有60多篇稿件荣获中国新闻奖、中国影视大奖等全国及省级新闻大奖；散文、诗歌多篇[首]多次分获全国一、二、三等奖。已出版专著《雪泥鸿迹》等三部作品。有作品被选作中国传媒大学和复旦大学新闻教材。)

沈培新先生追悼会现场　(摄影:柯宏胜)

编后记

《回眸青阳》文集终于要出版了。

这本文集的出版，是已故安徽省委宣传部原副部长、安徽省文联原主席沈培新先生的一个遗愿，它凝结了诸多在合肥工作生活的青阳籍人士、曾下放青阳的知青和曾在青阳工作过的领导们的许多心血。没有社会各界人士的支持，就没有这个文集的诞生！

从策划出版文集，到文集正式出版，已走过了十个年头，真可谓长矣！

2008年11月，“合肥市下放青阳县知青四十周年联谊会”在安徽电气工程技术学院大礼堂胜利召开，合肥实验中学和合肥九中两校一百多位同学参加了此次盛会。时任省文联主席、安徽省新四军研究会会长的沈培新同志应邀出席大会并做了重要讲话。联谊会上一致通过成立两校“下放青阳同学联谊会”，并决定撰写回忆青阳的诗文并结集出版。会后李萌静在百度空间建立了一个“下放青阳同学会网站”，把联谊会上的精彩发言以及下放青阳期间的回忆文章、诗词、老照片等陆陆续续收录了进去。几年下来来稿数量可观，不仅有下放青阳的知青踊跃投稿，而且在合肥生活工作的青阳籍“情系青阳、建设青阳”联谊会成员们也纷纷投稿，并给予在编稿、校稿等多方面的大力支持。同时,一些在外地的青阳籍人士以及青阳友人也积极赐稿。于是,文集作者队伍日渐扩大,出版以“情系青阳”为主题的《回眸青阳》文集,成为“合肥情系青阳联谊会”议事日程上的一项重要工作。

十年来,先后召开了八次文稿筹集座谈会。曾下放青阳的知青段华迪、吴晓峰、吴宗仰、吴援朝、赵晓源、陈国良、贺镇德、赵明东、慕春江、苏晓堤、梁祥龙、师燕治、周康林(排名不分先后)等很多同学积极支持,大家共同出谋划策。特别值得一提的是得到了合肥市“情系青阳、建设青阳”联谊会负责人柯宏胜、钟林、王诚等人始终如一的鼎力支持!这几年间,大家每次碰面商讨征集文稿、编辑出版等事宜,柯宏胜先生总能在百忙中挤出时间参加主持会议,并在青阳老乡中积极帮忙收集文稿,热心寻找落实有关《回眸青阳》文集的编辑、排版、印刷、募集资金等具体工作,力图为大家节省人力、物力、财力,并认真审阅校对了全部书稿。《清明》杂志社原副编审陈晓农老师、合肥天骁文化传媒有限公司总经理张虎先生主动承担了文集的编排和校对工作, 付出了大量辛勤的劳动。另外,青阳县宣传部外宣办柯成君先生为本书提供了数十幅青阳历史和现状的珍贵照片,在此表示感谢! 之前,李萌静、吴宗仰、陈国良、赵晓源、贺镇德等很多同志也为文集初期的征稿、收集做了大量的工作。2016 年 10 月下旬,柯宏胜先生再次出资邀请相关青阳籍人士、作者聚会,主持召开书籍审稿、出版讨论会议。会上,安徽大学副教授王诚先生主动承担联系出版、印刷事宜，辛苦跑了很多路。在此一并表示感谢！

池州市文广新局局长何建民先生、青阳县文联主席马光水先生、青阳县教体局副局长伍萍、青阳县志办公室王诗晓女士、青阳网总编高骏先生多方面积极支持文集的出版。在此，表示衷心感谢！

此外，要特别鸣谢原任青阳县委副书记、现任中共安徽省委党史研究室副主任苗键同志的鼎力相助。衷心感谢安徽文艺出版社的领导和编辑们的大力支持，使得这本书能够得以尽快出版。

最后，还要诚挚感谢幕后热情支持的各位老乡！尤其要感谢安徽宏建水利建筑工程有限公司总经理王迎先生，合肥格邦科技有限公司总经理朱增汉先生，合肥工业大学信息化建设与发展中心副主任、硕士生导师黄飞先生，安徽北研集团总经理钱根先生，安徽皖科电子工程有限公司董事长陈锦荣先生和合肥天骁传媒文化有限公司总经理张虎先生的大力支持！

合肥情系青阳联谊会

《回眸青阳》文集编撰委员会

2018年3月18日